阳光文库

少年游

育 邦——著

黄河出版传媒集团

阳光出版社

图书在版编目（CIP）数据

少年游 / 育邦著. -- 银川：阳光出版社，2019.11
（阳光文库）
ISBN 978-7-5525-5117-4

Ⅰ.①少… Ⅱ.①育… Ⅲ.①短篇小说 - 小说集 - 中
国 - 当代 Ⅳ.①I247.7

中国版本图书馆CIP数据核字(2019)第259668号

少年游

育　邦　著

责任编辑　靳红慧
封面设计　晨　皓
责任印制　岳建宁

黄河出版传媒集团
阳　光　出　版　社　出版发行

出　版　人　薛文斌
地　　　址　宁夏银川市北京东路139号出版大厦（750001）
网　　　址　http://www.ygchbs.com
网上书店　http://shop129132959.taobao.com
电子信箱　yangguangchubanshe@163.com
邮购电话　0951-5014139
经　　　销　全国新华书店
印刷装订　宁夏凤鸣彩印广告有限公司
印刷委托书号　（宁）0015627

开　　本　720mm×980mm　1/16
印　　张　15
字　　数　220千字
版　　次　2019年11月第1版
印　　次　2020年1月第1次印刷
书　　号　ISBN 978-7-5525-5117-4
定　　价　36.00元

目录/CONTENTS

（带★篇目为朗读篇目）

巴拿马内裤

星期一上学的时候，当我的右脚刚刚踏进学校大门，刺耳的预备铃声就在校园上空尖叫起来，像凄厉的防空警报。有一群人围在公告栏边，叽叽喳喳在议论着什么。我挤过去，大家正在看一张大字报，它是用毛笔写的，写在一张泛黄的报纸上，字体是工整严谨的柳体。我念起大字报的内容：

肖铭哥哥：

　　你现在一切都好吧！

　　我也很好，最近的模拟考试也考得不错。如果不出意料的话，我想我能够考上县中。

　　……

　　你总说要给我带点什么，等到过年，如果你回家探亲的话，我想跟你要一条巴拿马内裤。

　　此致

敬礼！

　　　　　　　　　　　　　　　　你的雁鸣

显然，这份大字报是在誊抄一封信，并且对书信内容作了大幅的删减，仅仅保留了礼节性问候和核心词语。

我读着大字报的时候，喉咙眼苦涩极了，几次想吐唾沫，几次又生生地咽了下去。不声不响地走进初三（3）班的教室，我坐在自己的位置上，行尸走肉一般，一坐就是半天，课间的时候也没有出去。而当事人、事件的主人公费雁鸣的座位空着，她已经有三天没有来上学了。不用说，"巴拿马内裤"已经成为学校每位师生挂在嘴边的热词，一件微不足道的小事经过持续发酵，现在已闹得满城风雨，人尽皆知了。直到放学铃声响起，其他人都陆续地离开了教室，我才走出了教室，我是最后一个。

而一个月之前，"巴拿马内裤"事件不过是在我们初三年级内部流传的一桩笑话。类似于这样的笑话每天都有，形态各异，花样翻新，是我们逼仄而枯燥的学校生涯的有益补充。尤其在紧张的复习迎考中，这样的笑话更是稀松平常了。在三个班一百四十多号人中，大家都知道费雁鸣与巴拿马内裤的事。似乎她是不洁、肮脏的祸水，古人不是说红颜祸水吗，难道说的就是她？魏军还经常在大庭广众之下，摇晃他那颗木瓜似的小脑袋，右手放在下巴下，装着"捻断数根须"的怪异模样，阴阳怪气地叹息道："红颜祸水啊！自古红颜多薄命，惜哉惜哉！"

除去吃饭和睡觉之外，吴晨、魏军和我几乎每天都在一起玩，我们仨曾经拜过把子，在镇东头的关帝庙里共同烧过一炷香，一起喊过"不求同年同月同日生，但求同年同月同日死"。费雁鸣，漂亮，这不用说，是我们班的班花，还是我们年级的级花，成绩还非常好，很多人都喜欢她。据我保守估计，我们班给费雁鸣递过纸条的人不少于八个，当然包括吴晨和我。至于魏军是否喜欢，尚不大清楚。

我记得有一天，班长吴晨截获了一封从武汉寄来的信，这封信是写给费雁鸣的。吴晨、魏军和我课后聚到一起，偷偷地用刀片拆了信，信的大致内容也就是互相问好，谈谈人生和理想什么的。随后又用胶水粘好后交给了费雁鸣，而她也没有发现什么破绽，就是说她并没有发现我们偷看了她的信。

根据这条线索，魏军每天放学回家后，就打开镇上唯一的邮筒，翻看当天将要寄出的信件。因为他爸是邮局局长。凡是信封右下角有"费缄"字样的信，他都仔细端详，猜测半天。苍天不负有心人，在连续工作了五个工作日后，熟悉费雁鸣笔迹的魏军截获了一封费雁鸣寄往武汉的信，也就是大字报节选誊抄的那封信。

我们聚到一块儿，碰个头，一个字一个字地读着她的信，读完之后，再回想前几日读到的武汉来信，不禁寒毛直竖，内心冰冷。想到千里之外的武汉，那里有那么一个人，我们都很自卑。信的主要内容竟然是巴拿马内裤，这既让我们想入非非，又叫我们恨之入骨。我们得知，这个肖铭以前在大西北当兵，后来考上了武汉的一所军校，是费雁鸣的邻居。肖铭让我们很难过。第一，他离我们很远，在一个大城市。第二，他是个军人，这也让人羡慕不已，当然费雁鸣也不例外。第三，他知道什么是巴拿马内裤，也可能给费雁鸣买一条，而我们一无所知。其实在这封信面前，我们都自惭形秽，觉得我们谁也比不上那个肖铭，谁也配不上费雁鸣，只有那个混蛋肖铭能配上费雁鸣。

当时，吴晨好像挺难受的，用他那四颗晶莹白亮的大门牙轻轻咬了咬下嘴唇。而魏军还是那样，吊儿郎当的，两只膀子好像脱臼似的甩来甩去，没肝没肺不知好歹的样子。我呢，愤懑之情虽然充斥着我的内心，但我还是在那一刻产生了一个伟大而高尚的念头，我想我一定要考上清华，超过那个混蛋，不可让费雁鸣小瞧了我，如果她看不上我的话，就让她后悔一辈子吧。

这位从未见过的"肖铭"成了我们的公共宿敌,不管魏军的态度如何,至少我们(吴晨和我)的敌人就是他的敌人。

魏军有个说法,倒叫我们得到少许安慰。他说,肖铭,其实就是"消名",根本就没有这个人。显然,费雁鸣虚构了这个肖铭。所谓肖铭之流,不过是费雁鸣捏造出来的一个人而已,还是军人大学生,这么美的事,你们也相信?

吴晨也接茬说,费雁鸣还真会骗人!

在心事重重与猜测怀疑中,我们悻悻地各自回家睡觉。当晚,我失眠了。我不知道吴晨睡得怎么样。

第二天课间的时候,吴晨纵身一跃,跳上了前排的课桌,掏出那封信,当着我们班四十多位同学的面,一字一句地用憋出来的普通话念了信上的每一个字。当时,对于吴晨的惊人之举,我很是诧异。如果是魏军,我认为是理所当然的。

念完后,就有人大喊:"巴拿马内裤,巴拿马内裤!我要一条巴拿马内裤……"而费雁鸣满脸羞愧,哭着跑出了教室。

两个月前的星期六下午,吴晨、魏军和我到粮站码头去玩,我们坐在河边石头砌成的堤坝上,看着清澈宽阔的车轴河。河水静静地向东流去,它不紧不慢地,没有喧哗,没有波涛,从这里流到大海只有十几里。

魏军突然站了起来,说,假如在一片草原上,阳光灿烂,蓝天白云,只有费雁鸣一个人和你在一起,没有其他任何人,甚至连一匹马、一只羊、一只鸟都没有。她脱光了衣服,一丝不挂,你怎么办?吴晨,你先说。

吴晨有点反应不过来,过了一会儿他说,我把我的衣服脱了,给她裹上。

魏军又转过头来问我，你呢？路西。

我嗫嚅道，你这个流氓，这怎么可能呢？

魏军放肆地大声笑了起来，说，我知道你暗恋费雁鸣，哈哈，她放学回家，你经常跟在她屁股后面，一直到她家门口。我看见好几次了。

我就像没穿衣服的皇帝一样，那个可恶的小孩正指着我对人们大声说，他什么都没穿。我面带愠色，反驳说，我们不过是同路而已。

魏军这家伙又说，同路，谁相信呢？你家在东边，她家在西边。南辕北辙吧？别狡辩了！

我当然不能承认，至少在吴晨面前。

魏军这家伙大声说，你们两个都是伪君子吧，假如是我，我直接把自己衣服脱光，干了她。还当傻瓜不成？

吴晨和我都默不作声，一个劲儿地朝河里扔小石子。有时候，小石子变成了水漂儿，心不在焉地在水面上溅起了水花，像次第开放的白色雏菊。

若干年过去了，我记不得吴晨、魏军长什么样了，我使劲地回忆，可是什么也看不到，什么也想不起。他们在干什么我也一无所知，悲伤一点讲，我们相互之间不知生死。可是车轴河水还在缓缓地向东流去。有时候，当我站在镜子前，凝视着镜中的自己时，就努力地还原自己二十年前的样子，还原自己遥远的面孔，就想，也许吴晨、魏军和我长着一模一样的面孔，不过身材有胖有瘦而已。或者说，在时光的冲洗之下，所有的脸都成为了一张脸。也许，吴晨、魏军和我就是同一个人？吴晨和魏军不过是我编造出来小说中的人物而已？我还记得费雁鸣吗？

我努力在脑海中绘制费雁鸣的脸庞，哪怕是线描的轮廓也好，但总是徒劳。我翻箱倒柜，也没有找到那张初中毕业照。经过一番艰难的搜索，在校园网上，我找到了我们班的毕业照，是某位同学用数码相机翻拍后放到网上的。在这张照片上，我找不到费雁鸣。吴晨、魏军和我站在后排最右侧，面孔都是模糊不清的，几乎无法分辨。

那天天气不错，刚下过一场小雨，我们去杂草丛生的操场上拍毕业照，我一不小心踩到一个小水坑里，洁白的回力鞋湿了一半。我的双眼到处搜寻费雁鸣的身影，但什么也没有发现。直到拍照结束，费雁鸣也没有出现。随即，不幸的消息传来了，班主任说费雁鸣在家里上吊自杀了。我能记得那个日子，是6月10号，一周后就是中考。

你还能记得些什么？我扪心自问。其实，有时候，我是不想返回过去的。因为，我知道过去是无法返回的。在深夜的时候，岁月的泡沫会在不经意间反刍上来，是那么的虚幻，飘在空中，真假难辨。那天晚上，本来是要到魏军家看香港电视连续剧《霍元甲》的，但是全镇都停电了。我只好待在家里，点起蜡烛，铺开一张泛黄的报纸，倒了半碟子墨水，提笔，运气，蘸墨……

橄榄树

葛雅林失踪了。

家里人和学校的老师、同学找了她一星期，什么消息都没有。而我成为第一个得到她消息的人，她给我写了一封信。在信快结尾的地方，她这样写道：你转告他们，他闺女没有被打死，她还好好地活着呢，正在人间天堂——苏州，美着呢！请他们放心吧！

在这几行字之后，是她抄写的几句歌词：不要问我从哪里来／我的故乡在远方／为什么流浪／为什么流浪远方／为了我梦中的橄榄树。每句占一行，字里行间相当阔绰豪迈，这有点像葛雅林的性格特点——张牙舞爪，天不怕地不怕，走路大步走，说话大声说，做事干脆利落。到最后，她为了突出重点，"梦中的橄榄树"明显字号大了一圈，多少显得有点不协调。

我与葛雅林的私交很好，我们并不同班，她在（2）班，我在（3）班，但小学时我们是同班同学，上初中后没有分在一个班。虽然说我是男的，她是女的，但我们的交情更像是哥们或者姊妹。这主要由于我们两家之间关系比较近。我们两家算是世交吧，他爸和我爸关系很铁，是同一年当兵入伍的。复原后，他们还经常在一起饭来酒去的，当然还包括议论国家大事，或者镇上的个人恩怨。

我们两家都住在一个开放式的大院子里，因而串门是常有的事。

去年暑假的时候，我到葛雅林家玩，注意到她的写字台上放着一本《三毛全集》，印刷质量不是很好，油墨的印迹到处漫漶，劣质油墨的气味更是挥之不去。我随手一翻，就发现有两个错别字，这很可能是她在地摊上买的盗版书。她的床头贴着一张三毛的画像。这个很难得，因为三毛并不是什么大明星，但又是明星，说不清楚，总之她与翁美玲、山口百惠她们不是一条线上的，像是两条异面垂直的直线，它们永远不会相交。这张画像，16开纸那么大，肯定是从哪一本画报或者杂志上撕下来的。图上的三毛长发漫卷，面带微笑，头戴一顶咖啡色线帽，形制像个贝雷帽，裤子上有几块好像故意做上去的补丁，有一块上还有架飞机的标志，脚蹬一双黑色的靴子。她的身后斜挎着一个背包，胸前还挂着小巧便捷的皮包。三毛斜靠在一个红色的大邮筒上，那个大邮筒上有醒目的英文标识，是"LETTER BOX"。三毛很休闲，又很有范。

当时搞得我羡慕不已，我也很想搞一张三毛的画像贴在床头。后来，搜寻数日也未能如愿。

葛雅林拿起一张盒式录音带，放进她的录音机，音乐声响起，是《橄榄树》。她把声音放到最大，顿时房间里充满了齐豫空灵悠远的歌声，在我的脑海中不觉形成了这样一些元素构成的美好景象：远方的草原一望无际、白云间的小鸟振翅高飞、山间的小溪流水潺潺……

葛雅林提高嗓门，对我说："我要像三毛一样，流浪远方！为了梦中的橄榄树，橄榄树！"说着说着，她还做了一个夸张的动作：右手握拳，身体前倾，很像入团宣誓时的姿势。我觉得她有点幼稚，但又很有激情，这种激情在《橄榄树》的歌声中把我这狭小的心灵带向了远方。

这时，就听到她妈在客厅里对着我们喊道："死丫头，把录音机关小点！"

　　葛雅林她爸在镇上的榨油厂上班，我不清楚榨油厂是集体企业还是他家开的，总之他是那儿的厂长。我妈和她妈都在厂里上班，忙时磅磅秤、记记账，闲时晒晒太阳、嗑嗑瓜子、打打毛衣，有时还择菜理菜。那天放学，我到榨油厂的办公室写作业，因为那里有一张很大的写字台，非常好用。我听到葛雅林她妈对我妈讲了葛雅林的事。

　　"你不知道，雅林小时候是个好孩子，听话得很。成绩也很好，现在呢，一塌糊涂。要有你家小西一半，我就省心了！"

　　我妈敷衍道："我家小西也不是个什么好东西，不也是东跑西跑的，像个苍蝇一样冲来冲去的，不过是成绩好一点罢了。"

　　"雅林变坏的主要原因还不是天天和那个叫刘浩的小子混在一起，刘浩那小子成天什么事都不干，书，书他不念，事，事他不做。初中毕业就下来了，二十几岁的人还天天窝在家里，留着比女人还长的头发，成天抱着个吉他，唱着《一无所有》。他家真是一无所有，一穷二白的。他妈也真是够惨的，一手把他拉扯大，还得像养条狗一样养着他。你说，我们家雅林跟他混，能不学坏吗？"

　　我妈这时候插了一句话："雅林没跟他做出什么见不得人的事吧？"

　　她妈马上唉声叹气起来，小声地说："不会的，我们家雅林是什么人我还不知道。为这事，她爸没少打她。雅林回来晚的时候，他爸经常用他那根军用皮带抽她。可是，抽来抽去，这死丫头还是经常旷课，作业也不做，上次连期中考试都不去考，成绩自然是提不上筷子的。有一天，她爸把她吊起来打，就要她服软认错，保证不跟那个刘浩来往。可是，这丫头死不认错，一声不吭，死不悔改。浑身被她爸抽得青一块紫一块，放她下来的时候，已经奄奄一息，就剩下一口气了。其实她爸并不准备把她往死里打，就是要她承认错误。可是，这死丫头宁愿被打死，也不松这个口。

"最可气的是，死丫头老是对我撒谎。我问她，去了哪里？她总是说，我去学校了，你管我？星期六晚上很晚才回家，我要问她，去哪儿了？跟谁在一起？她就说她和同学一起去文化站看电视了，其实有人跟我说她跟刘浩去看电影了。唉，这死丫头，现在从来不跟我说句实话。有时候，两三天也不着家。她爸是没法子了，我就更没法子了。唉……"

直到那时我才知道葛雅林的脸上、胳膊上的一些淤青原来是她爸给打出来的，在学校的时候，我还猜想过是不是那个刘浩干的呢。

后来，她们好像还聊到刘浩的家庭，刘浩他爸以前是矿工，后来由于煤矿透水活活被埋在地下了。

其实，葛雅林的出走是有前兆的，而且这个前兆也只有我知道。我记得在她离家出走前的一个星期天下午，她到我家来，端着一盘荠菜水饺，说："路西，你趁热吃吧！我妈叫我送来给你吃的，乡下的亲戚挑了一篮荠菜，就送给我们家好多。我妈就包了许多水饺。"

我就坐下来吃荠菜水饺，葛雅林就在我的房间里转来转去的，翻了翻摆在我写字台上的《读者文摘》和《天龙八部》，有点心不在焉的样子。

"路西，你说什么地方能看到橄榄树呢？"葛雅林突然问我。

我停下筷子，故作深沉，像个学究一样地说："据我了解，我们美丽的宝岛台湾肯定是有的，不然三毛也不会写这首歌啊！既然台湾有的话，那么同一纬度的福建也应该有，那么在福建向南的地方，比如广东、广西大概也会有的。"我胡诌了一通。

"我想去看看橄榄树。"葛雅林神情严肃地对我说。

"是不是你和你的'荷西'分手啦?"我开玩笑地讲。

葛雅林停止翻书,静静地站在那里,也不说话。过了大概有好几分钟,我把一盘水饺都吃完了。

"其实刘浩他挺懦弱的,是个懦夫,我叫他跟我到南方去流浪,他根本就不愿意去。他只愿意待在家里,像狗一样喘着气,继续苟活着。我对他挺失望的。"

我一时不知道怎么答她的话,我没有想到葛雅林会对我说出她的秘密,我敢肯定她对谁都没有说过。对于刘浩的印象,我谈不上是好还是坏。说实话,我对那个长头发的摇滚青年刘浩并不熟,一方面他被镇上的人认为是唯一搞文艺的人,另一方面他们又把"刘浩"作为不务正业和小流氓的代名词。

当时,我甚至也有种"苟活着"的耻辱,也有一股寻找"梦中的橄榄树"的冲动。但是,毕竟葛雅林不是我的"三毛",我也不是她的"荷西"。这种愿望在这种场合下没有任何意义。葛雅林比我大一些,但发育得比较早,小学五年级时,她的胸部就微微隆起了,个头呢,比我远远高出一个头。看上去,我们更像姐弟俩。小学的时候,我们是同班,经常一起上学放学,很多事情上,她还扮演着照顾我的角色。我们相互信任,这一点是心照不宣的。我记得小学毕业的那年暑假,葛雅林跟我说过一件事,至今还记得。

有一天,她问我,你觉得程老师怎么样?她说的是我们的班主任、语文老师,他对我一直都很好,和颜悦色的,而且还挺有学问,经常给我们讲关于徐渭、纪晓岚的滑稽而又有趣的故事。

于是我说,他不是挺好的吗?怎么啦?他得罪你啦?

哼哼,真给你说对啦,他是得罪我了。他是个人面兽心的家伙,就是个笑面虎。有一次，是星期六下午，所有人都放学了，他叫我到他的办公室帮他改考试卷，办公室里也没有人，只有我和他两人。我在那儿聚精会神地改考卷，他不声不响地走到我的后面，先是用手摸了摸我的头发，我吓得一动也不敢动。后来，他从后面用双臂把我抱住。我当时恐惧得不得了，头脑一片空白。就大声喊，要流氓啦，有人要流氓啦！正好这时，办公室外面好像有脚步声，他就放开了我。

说着说着，葛雅林大声笑了起来，说，真是一场虎口历险记，哈哈！她那满不在乎的笑声在我听起来却有阵阵寒意。

从那以后，葛雅林就十分讨厌上学，在小学最后的时光里，她经常无故旷课，因而成绩也每况愈下，原来数一数二的好学生最后也就只能是勉强升上了初中。上了初中后，惯性保持了她原有的运动状态。在学校里，我经常看不到她人。虽然我们不是一个班，但是早晨做广播体操的时候，大家都是站在一起的。可看到她的身影成为一件极其困难的事。

我没去过苏州，但从我有限的地理知识来看，苏州并没有橄榄树。我担心，葛雅林马上就会继续南下，到福州、广州、北海、深圳，甚至是台北，或者是高雄。谁知道呢？

我把葛雅林来信的事告诉给她爸，并告诉他其中的主要内容。她爸对我说，要是打死她才好呢，省得她到处跑了。说完，他黑下脸，默默地走开了。

我等待着葛雅林的下一封信。在那封信中，也许她会说她看到了梦中的橄榄树。

一个人的表演

　　李杜天生是个演员，而且是哑剧演员。

　　李杜没有专门学过表演。当然，他也不可能跟谁或者是什么表演机构学习，在我们那个靠近黄海边的偏僻小镇上，怎么可能有这样的老师呢？似乎他生下来就是个演员。除去他的哑剧表演为大家津津乐道之外，他几乎是个毫不起眼的学生。李杜的特点就是没有特点。他没有棱角，没有脾气，没有任何能吸引别人眼球的行动与言辞。他的成绩，不在前十名，也不在后十名，一直在中间地段游荡。这使得老师们也很难注意到他的存在。他不是恶作剧、打架斗殴诸多学校事件的制造者或者参与者，他太清白，使得他在我们男生中成为一名格格不入者。他没有朋友，我从来都不知道他到底跟谁要好，因为他总是独来独往。他固守着他应该遵守的礼节，其实也是保持着与我们的距离。看起来，他对同学并不冷淡，但是我常常能感觉到他身上传递出来的那种清冷，就像深秋凌晨的那种感觉——清澈无比，又微带寒意。

　　上课的时候，如果老师要提问他的话，一定会吃闭门羹的，他几乎都不回答问题。数学老师比较急躁，会大骂他一顿，说他是闷鳖，说他是沉默的王八。他不作任何辩解与抵抗。老师叫他面壁，他就乖乖地走到教室后面，面对着后墙面上的黑板报，贴着墙壁，一站就是半天。老师叫他出去，他就出去，在教室外，随便走走，而且并不走远。

初二开学的时候，新到任的英语老师是刚毕业的大学生，比较新潮，希望用全英文授课，他教我们说，如果你不会回答问题的话，就说一个"Pardon"。后来，提问李杜的时候，李杜憋了半天，就说，Pardon，Pardon。除了Pardon之外，你就不能再多说一个字吗？多说一个字会死吗？英语老师恼羞成怒地对他说。而李杜呢，不慌不忙，又来了个"Pardon"，而且这个"Pardon"的音量几乎与前面的是一样的，还在同一个调上。这个回答惹得全班哄堂大笑，英语老师无可奈何之下罚他擦一周黑板，李杜得令之后，极其认真负责，总是在最恰当的时间一丝不苟地完成擦黑板的任务——既不提前擦，以防有些同学还没抄好笔记；也不落后擦，以免影响老师板书。

对于这样的惩罚，李杜毫无怨言，他表情如一，并无尴尬之色。有时候，你会觉得惩罚于他而言完全是多余的，看似来势汹汹的一拳打过来，不过是打在一团棉花上。每一位老师似乎都经历过这样的过程，而后终于认识了李杜，继而不再过问李杜，最终忽略李杜的存在。

可是，一登上舞台，他就变成另外一个人了。他的哑剧表演会折服在场的所有人。每一年，李杜有两次表演机会，一次是五四青年节班级的联欢会，一次是元旦时举办的学校联欢大会演。也只有在这两天，大家才注意到他的存在。迄今为止，我只看过李杜的三次哑剧表演。另外两次，不知什么原因，都错过了。

第一次是入学后不久的元旦联欢会演上，每班要出两个节目，我们（3）班的节目是班主任内定的：一个赵世海的独唱，他在小学时就被大家誉为"小蒋大为"，音域宽广，音色雄浑嘹亮，唱功也相当了得；另外一个就是李杜的哑剧表演了，我不知道班主任是如何知晓李杜的表演才华的，也许是李杜原来的小学老师推荐的。李杜的节目排在最后一个。他身着藏青色的长衫——大约是孔乙己先生穿的那种吧，脸画成了白脸小丑的形象，鼻子涂成红色，都是用广告色画上去的。李杜带上一把破旧的木椅就走上了舞台，一点声音都没有，除去椅子之外别无背景和道具。没有旁白，没有配音，没有其他助演演员，李杜开始了属于他一个人的表演：他表演的是一位古代书生读书的情形，他先用手势表示天黑了下来，然后书生开始翻书阅读，上下嘴唇一张一合，好像是念念有词，在背诵诗词或者文章。有时眉头紧锁作思考状，有时哈哈大笑（李杜只是张大嘴巴，并不发声）作会心状，有时用手托住下巴作呕吐状，有时望着书本目光空洞早已心猿意马……后来他打了几个哈欠，头就不由得慢慢低了下来，随后站起来，伸了伸懒腰，准备继续攻读，刚坐下不久，瞌睡就大驾光临，他又站起来，用虚拟的动作表示把自己的辫子悬吊到房梁上，显然这是"头悬梁"的故事。书生继续攻读，还是瞌睡，于是又用虚拟的动作拿一把锥子刺自己的大腿，这是"锥刺股"。李杜的表演惟妙惟肖，而不发出一点声响。在表演过程中，他有时候会暂停，站在原地一动也不动，因为他会被不断涌来的掌声和哄笑声打断。当喧嚣与骚动声充斥礼堂的时刻，反而是李杜最为平静的时刻，他像一棵树一样矗立在从天而降的风暴中，茕茕孑立，傲然遗世。当他的哑剧演出结束时，我们一涌而出，冲出学校的小礼堂，张开双臂，迎接新一年的到来，同时继续忘记李杜的存在。

李杜的家离学校并不远，就在学校大门正对着的马路的斜对面。每天放学后，李杜要做的第一件事是到他家的摊位上换走他妈。他家卖米花糖，而且是远近闻名，他妈的手艺算是镇上一绝。很多同学都会到他家买米花糖，住校生更是买得多，可以当做零食，聊填一下漫长夜晚的嗷嗷空腹。我和魏军也买过。他不会缺斤少两，也不会多搭多饶。即便是同班同学，他也不会给我们优惠：多饶一块，或者少收一毛钱。他与我们大家的距离感使他成功地做着他的生意，我们谁也没有人觉得他是个奸商。因为在他面前，公平公正永远凸显在交易过程中，谁也不愿意破坏这一准则。

李杜不是我的朋友，我无法深入他的内心。就我的观察而言，我臆测他在学校的沉默寡言似乎是为了他能够更好地卖米花糖。李杜家并不富足，一家三口——他妈拖着他和比他小三岁的弟弟，一家的生活来源也就靠卖米花糖了。而李杜的爸爸呢？我从来没有见过，也不知道李杜的爸爸是谁。只是在中老年妇女们不经意的飞短流长中，我隐约得知李杜的爸爸可能是一个叫李货郎的人——一个挑着货担走村串户、行走江湖的人。在李杜小时候（是五岁,或者八岁,这不重要），李货郎挑担出门，就再也没有回来。还有人说李杜是个私伢子，那么，他的爸爸并不是李货郎了？李货郎只是他的养父？连李货郎都没有影子，这种说法就更加无法考证了。

进入初三之后，对于想通过知识而改变命运的同学而言，学习更加紧张了，背诵单词诗词、公理定律，做模拟试卷，等等，忙得晕头转向；对于从不学习的同学而言，他们即将迎来人生中最为彻底的解放，他们将远走高飞，大展宏图，老师对他们的学习已不再过问，对他们的言行举止也是听之任之了。我不幸地属于前者。李杜呢，我看不出他属于前者还是后者。因为对于学习而言，他依然不紧不慢，每天放学后依然去卖米花糖；对于玩耍、捣乱，他从来就不感兴趣，他无法从属于后者之列。在那神经紧张兮兮的岁月里，我多么希望能看到李杜的哑剧表演啊！我热切地盼望着元旦的早日到来！

日子缓慢地推进，元旦终于到来了。那天，我很早就前往学校小礼堂，这也许是我最后一次到小礼堂看文艺会演了。很多同学还待在教室里在作最后一搏，他们主动地放弃了这短暂的放风时机，这来之不易的片刻欢娱。李杜还是最后一个上场的。这一次，他什么装也没化，就是他平常的穿着打扮，道具很简单，是一副墨镜和一根竹竿。他戴着墨镜，我们以为他是个瞎子，一会儿撞到家具上，一会儿撞到玻璃门或者窗户上……随后，他用三根手指捏着竹竿出门去了，他在大街上行走，为了避开汽车和行人，他左闪右躲……从他的表演来看，我推断这是一个反道行走的人——一个违反交通规则的瞎子……在急促而尖锐的上课铃声响起（这是全场唯一的配音声响）的时候，他冲进了学校。最后，他摘下墨镜，作睁大眼睛状，用手势向我们表示他并不是瞎子。前面的这一切不过是个表演。

掌声雷动。他站在舞台上，仰起头，惘然地望着礼堂中那几束明亮的光和阳光照耀下漂浮的万千尘埃……他向前走了一小步，深深地朝大家鞠了个躬，随后抬起头来。这时，我看到他的眼眶中盈满泪水，在灯光的映照下，闪烁着微弱的光芒。

冬天里的一把火

结果出来了，给赵思海定的不是耍流氓，而是强奸。

万人公审大会在淫雨霏霏的"五一"劳动节如期举行。这次审判大会规模空前，是一次集中整治社会顽疾、震慑敌对分子的大会，将对本县东北片区的犯罪分子进行集中公审公判，对部分罪大恶极的破坏分子执行枪决。

会场就是我们每天都去做广播体操的学校大操场。那一天，县里开来了五辆解放牌大卡车，前三辆押着二十多名犯人，每个人身后站着两名荷枪实弹的武警。而后两辆车装满了手持冲锋枪的武警，他们列队严整，军容肃穆。当这五辆大卡车开进学校时，气氛顿时紧张起来，空气中似乎弥漫着肃杀寒冬的味道。

犯人们双手被反绑在背后，绑法很专业，称之为"五花大绑"。每个人脖子上都挂了一个大大的纸板牌子，基本上挡住了胸部，上面用毛笔写着他们各自的大名和罪名。这些人，有的是大名鼎鼎，横行乡里数十年；有的则是默默无闻，不知从何而来。这些牌子分成两种：一种是名字上打个大大的叉，是黑墨水的印迹；另外一种是用红墨水打的钩，颇有鲜血淋漓之感。魏军指着那些打上红钩的牌子对我说，路西你知道吗？打红钩，就相当于阎王爷在他的花名册上画个钩一样，是要把他从人间抹去的。也就是说，他们今天是要吃花生米的。

我听着，也没心情搭他的腔，感觉有子弹"嗖嗖"地从我的脑门后飞了过来，头皮一阵发麻。

在操场的中央搭了一个审判台，像能举办一场大型文艺演出的简易舞台。学生作为当天公审大会的主要观众，被予以特殊照顾，安置在审判台正对面的草地上，按照班级排好队，各自正襟危坐在自带的小凳子上。我经不住魏军的诱惑，就和他跑到最接近审判台的位置上坐了下来。环顾四周，是黑压压的人头，那些人头上的嘴巴可没有停止——正在小声而热烈地议论着什么。高音喇叭不停地播放着本次公审大会的精神、宗旨。

十点整的时候，台上出现了一位大盖帽。叽叽喳喳的议论声忽然全部消失了，全场顿时鸦雀无声。大盖帽从上兜里掏出几张打印好的纸张，接着开始照本宣科地念犯人的名字和罪名，他念一个，武警就压上来一个，并强制犯人面向观众双膝跪下，按评书里的说法，他们是陪斩。等一排人全部跪齐在审判台上时，就压上一个被捆绑得密不透风的犯人，还戴着沉重的脚镣。大盖帽就提高声音，宣布此君死刑，并将执行枪决。枪决并不在操场进行，而是拉到三十里外荒凉的河滩上。

这一幕就像唱戏一样，既虚假，又真实。这样的折子戏循环了三次。赵思海是最后一次上去的，他跪在台上，低垂着头，脸色惨白。我和魏军都能看到他嘴唇的微微颤抖。当大盖帽宣布即将枪决某强奸犯时，赵思海身体摇晃了一下，几乎跪不住了，压着他的武警只好腾出手来拎了拎他向下倾斜的左肩。赵思海的双腿不停地左右摇摆，整个身体也随着双腿颤动的节奏在轻轻摇摆。看得出来，赵思海在咬紧牙关，勉强保持住身体的平衡。苍白的脸庞已如死灰一般，有一缕细长的汗水顺着他左侧的脸颊蜿蜒曲折地流淌下来，像一条无限缩小的小溪不经意间爬上他那青春光洁的面庞。

公审大会在雄壮的进行曲中圆满地画上了句号。赵思海被判十年劳教。

第二天，出操时，我站在操场上，似乎听到子弹的呼啸声越过空旷的天空。我想，天空是一个更为广阔的舞台，赵思海正站在一朵白云上，身着白西装，手举麦克风，忘情地歌唱："你就像那冬天里的一把火，一把火……"他那美妙的歌声可以让地球上的人们都能听得到……

当事人的另一方是王玲，也就是我们镇长的千金。从初二一开学，学校里就疯传赵思海和王玲搞对象的消息，这条桃色新闻在闭塞灰色的象牙塔内几乎成了我们娱乐生活的全部寄托，在课间课后全校师生都在对此事评头论足。较为一致的说法是王玲先找的赵思海，因为王玲是初三的，而赵思海是初二的，初二的男生一般不敢主动找初三女生的；其二呢，王玲的爸爸是镇长，而赵思海家只是卖油条的，意思是说他们二位门不当户不对，赵思海也不会有足够的勇气找王玲的。赵思海当时比我们大两岁，大约已蹿到一米七五了，用仪表堂堂或者一表人才来形容他都不为过。他经常穿着一件白色的西装，还打着红色的领结，这在我们学校甚至是镇上显得尤为刺眼。时人称他为"白马王子"，褒贬兼具。当然，这个装束是模仿台湾歌星费翔的。赵思海的发型也相当引领潮流，本来他就有点自来卷，索性就来个"一波三折头"。班主任总是打趣地说，赵思海，你这西装还有这个发型在这里晃来晃去的，把我的眼睛都晃得老花了，你赶紧给我换了。当然，赵思海也会遵照班主任的指示，在第二天脱下他洁白的西装，再梳个三七开的小分头。但几天不到，又恢复原状了。自从赵思海出事之后，班主任经过教室后排赵思海座位的时候，张开嘴却发现白西装和"一波三折头"不见了，不免叹口气悻悻走开了。

赵思海很会唱歌，声音洪亮，音域宽广。小学时，他就是文艺会演的主角。那时，他经常唱的曲目是蒋大为的，被称为"小蒋大为"，《在那桃花盛开的地方》和《敢问路在何方》基本上是我们小学会演的压轴曲目。他还被学校派到县里去参加"六一"儿童节的文艺会演，还抱着一张大大的奖状、得了一支金星牌钢笔回来，让我们眼热得不行。上初中后，费翔来到祖国大陆，赵思海也顺势拓展了他的曲目，改唱费翔的歌为主了，《故乡的云》和《你就像那冬天里的一把火》成为他的保留节目。每一次，赵思海唱起《你就像那冬天里的一把火》时，劲歌热舞，还不停地变换着手势，引得场下一阵骚动，还不时传来几声尖锐的口哨声。可以说，当时的赵思海是我们镇上真正的"腕儿"，无人可比。各种文艺会演和节庆演出如果少了赵思海唱歌的话，主办方都不好意思跟人说。

据消息灵通人士讲，赵思海出事的具体时间可能是晚上九点半或者十点钟左右（晚自习结束之后），地点是粮站码头。粮站码头是一个宽泛的概念，它包括整个粮站以及其中二十多座像圆顶蒙古包一样的粮仓，还有车轴河边的三座码头以及狭长的河堤。那是一个月朗风清的夜晚。据我推算，那一天应该是农历十六。当时赵思海和王玲正躲在西北角的一个粮仓下，他们俩人头碰头抱在了一起……出现了如下一种或几种可能出现的情形：一、赵思海王玲二人深情对望，情意绵绵；二、赵思海和王玲深情接吻；三、赵思海与王玲一边接吻，一边解开纽扣，以图深入；四、赵思海和王玲在接吻之后，开始野合。正在这个时候（其中之一的某种情形），镇上派出所巡查的联防队员把他们逮了个正着。不由分说，赵思海被扭送到派出所，而王玲独自一个人回了家。

吴晨的小叔是派出所民警，吴晨转述了他小叔所知道的情形：在派出所里，他们把赵思海一顿拳打脚踢，本来想不就是个小毛孩吗，准备拘留几天，放人了事。可是王玲他爸好像并不甘心，对所长说，千万别放过这小兔崽子，卖油条的小子竟敢泡我闺女，还有没有王法？后来，他们就逼供，叫赵思海承认他是耍流氓。一开始，赵思海还坚强不屈，即使被打得嗷嗷大叫，他还是坚持说，我什么也没干，我和王玲是自由恋爱，是王玲追我的。即使发生关系，也是双方自愿的。后来他就反复说，我什么也没干。他们三天三夜不给他吃，不让他睡，还让他承认必须是强奸。这小子最终还是扛不住了，最后有气无力地承认是他引诱王玲到粮站，他确实强奸了王玲。他们问他，你是怎么强奸她的？他就含含糊糊地说，就跟电影上一样，就强奸了。

吴晨说起来绘声绘色，如同他亲自参与刑讯逼供一样。出事之后，王玲转学了，不在我们学校读书了。赵思海被关进了看守所，直到公审大会，我们才见到昔日的白马王子赵思海沦落为阶下囚的悲惨情形。

大二放寒假的时候，我回到了家。一天早晨，我妈叫我去买油条。那时候，天还没有完全亮，外面很冷，我站在赵思海家油条铺前，用嘴朝相互搓着的双手哈气，还不停地跺着双脚，等待着新炸油条的出锅。

我一眼就看到了赵思海，不管他有多大的变化。

在晨曦中，我看到他的背似乎微微下躬，双肩有意识地朝前杵了一点，脸庞静谧，没有什么表情，岁月似乎从来没有摧残过他一样。

他也认出了我，我们俩走了几步，站在寒风中说话。他问我现在哪里？我简单地告诉他我后来上了县中，现在又在外地上大学。他搓着双手说，嗯，挺好。我说那我先回去，改天我们再聚。他似乎有话要对我说，我站在那里，没有动。他说，路西，你相信我吧？我说当然。他顿了顿，轻声地说，我什么都没干。我几乎听不到他的声音。话一出口，他立刻缄默下来，好像泄露了这个不该泄露的秘密。

令狐定律

令狐兄是个聪明人，如果把范围局限在我的所有同学之中就更没有问题了。我无法掀开他的大脑，但我相信他的大脑皮层的褶皱一定异常丰富，一定是千沟万壑、异彩纷呈。

令狐兄并非本名，也就是他复姓令狐，我们借鉴了《笑傲江湖》上"令狐兄"的叫法称呼他而已。渐渐地，学校里的所有师生都喊他"令狐兄"。

令狐兄在小学五年级的时候，其中国象棋就已经横行乡里了。在全镇的象棋比赛中，令狐兄一路过关斩将，取得十一盘全胜的战绩。令狐兄参加的并不是少年组，而是成人组。全镇各路高手名宿——当然也有很多臭棋篓——都参加此次角逐，初赛的时候竟然有五十多名棋手。令狐兄往往以极大的优势战胜对手，最后一盘比赛，他的对手是号称"出单车"的老刘。因为老刘下棋有一个习惯，不管跟谁下棋，最多只出一只车，就是这样，他在镇上也是几十年来罕遇对手。开局不久，"出单车"就遭遇到令狐兄的强劲攻击：令狐兄的攻击如长江后浪——一浪接着一浪，没有缓手。未及中局，老刘的双车均被逼出老巢。残局阶段，令狐兄的棋更是精准绵密，不急不躁，那做派根本就不是一个少年人的棋风。鏖战到最后，令狐兄力擒老刘的老帅，此次比赛才圆满地画上句号。自此以后，老刘几乎不在公共场合下象棋了，

"出单车"的绰号被棋友改为"出双车"了。

在象棋上，令狐兄虽很有名气，但他对此似乎并不"感冒"。后来学校派他到县里市里比赛，他都以种种借口逃避不往。令狐兄的兴趣在于科学。他不断地学习、演算、猜想，牛顿、爱因斯坦和霍金是他的三大偶像。他的梦想就是要成为像他们一样伟大的物理学家。他靠自学掌握了各种各样的定理、定律、公式、猜想，以及相对复杂的理论。

令狐兄喜欢跟我一起去散步，尤其是在下午放学后，有时候我们会沿着学校河边的小树林里走上一段。如果是雨后，我们会蹲在地上，用手指和小树枝去挖埋藏在地下的蝉猴。令狐兄跟我谈起弯曲的时间和空间，深不可测的黑洞和日益膨胀的宇宙……这一切既令我着迷，又让我产生深深的恐惧：我们是多么渺小地活在这个世界上啊！令狐兄有时候也会说，哦，当我们知道世界的一个秘密时，我们就又向广阔的天空打开了一扇心灵的窗户。这时候，我觉得他像个诗人。令狐兄谈起过他的理想，过于宏伟，有点让我不敢相信。但他的那个比喻至今还印在我的脑海里，令狐兄说，路西，你知道吧，自然界和自然界的规律隐藏在黑暗中，上帝说，让牛顿去吧！于是一切成为光明。但不久，魔鬼说，让爱因斯坦去吧！于是一切又重新回到黑暗中。我希望是上帝再次发话时所选中的那个人，他说，让令狐去吧！于是一切又恢复了光明。

对于这个比喻，令狐兄也只是对我一个人说起过，也许他觉得跟这些伟人放在一起并不合适。我后来隐约了解到这个比喻也是诗人们的心血来潮之说，无非是表达对牛顿和爱因斯坦的崇敬罢了。到上高中后，我才听到物理老师说起这个比喻，不由得对令狐兄佩服得五体投地。

在初二上学期刚开学的时候，令狐兄兴奋地告诉我，他已经发现了一个全新的定律，这个定律是在中国传统的阴阳太极学术基础上发展而来的。他拿来一沓草稿纸，给我演算解释他的这个定律，七八张白纸被横七竖八地写满了各种公式，中间还穿插了以阴阳太极图变形而来的图案。他在那儿滔滔不绝，听得我是一头雾水，不知所云。我搞不懂他的定律，但我由衷地为令狐兄高兴，我私下里想：令狐兄将是一名伟人，可能是与爱因斯坦比肩的巨人，而我初中时和这名伟人是同窗，还是好朋友。我还会在回忆录中写到我的这位伟大的同学。当时我就建议他说，这个应该命名为令狐定律。

令狐兄跺了跺脚，咽下一口唾沫，坚定地说，对，就叫令狐定律。

从令狐定律首次向我公布以后，令狐兄在教室里逢人便开始推销他的令狐定律。令狐兄不问对象，不管是成绩好的，还是成绩差的，他都会为其耐心地演算讲解他的定律。发展到后来，令狐兄经常拖住刚刚下课的任课老师，给他们讲令狐定律。物理老师与他针锋相对，痛批他的定律是歪理邪说。而语文、英语、政治、历史、化学、生物这些学科的老师压根就不感兴趣，令狐兄还没讲完，他们就不顾礼节地离开了教室。只有快退休的地理老师"丁乙己"先生（丁老师用词文雅，"之乎者也"是他口中常客，因而我们称他为"丁乙己"先生）对此颇感兴趣，还喊令狐兄到他的办公室专门探讨了几次。结果呢，丁先生也是一知半解，对于令狐定律不甚了了。

兴趣归兴趣，但是按照班主任的话说，令狐兄已经走火入魔啦！我并不认可这种说法，我的观点我也跟吴晨、魏军交流过，我说，你们别把令狐兄看成是疯子，其实他是一个非常正常的人，和你我一样，他热爱科学就像我爱看连环画一样，就像魏军你喜欢逃课一样，就像吴晨你喜欢打乒乓球一样，兴趣爱好嘛！最多是癖好而已！

吴晨悠悠地说，我倒也希望他只是兴趣爱好，看他这样子，不就像欧阳锋练功一样吗？不疯也差不多了。

魏军嬉皮笑脸地说，令狐兄真要是练成蛤蟆功，也不枉来此世走一遭。哈哈！

由于令狐兄把大部分精力都用在推销他的令狐定律上了，使得他的多科成绩直线下降。不仅班主任、教导主任关心起他来，就连校长也过问了此事。因为令狐兄的成绩原来一直是顶尖的，是全年级数一数二的。校方认识到事态的严重性，他们可不愿意让一个尖子生毁在他的奇思妙想上。由物理老师、班主任、教导主任以及校长和"丁乙己"先生组成了强大的游说代表团轮番给令狐兄做思想工作，要他放弃非分之想，停止对令狐定律的研究与推广，回到唯一正确的光明大道——专心学习——上来。令狐兄没有听任何人的话，一如从前，班主任的原话是"屡教不改"。

令狐兄不胜其烦，一天放学后，他跟我去小树林里散步，他幽幽地对我说，路西，你说我不会成为布鲁诺吧？我连忙说，怎么会呢？他又一本正经地对我说，如果是那样的话，你记着一定得给我平反啊！

当我们离开小树林的时候，红彤彤的夕阳正向西边慢慢落下，这时有一种淡淡的忧伤笼罩在我们俩的头上。

学校和家长都认为令狐兄的精神不正常，需要治疗。他们就把他送到向阳精神病医院。结果显然超出了令狐兄的预判，这比惩罚布鲁诺叫火刑烧死更难让人接受，它包含着羞辱。不过很快，过了两个星期，令狐兄又出来了，因为他并没有精神病，所幸的是精神病医院也没有误判，医生最后的结论就是说令狐兄有点偏执，调养一段时间就会好的。为了减少令狐兄对于令狐定律的痴迷，学校和家长决定让他休学一年，以把他和他熟悉的同学老师隔离开来，使令狐定律丧失生存和发展的土壤。当然，我们那儿的人称精神病为神经病，所以有些同学和老师对令狐兄也产生了不必要的歧视，令狐兄不到班里上课也是好的。

后来的一个星期天下午，我们去粮站码头玩的时候，碰到了令狐兄。

一见面，魏军这家伙就问，令狐兄，你的蛤蟆功是不是在精神病医院练成了啊？

吴晨倒还好，说，令狐兄，你在里面一定受罪了吧？吴晨故意把"里面"说得重一点，就好像说"号子"一样。

令狐兄倒也不饶他，魏军，你要是进去了，不疯才怪呢！

魏军嘻嘻一笑，说，怎么可能，我脸皮这么厚，心理素质这么强大，要疯的也是医生吧。

好奇心驱使我问令狐兄一个幼稚的问题：那里面好玩吗？

令狐兄摇了摇头说，一点都不好玩。我先跟你说一个事吧，如果你被送入精神病医院，你会暴跳如雷，不承认你是精神病，医生就说这就是精神病的症状。如果你被送去的时候，非常冷静，不哭不闹，和常人不一样，医生认为这也是精神病的症状。如果你吃药，你自然就会吃成精神病。如果你不吃，违抗医嘱，他们就会用电击，迟早把你搞成精神病。

魏军倒吸了一口冷气，说，乖乖，真他妈的阴毒，这精神病医院的医生比岳不群还阴险。

吴晨就说，那么你是怎么出来的呢？

令狐兄毕竟是象棋高手，颇有大将风度，他缓缓说道，其实这也不难，我被强行送进去后，我爸跟医生窃窃私语半天，我听到的中心词语就是令狐定律。因此，我也判断出令狐定律是他们认为我有精神病的关键所在，我就绝口不提令狐定律，甚至医生问什么是令狐定律的时候，我也装着一概不知，压根儿就不知道有令狐定律这回事。

我看着他一张一合的嘴唇，似乎感到有千军万马掠过宽广的大地，而这天地间却有一人独自伫立，岿然不动，当然这个人就是令狐兄了。令狐兄谈兴不减，继续说道，我教你们一招，如果你们进去了，就得自己想办法。我到精神病医院后，有机会我就看墙上张贴的各种规章制度，默默记住，就按照医生和这些规定办，这些蠢货就以为你在认真接受治疗，并且效果显著。我的经验就是顺着医院和医生的毛摸就可以了。不管这些毛是肮脏的，还是龌龊的。

令狐兄是聪明人，通过这件事，我更加坚信了这一点。

令狐兄在县中上高中时，比我晚了一届，他处处顺风顺水，奥数还得过一个全省一等奖。后来，我得知他以优异的成绩考入了清华，而且是当年全县唯一的一名。我不清楚自己是高兴呢该为他祝贺呢，还是并不高兴、无动于衷。难道我的内心也生长着一只嫉妒的小魔鬼？只是我觉得令狐兄，怎么说呢，他与社会机器如此高精度的契合多么令人吃惊啊！说来说去，他不过是个孩子，他的聪明变成了接纳这个社会强悍规则的城府。他也许还应该是个有着奇思妙想的孩子，或者一个成长中的诗人，而不是一架如此优秀的学习机器。

可是，令我感到内疚的是，从我的这个想法在头脑里滋生出来还不到一年，就听说令狐兄上了清华后，又重新投入到令狐定律的研究和推广中去了。结果基本上还是一样，学校劝其退学，回到镇上，他爸又把他送进了向阳精神病医院。

不知道，这一次令狐兄能否顺利地走出医院。

杀狗记

四眼的死，是它咎由自取。

四眼是王成家的一条狗，但很多时候，它不太像只狗，有一些人的恶习与气质。它跑起路来，并不是乡间土狗所跑的那种杂乱无章的小碎步——仓皇而无序，往往是缓步慢行，趾高气扬，它全身皆黑，这时特像穿着一袭黑袍的乡绅，可恶而令人生厌。由于黄亮亮的两只狗眼上方各有一小簇白毛，狗模人样的像戴了副眼镜，因而我们都叫它四眼。

学校没有围墙，东边是宽不到两米的小沟，南面也是宽不到两米的小沟，西边是有三四米宽的小河，河对面是镇上的中心小学。王成家在我们学校的南面，之间只隔着一条小沟。在小沟干枯的时候，很多家在南面的同学为了抄近路回家，就越过小沟，借道王成家旁边的小路。这时候，四眼的气焰就非常嚣张，经常朝大家狂吠不已。最令人气愤的是，如果是个头较小的男生或者单个女生经过的时候，四眼还会扑上前去，对人撕咬不停。

四眼的高傲是与生俱来的，这似乎跟它的出生有点关系，王成说，四眼的父母是市里的，再向前推，它的爷爷奶奶还是省城的呢。说着说着，四眼似乎就有了一个背景复杂而显赫的祖先。说着说着，王成似乎也仗着四眼高贵的出身跟市里和省城攀上了关系。我们对王成从来都是不冷不热的，大概跟四眼也有莫大的关系。用魏军的话说，王成就是人仗狗势。

魏军路过王成家的时候，就拿一块整砖，专门来吓唬四眼，四眼也不示弱，站在一个它自认为的安全距离外，离魏军远远的，狂吠一通。魏军就挑衅地说，你这个狗模人样的兔崽子，你过来，老子宰了你！魏军边说边用手作招引状。四眼看起来是四眼，可并不是近视眼，它看到魏军另一只手里拿着砖块呢，也就是站在原地或者退后两步，继续干吠而已。

陈茉莉个头比较小，初中二年级了看起来还像个小学生。她眉清目秀，娇小玲珑，作为一个尚未发育的女生，并不引人注目。我跟她是同桌，她对我很好。我总是丢三落四的，不是在上几何课的时候找不到圆规就是在写错字时找不到橡皮，而这时候，陈茉莉像位称职的机要秘书一样早就把一切都准备好了，并且在最恰当的时机给我递了过来。在这些千钧一发的时刻。她的每一次援手都把我从万劫不复之地轻松地解救出来，我对她颇有好感。请别往暧昧的好感上去想，这种好感中包含的主要成分是感激之情。我暗暗发誓，有机会一定要报答陈茉莉，评书中不是说滴水之恩当涌泉相报吗？

这个机会真的就来临了。有一天，陈茉莉在学校出黑板报迟了，只能形单影只地回家。等她跨过小沟时，她才发现天色早已暗淡下来，天空中还飘起了沥沥小雨。走到王成家屋后的时候，她突然想起四眼还在这儿等着她呢，而且这时候没有其他同学与她同行。她想退回去，但已不可能，因为四眼已经发现了她，一个箭步就冲了上去，站在离她只有一步之遥的地方，对着陈茉莉开始叫嚣起来。陈茉莉一看这架势，就离开小路，向东南方向跑过去。四眼一看她跑了，知道自己占尽了天时地利，更是对她不依不饶，沿着陈茉莉的路线就急追了上去。

可怜的陈茉莉大哭了起来，一个趔趄就摔倒在泥泞的地上，可四眼跑到她跟前，还朝她继续猖猖狂吠。陈茉莉仰面半躺在地上，用一只胳膊支撑着她那弱小的身躯。泪水和雨水交织在一起，在陈茉莉可怜的小脸庞上泛滥开来。无助与绝望笼罩着这一独孤的时刻——这个只属于陈茉莉的私人时刻。直到王成听到哭声，才把这狗崽子唤了回去。等陈茉莉回家时才发现，她的右臂抬不起来了，她爸迅速把她带到卫生院包扎上药。医生说，拍个片子吧！第二天片子出来后才知道：陈茉莉右臂骨折。就是说，她的右臂断啦！三天后，陈茉莉吊着右臂来上学了，右臂上面是一层又一层的白色纱布，悬吊在脖子上，像刚刚从前线下来的伤兵。

陈茉莉就这样坐在我的身边，她无法做作业，她无法举手回答老师的问题，更令人丧气的是，她再也不能在危急关头第一时间拯救我了。而我干坐在板凳上，不知道怎么帮她。她似乎无意间对我说了一句，路西，四眼真可恨。她艰难地用左手给我写了一张小字条，上面画了一个恶狗的形象，又在上面打了个叉。我看着小纸条发愣，不敢抬头看陈茉莉委屈的眼神。不用看，我都清楚她的眉宇间正聚集着一团蒸腾着的怨气。课后，我就找来吴晨和魏军，严肃地对他们说，我想做件事。吴晨咧开嘴笑了，说，牙咬得咯吱吱响，难不成要杀人？魏军则说，你这小子要杀人，就真有种，我给你磕仨响头，喊你师父。

我说，我要杀狗，杀了四眼。

吴晨和魏军听完后哈哈大笑，但无条件地赞同我的提议，还异口同声地说，好，这是为民除害。如何杀就立刻摆上了议事日程。

吴晨说，找一根大铁撬子，给它当头一棒，就能送它上西天。

魏军接过话茬说，这恐怕不妥吧，如果你一棒子没打到它脑门，它还不蹿上来咬你？何况这种办法也太没有技术含量了，暴力不说，还血腥，简直就是少儿不宜。我看不行。

我也不同意这个办法，就说道，我认为如果一棒毙命的话，太便宜这狗崽子了，可不能让它如此好死，它的累累罪行配不上这样爽快的死法。再想想。

吴晨一拍大腿说，像《少林寺》里李连杰那个杀法呢？一个包子，一个鸡蛋，一条活套绳索，就能搞定。

魏军说，这个呢，技术要求又太高了，不一定能成功啊！拉绳子的力道要大还要迅速，否则自己还有生命危险呢！

我也附和说，就是就是。我倒想出一个办法来，把老鼠药塞到肉包子里，保准它一命呜呼。

吴晨和魏军都不说话，似乎对此法颇为赞同。过了一阵，吴晨大叫一声，不好，这个杀法也不好。

我和魏军一起跳了起来，说，怎么不好啦？

吴晨就说，这个办法会给别人带来潜在的危险。一般而言，狗吃完了药，过一段时间药性会发作，发作的时候它是五脏俱焚、痛不欲生，它就会到处乱窜，还会伤及无辜，或者会死在很远的地方，有可能到几里外的村子里，就怕有贪小便宜的人要吃狗肉，弄不好还闹出人命来，那就麻烦了。我家的一个远房小叔祖，去年就是吃了死狗肉，抢救不及而死的。

看来，我们又不得不放弃这个看似完美的杀狗方法了。

一星期之后，负责刺探情报的魏军报告，机会来了，王成一家都走了，出去走亲戚了。

傍晚时分，我们立刻行动起来。我们带着吴晨刚买来的八只热气腾腾的肉包子，向王成家走去，到小沟边的时候，魏军忍不住说，便宜了这狗日的，还要给它吃肉包子。我们先一人吃一个吧！

于是，我们就坐在小沟崖子边，一人吃了一个包子。魏军还想吃，我上前制止了他，说，现在只有五个了，不能再吃了，再少的话，不能把它引到西小河边的。

魏军咂咂嘴说，便宜这狗崽子了，不过我也不跟它计较，跟它计较不是有失身份嘛，总之它要拜拜了。

一切都按计划进行，吴晨负责把肉包子一个一个摆好，五个肉包子，每个之间有二三米远，从王成家屋后一直摆到西小河边。我和魏军早就各持一人多长、膀子粗细的大木棒埋伏在小河边的杂草丛中，吴晨布置完"肉包阵"之后，拿一根木棒、一根竹竿到小河对岸去了。

落日的余晖照映在河面上，微风吹来，泛出层层金色的波纹。我们趴在那里，纹丝不动。时间在一分一秒地流逝，我们虽然焦急万分，却又努力克制着，不能露馅。

大约过了一刻钟，饱餐了四只肉包子的四眼来到了第五只包子前。正当它叼起包子准备返回时，我和魏军从草丛里跳了出来，说时迟、那时快，我们立刻抢起大棒，向四眼追杀过去。四眼一看情形不对，可前方无路可逃，就立马跳进了小河里。

狗是会水的，这一点，我们作过研究。因此，吴晨在小河的另一边阻击它是非常有必要的。四眼叼着包子，在河里扑腾着，开始向对岸游过去。还没游过中线，吴晨的竹竿子就打到了四眼的头上。于是，这狗崽子又掉头，向我们这边游来。当它快接近岸边的时候，我和魏军的大棒已经轮番夯了下去。四眼只得又向河中央逃。吴晨的竹竿从空中又准又狠地落下，在此情况下，四眼无奈地放弃了它的第五个包子，它只好撒开嘴。包子漂浮在金色的水面上，冒出几点可怜的油花来。

我大叫道，吴晨，把竹竿子扔给我。于是，吴晨就把竹竿子扔了过来。我拿起竹竿，就对着四眼的头部狠狠地打过去。我打红了眼，像一个在战场冲锋的战士一样。而此刻，四眼就是曾经咬过我、害我膀子骨折的混蛋，是我不共戴天的仇敌。

这时，魏军杖棒站在河边，说，鲁迅先生曾经教导我们说，要痛打落水狗，不打落水狗，反会被狗咬。

吴晨也杖棒站在河边，回应说，鲁迅先生还说过，若与狗奋战，亲手打其落水，就用竹竿子在水中痛打之，像路西这样就很好，很好。

我顾不上听他们在讲什么，只是拼命地拿竹竿子敲击着四眼的头，戳它的狗嘴，当然还使劲地戳它那盛气凌人的两簇白毛——那副狗模人样的假眼镜。经过连续不断的敲打，四眼夹着尾巴勉强浮在水面上，双眼不时向我发出哀求的目光，并传来了阵阵低沉的哀嚎声。

有那么几秒钟，我停下了竹竿。但这时我又想到陈茉莉那哀怨的眼神，我又看到那张小纸条上的恶狗朝我狠狠地扑了过来。于是，下手越发重些，频率也更高了。

四眼终究是死了，第二天，它鼓着灌满水的肚子仰躺在西小河的左岸，在我们学校这一侧。一只白鹡鸰一边发出欢快的叫声，一边像波浪一样迅速掠过水面，它似乎发现躺在河里的四眼，经过四眼的上方时还紧急打了个弯，厌恶似的飞走了。很多同学都看到四眼那狼狈不堪的遗体，那些曾经受过它欺负的小同学和女生不免拍手称快，长长地出了一口恶气。然而谁也没有追问，到底是谁杀死了四眼，也许陈茉莉能猜到一二。

我发现躺在河水里的四眼，除去脸上有两簇白毛之外，它的尾巴尖上也有一点白。这是多少年来乡间公认的不祥之兆。这一天，终于应验了，看来，狗亦有狗命——不可逃脱。

跑步指南

　　钱源是我们班最有远大梦想的人。他的梦想是跑进奥运会，在那个年代，这无异于天方夜谭，有点夸张。但我还是对钱源有这样高入云霄的梦想艳羡不已，关键还不那么俗气。如果是俗气一点，按钱源的话说，庸俗小说中到处都是。

　　钱源一本正经地对我讲了个故事：Long long ago, there lived a boy, 这位朋友呢，很穷很穷，连鞋子都买不起，他的梦想呢，就是能够在田径比赛中获得一双运动鞋。为了改变"赤脚大仙"的命运，他拼命地跑呀跑，终于在比赛中战胜众多对手，赢得了一双运动鞋，可能是回力的，也可能是双星的哦！哈哈！

　　我就反驳他说，这不蛮好的嘛，多么励志啊，这个孩子像阿信一样，还感人哩。

　　钱源这次就笑得更欢畅了，简直像个幼儿园的小朋友，咧开嘴，笑个不停，不无嘲讽地说，要是有一个像铁臂阿童木一样能在空中飞翔的跑步运动员，岂不更合汝意？

　　钱源这家伙，还时不时冒出个酸酸的文言文，弄得我跟他讲话时处处被动。一旦就某个问题发表看法，我更是甘拜下风。他不是那种说说就作罢的人，嘴皮子耍过就立刻出手，他把一切都落实在行动中。他开始跑步了，一开始，只是在学校操场上绕上几圈。下午上课前，跑上四五圈，也就是八百米或者一千米。放学后，又跑上四五圈。操场上有一根旗杆，魏军会说，钱源这不叫训练，叫绕杆三五匝。不知是钱源跑得勤快，还是我们的注意力总是喜欢集中在开阔的操场上的缘故，我们总能够看到他的身影。其时，他跑步的姿势也颇不雅观，按照熟读鲁迅的吴晨的话说就是，钱源每天像阿Q一样飘飘然地飞了一通而已。当这个身影出现在校运会的时候，大家一点也不吃惊，虽说只是像阿Q一样飞一通而已，钱源还是毫无悬念地获得了八百米和一千五百米的双料冠军。志向远大和天赋这两样东西看来真是天生的，就像评书中说项羽天生有蛮力一样吧，老天爷毫不吝啬地双双赋予了钱源！

钱源的学习成绩嘛，当然不尽如人意，但鉴于他为班级争得巨大荣誉之实际情形，班主任对他也就网开一面，对他的文化课不作过多要求。但是钱源的作文倒是写得不赖，班主任也是语文老师甚至公开在班上朗读了他写的一篇叫《跑步指南》的作文，其中这一段更是长期占据了后墙黑板报的一角：

生命在于运动，我喜欢运动。生命在于跑动，我喜欢跑动。春夏秋冬，我跑过无数的美景，深深地为这世界而陶醉。

当我迈开双腿的时候，一切烦恼都会远离我而去。在那个世界里，时间停下了脚步，只有我在豪迈地向前奔跑。在这时，我的内心充满了愉悦和幸福，每一步都在发现自我，每一步都在展示自我。我周围的一切是多么美好，蓝天白云，阳光灿烂，鲜花盛开……

我越跑越快，感觉身体越跑越轻盈，心灵随着我奔跑的脚步一起向前飞翔……

我一瞥见这段话，就对钱源充满了钦佩，他对于跑步的这种热爱在某种意义上有点超凡脱俗，超越我们的日常生活：上课、写作业、考试或者打架、恶作剧什么的。我常常想，我应该像钱源一样树立一个像样的远大理想，但是在苦苦的思索之下，总是没有什么有力量的东西能抓住我，不了了之成为一成不变的结局。甚至，我没出息地想：也许长大就是我唯一的远大抱负。

　　钱源的训练开始升级了，他开始用沙袋绑腿。不管是刮风下雨，还是大雪纷飞，他都会在那个固定的时刻出现在操场上。他跑步的姿势越来越优雅，一改以前那种阿Q的跑法，现在他的姿态特别专业：头部挺拔，上半身正直，以一个微妙的角度向前倾，下半身又极其放松，胳膊也相当放松，跑起来的时候还有节奏地前后摆动，像一只运转精确的挂钟的钟摆。我怀疑他肯定通过电视或者其他什么途径，学习了世界上某个著名的长跑运动员的跑步姿势。

　　我想试试，就把他的沙袋绑腿绑在我的小腿上。在教室里走了两个来回，我就累得气喘吁吁，几乎趴下了。钱源走过来，微笑着说，怎么样，路西？嘿嘿。如此狼狈，我还能说些什么呢？只能弯腰作揖说，钱大侠，在下佩服，佩服！

　　就是绑着这样重的沙袋绑腿，钱源每天放学后都要跑二十圈，而不仅仅是绕杆三五匝了，整整四千米啊！简直疯啦！但是他越跑越快，每一双眼睛都能感受到这一点。不光是眼睛证实了这一点，钱源在县、市的中学生运动会中，都轻松地斩获了八百米和一千五百米的初中组冠军。在全省的中学生运动会中，钱源发挥得不够出色，八百米得了个初中组第二名，一千五百米只拿了个第八名。但是，这个第二名对于我们这个偏于一隅的学校来说，简直是一个破天荒的成绩，对于校长而言无异于放了颗卫星。当钱源携带巨大荣誉归来时，学校的大门口已挂上了巨大的祝贺横幅，那时，整个学校整个镇子甚至整个世界都是钱源的。当钱源那矫健的身影再次出现在跑道上时，操场周围聚集起很多围观的师生，甚至还有镇上一些游手好闲的居民。

当晚，我们七八个与钱源关系比较铁的同学拉钱源到校外的面馆，打了他一顿不大不小的秋风。钱源告诉我们说，到达省城当天晚上，由于兴奋，他根本就没睡着，一会儿醒着，一会儿又迷迷糊糊睡一阵子，夜里不小心着了凉，第二天就有些感冒了。他在跑八百米决赛的时候，根本就不看对手，一个劲地向前冲去，只是到最后一百米冲刺的时候，他才感觉浑身软绵绵的，小腿还有点打战，发不上力，当时就想瘫在跑道上算了，但还是咬牙挺过来了，有个人在冲刺阶段超过了他。

我们就七嘴八舌地说亚军也很好，说明你还有发展空间，那个冠军不过是老虎打盹的时候被人捡去了而已！

钱源又站起来，向上伸开双臂，大声说道，此乃天意，非战之罪也！显然他在模仿想象中的失意英雄——项羽。

每一天，钱源的身影总是准时地出现在操场上，天地之间，他就是一只充满活力的精灵，他的步伐完美地消解着我们枯燥的学习生活。这样的情形一直持续到初中毕业，也就是中考结束那天。钱源奔跑着的形象一直定格在操场上，这个流动的奔向前方的形象一直存在着，激励着我去努力学习。我在初一初二时，对于功课也就是敷衍了事，凭着自己的小聪明也能混个中上游。但到初三时，所有想学习的同学都铆足了劲为自己的远大前程而奋斗，我一贯散漫的学习作风使我的成绩一度变得糟糕起来。每一天，我看着钱源向前奔跑的双腿，开始发奋读书。这一点我得特别感谢他，中考时我的成绩高出平时甚多，轻松地考取了县中。而钱源作为体育特长生，也被保送进入了县中。

八月底，我和钱源就到离家五十里开外的县中报到。每天下午，钱源又出现在县中的操场跑道上了。

我们结伴去县城和回家，一月一次。本来，我和钱源关系并不是十分密切，由于是同乡同班，又人生地不熟的，这样一来，我们的关系变得特别起来，成为无话不说的朋友，我们相互尊重，很有默契。

有一天乘长途客车回家，我们聊到初三（3）班每位同学的去向：有上高中的，有上中专中师技校的，有当兵到青岛和西藏的，有回家务农的，有南下打工的，还有像游魂野鬼一样在镇上游荡的。我们有意无意地回避了费雁鸣。我害怕听到费雁鸣的名字，而钱源似乎也忘记我们班还有一个叫费雁鸣的漂亮女孩。

当我们拎着旅行包走下客车的时候，钱源突然对我说，路西，费雁鸣呢？你觉得费雁鸣现在怎么样呢？

一时间，我不知道说什么好，因为费雁鸣早就死了。我拎着包，低着头，向前走。钱源也是。路边有一块小石子，我上去就是狠狠的一脚，把它踢出很远。两秒钟后，这块小石子又落了下来，还是落在我们前进的道路上，这时钱源又抬起他那修长而强健的右腿，一脚踢了下去，小石子一下子斜飞出路面，远远地飞到路边的荒草丛中，不见了。

是啊，费雁鸣现在怎么样了？在天堂，她还好吗？她不用做作业，不用上学，她能干些什么？她如愿地拿到她想要的巴拿马内裤了吗？

这是我一闪而过的念头，并没有对钱源说。

又走了一段路，钱源转过头，对我说，路西，其实我现在觉得跑步特别没意思。

我说，你不是很享受跑步吗？而且你还有跑进奥运会的梦想呢，怎么能放弃呢？

我们默默无语地向前走着。钱源不作声，我也不作声。钱源家就在前面左拐的巷子里，我们走到了分别的路口。

钱源对我说，我那时候跑步啊，真是觉得心里很美，因为费雁鸣坐在教室靠窗户的位置上，她一直看着我。她看着我，我跑得越来越快。我知道，虽然有时候她没有在座位上，但我总觉得她那双清澈晶莹的眼睛在看着我。她走了以后，最后的一星期我几乎都要崩溃了，几乎跑不下去了。但是当时我不相信她真的自杀了，她真的再也不会出现了。我想，跑着跑着，那双眼睛一定会出现的……现在，我真不知道跑步还有什么意思，一点意思都没有，我不想再跑了。

我不知道说什么好，最后淡淡地说了一句：钱源，我觉得费雁鸣一定希望你跑下去，她一定在天上看着你呢！

两个月之后，钱源真的跑不下去了，他一跑步就心悸，还不停地出虚汗，他的教练带他去县医院做了一次全面的检查，结果是肌肉萎缩。医生建议他立刻停止训练，休学治疗。知道这个消息后，我一点都不奇怪。

从此，他再也没有出现在跑道上。望着空荡荡的跑道，我偶尔也会想起钱源的身影和费雁鸣的眼睛。

丛林法则

王松阁下钧鉴：

闻阁下苦练迷踪拳，鄙人欲领教一二。

于本月廿一日，愿与足下单挑切磋技艺，会猎于粮站码头。双方均不带器械，赤手空拳，点到为止。

敬请阁下莅临现场为荷！

赵林

至于王松是不是在练迷踪拳，至于狗屁文言文是不是符合文理，与决斗事件本身无涉，我只要把时间地点说清楚告知对方即可。我是遵照赵林的指示，给王松下了个帖子，也就是上面的那纸战书。随后即遣魏军给王松送了去。魏军回报，王松看了看战书，皱了皱眉头，不解地问我说，到底是何时？他可能不认识"廿"字。我就告诉他说是二十一号。王松点了点头，发出"嗯"的一声就大步走开了。显然他对此没有任何异议。

我不知道决斗是如何确定的。是王松挑的赵林，还是赵林挑的王松，或者是他们在匆匆相遇的一瞬间决定了此事。是心血来潮，还是蓄谋已久？不得而知。

各种渠道的消息汇聚到我们时刻尖竖着的耳朵中来，王松和赵林的决斗似乎是为了一个叫顾春莹的女孩，不免又落入"冲冠一怒为红颜"的悲剧之中！但是我们谁也不清楚这个叫顾春莹的女孩到底是哪儿的，总之我们年级没有这个人，也未听说镇上有这样一个女孩。是本校的还是外校的，"红颜"相貌如何，漂亮不漂亮，与王松赵林之间到底有着怎么样的关系，这些都一无所知。

王松和赵林的决斗定在四月二十一号，已成为板上钉钉的事了。整个学校已经因此事沸腾起来，每个人像盼望过年一样热切地盼望四月二十一号的早日到来。这是一桩事先张扬出去的决斗事件。魏军甚至提出来，在决斗当日，要去现场观战者需预约购票方可。

作为赵林的"狗头军师"，我也异乎寻常地忙碌了起来。收集情报的工作成为重中之重，通过眼线，我们尽量多地掌握王松的所作所为。王松是（1）班的，其人粗犷高大，颇有蛮力，平时跟他在一起玩的兄弟并不多。但据说邻镇皮带帮的老大正是他的表哥。这一点，让我方不免心存畏惧，徒生投鼠忌器之心。赵林唯一的优势也就是人多势众了，连我在内，大概能纠集十二三人，不过也是些乌合之众。如果王松的表哥不插手此事的话，我们认为搞定王松是无甚大碍的。但是呢，如果出于正大光明，根据约定，赵林和王松是单挑，因此人多并不管事。关键还是看他们自己的本事如何。

赵林开始忙碌起来，为自己制定了一个严密而残酷的训练计划。每天下午放学后，就练跑步、单杠、双杠、哑铃、蛙跳、俯卧撑，等等。下了晚自习，就练八卦掌，同时请吴晨担任他的陪练。他的八卦掌说起来也没有什么来路，也就是根据电影《武当》上所说的一些方式方法练练手，真把式假把式还不知道呢！要破霍元甲的迷踪拳，武当的八卦掌显然是一个不错的选择。据相关情报得知，迷踪拳的特点是动作轻灵敏捷、灵活多变，讲究腰功腿功，脚下功夫厚实，发力充足。这些优点恰恰能和王松自身身体条件相结合，相得益彰。经过我们研究，在徒手搏斗中，武当八卦掌还是相当有效的，该掌讲究纵横交错、随走随变、随机应变，在绕圆走转之中克敌制胜，是对付迷踪拳的不二选择。也就是说即便力量不如王松，赵林应该也能自如地躲避对方的攻击。

一切都很顺利。我们先前担心王松表哥会插手此事，但目前为止，没有半点消息可以证明他真的关心此事。在临近决斗之前，赵林能够轻松地用他的八卦掌打败陪练吴晨，这吴晨的个头和力气都不比赵林差。这一点给我们很大的信心。但是据一位（1）班的探马来报，王松为了练好迷踪拳，还借来录像机，在家反复观看《霍元甲》中的有关桥段，模仿练习。而赵林的武当八卦掌仅仅是靠他可怜的记忆加猜测臆想，端出一些花架子而已。据说武当功夫还要练气，练什么气沉丹田，而赵林根本就不知道怎么个练法。本来赵林也想练气的，但我和吴晨是坚决反对，理由很简单，武侠小说上说得很清楚，不知法门者千万不可练气，否则走火入魔，后果不堪设想，甚至有生命危险。因而，我们又担心这八卦掌可能还真不敌这迷踪拳。

四月二十一号如期到来了。在上晚自习的时候，我们都不知道看了什么书，语文、外语、政治、物理，轮番着翻两页，其实什么也没看进去。大家就在磨蹭着消磨时间，等待下课铃声。我拿着圆规，在草稿纸上画了几十个大小不一的圆圈，各式各样，有的是大的里面套小的，有的像奥运五环五个相扣连在一起……在这圆圈中，我似乎看到赵林在绕圆走转，八卦掌打得呼呼生风，最后一掌把王松击倒在地。第二节自习课的时候，赵林已经不见踪影，我心想他肯定是去做最后的准备了吧！

按照我们的丛林法则，这场决斗不需要说明具体时间，大家都心知肚明，应该是晚上九点半，也就是下了晚自习之后一刻钟左右。我们一路豪气地迈进了粮站码头，当我们到达时，发现本年级以及低年级的好事之徒足有二三十人都闲散地站在码头的水泥地上。那天是农历十六，月光如水，清澈洁净，倾泻在静静的车轴河面上，反射出淡雅温馨的银色之光。码头在月光的照射下一览无遗，一群少年像面目晦暗的皮影一样，不声不响，有的在默默走动，有的斜倚在墙上，有的盘踞在地上。

九点半，王松准时出现在码头上，他穿着一身带有蓝色星条纹的运动服，脚下是一双回力鞋。他什么器械也没拿，双手空空。随即，王松就在码头上压了压腿，绕了绕腰，还松了松手腕，随即骨骼间发出了"咯咯"的声响，这清脆的声音在这宁静的夜晚像水波一样向外荡漾开去。

看着王松从容不迫的状态，我不禁为赵林捏了一把汗，甚至盼望赵林不要出现在这块场地上。隐约间，我仿佛看到赵林被打得"嗷嗷"大叫，遍体鳞伤，在皎洁的月光下，被我们抬着走出了粮站码头。那将是一件多么羞耻的事啊！

银盘一样的月亮渐渐西沉，偶尔会淡入微微泛白的夜空中。我站在码头边，一侧身就看到宽阔平静的河面，瞬间想象到鲜血在河水中散淡开去，随着暗流一起涌向浩瀚的大海。

十点钟到了，可是赵林还没有出现，人群中响起"叽叽喳喳"的议论声。"懦夫""胆小鬼"的谩骂声散布在空气中，这些谩骂之声像炮弹一样都落在我、吴晨和魏军的头上。我想一头栽进车轴河中，一口气深潜下去，再也不浮出水面。

人群渐渐散去。王松也走出了粮站。无可奈何之下，我们也只好带着羞愧撤离现场。

王松领先我们有百步之遥。刚出粮站大门的时候，我们就看见大门正对着的大路上远远的有个人影向我们走来。

王松和那个黑影短兵相接了。很快，我们就听到一声惨叫。一个人倒在了路面上。

等我们冲过去，才发现那个黑影是赵林。他正拎着一把血淋淋的水果刀，呆呆地站在原地，漠然地望着夜空中的月亮。而王松已经倒在了地上，暗红色的液体正从他的腹部慢慢向周边的地上流淌。

魏军惊呼起来，赵林，你杀人啦，你把王松给杀啦！

赵林有了一点反应，小声地说，我并不想捅他的，只是我打不过他，没想到，一下子，一下子就……

随即，赵林就瘫倒在地。吴晨走过去，摸了一下王松的鼻息，尚有微弱的呼吸。他立刻招呼大家，迅速抬起王松，把他送进了镇上的卫生院。当我们火急火燎地把王松送到卫生院时，急诊值班的小护士说，我们没有办法做手术，因为刘医生去医学院进修了，这两天不在，这么大的口子如果不做手术的话，很难止住血。我们都知道，刘医生是卫生院唯一能拿手术刀的医生，他的不在将意味着什么。小护士一脸无辜，紧急地做了些简单处理：对伤口进行止血处理，用棉花堵住，又对伤口周边进行了消毒，勉强把伤口包扎了起来。

当天深夜，王松就因失血过多而死。他既未展示出他的迷踪拳，也不是死在赵林的武当八卦掌下。

赵林没有逃跑，哪里也没有去，第二天他如往常一样按时按点来学校上学。当尖锐的早读课铃声响起之后，两个公安走进了我们的教室，手上拿着锃亮的手铐，把赵林铐上就带走了。

还有三个月，赵林就满十六周岁了。就是这短缺的三个月免除了赵林一死，他被判刑十五年，前往宁城监狱服刑。还有两个月，赵林就初中毕业了，但他永远不会毕业了。

事后，吴晨对我说，路西，你说顾春莹到底是谁呢？

我也一脸茫然，王松已经死了，再不可能开口了；赵林也走了，不知何时才能再见到他。

顾春莹到底是谁呢？

飞行简史

马克沁同志一头扎入无动力滑翔机的研制之中了。

马克沁同志是从初二下学期开始他这项引人瞩目的研制工作的。

所有的人都说，马克沁在造飞机。他听到后，总是抬头望一望天空，从不辩解，好像在那些漂浮的朵朵白云之中真有一朵白云就是他。或者说，天空中飞翔的鸟儿之中有一只就是他。

作为县第二机械厂工程师的儿子，马克沁同志本身具备很多便利条件，这是其他同学望尘莫及的。说实话，谁都想像鸟儿一样在空中飞翔，我也梦想过，但也就是想想而已，我们没有条件也没有能力把它付诸实施。但是幸运的是，马克沁挑选了我帮他的忙，这也使我获得某种意外的窃喜，也许有一天，他会让我试飞一把。我不知道，马克沁是否在代替我实现飞翔的梦想。

经过一个星期的捣鼓，第一版"飞机"轻而易举地就问世了，吴晨、魏军跟我们一起到粮站码头去做试飞。事实上，这是一个大风筝，马克沁张开双臂，我们把他固定在这个站立着有一米八的怪家伙身上，那延伸的羽翼足有三米多长。马克沁手上有四根长短不一的绳索，在飞行过程中通过牵引绳索控制升降和方向。

这看起来有点像一只巨大的蜘蛛。

马克沁朝我们喊道，我像不像一只大鸟？

魏军说，我看啦，像一只放大版的"吊死鬼"。

吴晨说，像个鸟人，而不是什么大鸟。

我则不好意思说出我的想法。马克沁继续追问我，我只好实话实说，是个风筝怪物。飞机是风筝，你是怪物。

马克沁迎着风，准备起飞了。魏军在他身后，双手托着他的腰身以保持平衡；我和吴晨拉着粗大的绳索。事实上，我和吴晨就是放风筝的人。我们一起朝东飞奔起来，一直跑到场地的边缘，马克沁同志的双脚依然牢牢地在地上拖行，没有一丝脱离地心引力的迹象。我们拿出平生积累的所有关于放风筝的经验和技巧，反反复复在码头上飞奔，但结果依旧：马克沁同志一点儿都没有飞起来。我和吴晨已经拉得满头大汗了，马克沁和魏军也好不到哪儿去，大家气喘吁吁地瘫坐在地上，事实宣告了本次试飞的失败。

吴晨说，马克沁同志，我郑重地宣布，你制造的根本就不是飞机，只是一只风筝。

魏军不怀好意地一笑，说，是鸵鸟。

我默不作声，觉得马克沁的这一失败也是我的失败，吴晨、魏军讽刺的不是马克沁，而是我。

马克沁同志并不气馁，立即投入到新版本"飞机"的研制中。随后，我们的物理老师也间接地参与了研制，他慷慨地给予马克沁悉心的指导。我也主动深度地参与了研制，我的角色类似于马克沁同志的助理，帮他跑跑腿，拿拿工具。不管是成功还是失败，我能参与其中会让我好过些。

关于"飞机"的原理，物理老师专业的说法是，主要是利用空气动力学来完成飞翔，尽可能使机身获得较大的升力，以获得最长的留空时间，较长的留空时间就意味着较长的飞行距离。马克沁一针见血地说，用最轻的材料、最简单的结构，造成像鸟的翅膀一样就离成功不远了。

经过马克沁深入的研究，当然他肯定是通过某种途径查阅了相关资料，他意外地获得了滑翔机的工作原理。在学校或者在制作现场，他嘴里总是念叨着一个陌生的词语——伯努利原理。什么是伯努利原理？鬼才知道呢！

半个月后，他亲自设计制造的第二版"飞机"又出来了。这一版显然彻底地颠覆了第一版风筝式的造型，它看起来真的很像一架滑翔机。这架飞机的两个机翼加起来长达六米多，用竹竿和长条木棍做骨架，骨架上缝上各式各样的破布，花花绿绿，有点像美国的星条旗，又有点像大和尚的百衲衣。飞行员的头和肩可从两个机翼之间的缝隙钻进去，这架简单的"飞机"上还装有尾翼，据马克沁说，尾翼是仿生学的伟大成就，人们通过观察鸟类的飞翔，发现鸟的尾巴能够帮助飞行中的鸟儿在空中保持微妙的平衡。他把重音落在了"微妙的"三个字上，清晰而坚定。整个"飞机"很轻，我可以用肩膀轻松地扛起来，也就十来斤重吧。它不像蜘蛛，而像展开双翼飞翔状态中的蝙蝠。

这一次试飞相当关键。

星期六的下午，我们七八个同学在马克沁和他的"飞机"的带领下，浩浩荡荡地开进了粮站码头。这一次，马克沁要驾驶他的"飞机"从三米多高的粮站围墙上向车轴河中央飞去。三米多高的围墙加上近两米的河堤高度，马克沁将获得近五米的高度落差，这将使"飞机"获得一定的动能和升力。

我们七手八脚地把马克沁悬挂在机翼下方的简易驾驶平台（主要由布条、竹竿和绳索组成）上，费了九牛二虎之力才把他和他的"飞机"弄到围墙上。

马克沁身负"飞机"，站在围墙上，屏住呼吸。车轴河静谧无言，闪烁着微暗的光芒。有七八只白色的海鸥在河面上空盘旋着飞翔，偶尔发出追逐的叫声。在夕阳的照射下，正欲展翅飞翔的马克沁显得那么镇静从容，优雅得像一只静立着的海鸥。蓝天、白云、我们，都准备好了，就等待着他的振羽翱翔了。

马克沁身体面向河面，努力前倾，踮起脚尖，像即将起跳的高台跳水运动员。他又吸了口气，嘴里念叨，伯努利保佑我，伯努利！说完，他就从围墙上高高跃起，"飞机"在气流作用下，轻盈地滑翔。马克沁像海鸥一样翱翔在河面上空，我看着他与其他的海鸥一起向东飞翔而去，一直飞到大海的上空，在波涛翻滚的海面上自由地翱翔。这时候，只有在写作文时才能用上的名人名言忽然从我的脑海里冒了出来：世界上最宽阔的是海洋，比海洋更宽阔的是天空，比天空更宽阔的是人的心灵。这一刻是多么美妙啊！

"扑通"一声，马克沁跌落到水中的巨大声响打断了我瞬间的奇思妙想。"飞机"失去平衡，斜着歪倒在水中，马克沁手忙脚乱地忙着脱身，把自己从那个曾经让他自豪不已的驾驶平台中挣脱出来。

魏军做了一个画十字架的动作，说，哦，God，白努力！我明白"伯努利"的意思了。

我们四个人到河中折腾了半个多小时，才把马克沁和他的"飞机"拖上岸来。这时是初夏，河水还很冷。马克沁上岸之后，嘴唇发紫，浑身直哆嗦。而"飞机"也丢失了一些零部件，惨不忍睹，像个落汤鸡一样斜靠在围墙边。

大家七嘴八舌地嘲讽了一番就离开了。我帮马克沁扛起"飞机"，一起向他家走去。

马克沁将了捋湿漉漉的头发，上牙弓咬着下嘴唇，努力不使上下牙齿碰到一起。走出粮站的时候，马克沁才回头对我说了一句话，路西，你是不是觉得我特丢人啊？我肩扛"飞机"，低头走路，一时没有反应过来，不知道说什么是好。后来，我就说，没什么，马克沁同志，终有一天，你会飞上蓝天，飞在浩瀚的大海上，因为你有一颗宽广的心灵。马克沁回我道，路西，谢谢你，你说得真好！

本来，这就结束了。我不想再写其他的了。窗外层层雾霾似乎越发加重了，我们的世界渐渐被隐藏了起来。

但是唐老鸭，我们（3）班的，他看了上面的文字说，路西，你并没有写完，你是知道的。

是的，我知道这不是什么秘密，唐老鸭知道，全校的人都知道。只不过，我一厢情愿地希望时光的雾霾能埋葬那小小的差耻。

一个星期之后，改进版的"飞机"又要重新起航了。这一次，马克沁并没有张扬，他只叫了我与他一道去码头试飞。那一天，我们非常艰难，总之超出了我们的想象，折腾了老半天，马克沁才背负"飞机"爬上围墙。当他沿着围墙向河边走去的时候，有一阵风从河面上吹了过来……一切来得那么突然，我还没来得及展开联想，马克沁就连同他的"飞机"从围墙上跌落了下来，没有掉进河里，而是摔在了水泥地上。所幸的是机翼折断了一根，部分缓冲了他冲击地面的重力。后来，马克沁同志被送往卫生院，由于伤情严重，右腿小腿被截肢了……

现在很难搞清楚，在此之前，到底是我还是马克沁最早萌生这一想法。如果我的记忆不出错……事实上，我也并没有刻意臆想乱编的恶习……那是在小学五年级的自然课上，我和马克沁是同桌。当天，自然老师给我们讲飞机的故事，当然也顺便回顾了人类飞翔的历史，他提到了鲁班和他的飞鸢，提到了伟大的画家达·芬奇设计的"飞机"，提到了莱特兄弟，当然还有中国人冯如和他的飞机试验……下课的时候，马克沁和我一起去操场南边上厕所，在厕所里，我们俩一起掏出小玩意儿对准趴在小便池壁上的蛆幼虫刺尿，马克沁对我严肃地说，路西，你知道我长大后想干什么吗？我笑着说，你不就想做一名伟大的农民吗？你不是在作文中写过，说要培育出南瓜大的山芋、拳头大的葡萄吗？马克沁仰起头，望了一会儿空旷的天空，说，我要像鸟儿一会儿在蓝天上飞翔。我说，那就是飞行员了。他摇了摇头说，不是，我并不想开飞机，而是我自己能够长出翅膀来，在空中飞翔。

　　有时，我觉得，马克沁说的话是我说的，而我说的话又是他说的。那么，这会有什么不同呢？

劫匪只要五十块

　　陈建国的闺女失踪了。

　　两天后，他收到了一张字条，它明显是从作业本上撕下来的。上面写的大意是，向陈先生借五十块钱，日后一定归还；丹丹暂由他照顾，收到钱后，立即送丹丹回家。在字条背面的右下角，有四个小字：请勿报警。字是用铅笔写的，写得东倒西歪，间架结构严重失调，说像猫抓或者狗啃都不为过。显然，写字的人是为了隐匿真实的笔迹。

　　让陈建国吃惊的是，劫匪竟然只要五十块，这像一个玩笑。难道劫匪不知道他是镇上的首富，不知道丹丹是他的掌上明珠？就是要五百、五千、五万，他陈建国都不会眨一下他那圆溜溜的小眼睛的。丹丹的命比他的命更重要，这在镇上人尽皆知，因为这是陈建国他们夫妻俩过了第三个本命年之后才得到的珍贵结晶。

　　陈建国对丹丹她妈说，看来这个人头脑并不正常。五十块钱也值得要吗？直接到我这儿来，我就会给他的。

　　自从丹丹失踪后，丹丹她妈没日没夜地哭哭啼啼，泪水浸泡了镇上独一无二的进口眼霜和唇膏，红的黑的在她脸上时有交错的皱褶之中流淌，煞是恐怖。她朝陈建国大骂道，你这个没用的，我叫你不报警，你非要报警。一旦公安人员真的找到丹丹，后果不堪设想……一句话没说完，就用双手捂住脸，呜呜哇哇地哭了起来。

陈建国突然一拍脑袋说，完了，完了，劫匪并没有写交钱的时间和地点啊，怎么办？怎么办啊？五十块钱到底要送到什么地方去啊？

听到这里，丹丹她妈哭声更大了，并且一发不可收拾。

陈建国手里拿着挺括括的五张十元大钞，像动物园中关在笼子里的狼，绕着八字形线路，在房间里来回走动。他不知道这几张钞票要送往何处。

令路西万万没有想到的是，作为镇上的万元户、大财主、暴发户，陈建国竟然不顾自己亲生骨肉的死活，简直是畜生！从字条送出去算起，两天已经过去了，烦躁的情绪正在他的体内生成、聚集，并不断壮大起来。路西的打算是让陈建国把钱送到粮站内八号粮仓背面墙壁下的那块大条石下，这个绝好的放钱位置是他临时确定的：那块条石具有唯一性，是八号仓周围唯一的一块石头，石头与地面有一指厚的缝隙，正好可以把钱塞进去，而且外人是看不到条石下有东西的。因为以前，路西做过"红娘邮差"，帮助别人送过情书，就是先压在这块条石下，然后通知收件人到此处取件的。

当路西想到送钱地点的时候，就立即在脑海里浮现出他用左手写的那张字条，那是他从英语作业本中间对开处撕下来的。每四条线组成一行书写单元，其中第三根是红色的。他小心翼翼拿起铅笔，用左手在这作业纸上写下了他给陈建国的信，字写得小小的，像一个喝醉酒的人走路一样，东倒西歪。同时，他又努力地使每个字的下端正好落在红线上，这样看起来既整洁又不张扬。写上字的英语作业纸，看起来很像写上旋律的五线谱，这其间蕴藏着路西美好的向往。

路西仔细地回想他所写字条的内容，每一行，每一个字，正面，反面，在反面的落底处是"请勿报警"四个字，一切都很清晰。这张借钱的字条就展现在他的眼前，他能看得清清楚楚。糟啦！他没有写上时间，更要命的是他也没有写上叫陈建国送钱的地方。

悔恨之情席卷而来，加之烦躁，一下子使得路西不知道如何是好，几乎要击垮他那颗小小的心脏。这个小小的纰漏显然已经击碎了他两天来日益高涨的梦想！丹丹又开始号啕大哭起来，一切都搞得一团糟。他必须单独面对这个只有五岁的小女孩，他只想把她送回家，五十块钱的事想也不用想了。

路西没有想到，自己会成为一桩绑架案的主角。一个月之前，他开始盘算如何能凑齐五十块钱。向父母要，正常情况下，能给十块钱已经是他能争取到的天大的面子了，这种情况也只出现在期末考试之后——当路西领回一张印有两串沉甸甸麦穗的"三好学生"奖状，作为他一学年努力学习的物质奖励。在路西的死缠烂磨之下，他妈预付了他一年的零花钱，共二十元。

路西又找到吴晨，吴晨说，我可没钱借给你，你知道我从来都是大手大脚的，家里给的一点零花钱，在我的兜里从来都是没捂热就移驾啦！

魏军是个小气鬼，从来不借钱给别人，即便路西是他的兄弟。路西还是厚着脸皮试试看。结果出人意料，魏军慷慨地说，我借你五块钱吧，别的我无能为力。我真不知道你要借钱干什么？

路西嗫嚅着，没有多说，只是强调他要五十块钱，要做一件非常重要的事。

魏军又装出一脸严肃的样子，把路西拉到一边，故作神秘，向他耳语道，如果你实在没有办法，可以打劫啊！哈哈哈！魏军又猖狂地笑了一声。路西生气地推开他，又把魏军的五块钱狠狠地朝地上摔去，然而这张纸币轻飘飘的，多大的劲也是枉然。它像树叶一样跌跌撞撞飘落到地面上。路西悲哀地想，他面临的命运不也正是如此吗？不管有多大力气，都用不上。五十块钱是如此之重，而他又是如此的轻，他眼睁睁地看着一步之外的梦想，却无法为它迈出这一步。

谁也没有想到，路西迈出了实质性的一步。他精心准备了道具，一只袜子、一只口罩、一把水果刀，把它们放在书包里的课本之下。他甚至对这些东西暗暗发笑，一切真会发生吗？他真的会成为一名合格的劫匪吗？

他埋伏在镇上小学不远的西岔路口，躲在一丛夹竹桃后面，从傍晚到天黑，一批又一批小学生从他的身边经过……他把头套进被他挖了两个窟窿的黑袜子里，又脱掉；戴上口罩，又摘下……路西没有勇气走上前去，哪怕是一小步。在暮色降临的时候，一位小学生悠荡悠荡地背着双肩包，经过岔路口，路西鼓足了勇气，小步跟上了他。水果刀被路西紧紧地攥在手中，差一点就攥出汗来了。不，事实上，确实有汗，路西的手心在微微出汗。当路西快要接近那位小学生的时候，他浑身发抖，双手和双脚都不由自主地颤抖着……他没有跟上那位小学生，小不点消失在暮色之中。路西垂头丧气地脱掉袜子，摘下口罩，右手依然攥着水果刀，不过手心里的汗水好像已经被风吹干了……

把丹丹带走完全是个意外。星期六的下午，无聊而苍白，路西不由自主又转悠到了西岔路口，道具一件也没带。这时，丹丹出现了，丹丹见到路西就喊道，路西哥哥，你在这里干什么呀？路西脸一红，说，在玩呢！

丹丹就跑到路西面前，睁大眼睛，说，那你带我一起玩吧！路西没有想到拒绝丹丹的理由，吴晨和魏军不知又到哪里去疯了，他只好硬着头皮带丹丹到粮站码头去玩耍。丹丹先是拿出皮筋，叫路西和她一起跳皮筋。路西把皮筋的一头固定在那棵老法桐上，左右两手各当一个支点，把皮筋撑了起来。丹丹蹦蹦跳跳，花样百出，挑、勾、踩、跨、摆、碰、绕、掏、压、踢，无不娴熟深谙，无不灵巧可爱。她一边跳着，还一边打着拍子，好不快活。受其感染，路西也想试试，于是他们就掉换一下。丹丹撑起皮筋，让路西跳跳看。可是，路西并不在行，左支右绌，摇摇晃晃，颇为不堪。这一点连丹丹也看不下去了，她主动放弃跳皮筋。他们开始玩捉迷藏的游戏。

似乎每个小孩都是玩捉迷藏的行家里手，随着时间的推移，丹丹和路西也跑得越来越远，他们完成一次捉迷藏的时间也越来越长。当夕阳残存的光线照在河面上时，丹丹开始新一次的躲藏。

路西还在想着怎么能弄来五十块钱，不知不觉之中，他就背着书包跨出了粮站码头。

第二天，一觉醒来，路西才想起丹丹还在粮站码头，匆忙跑了过去。丹丹是否出了问题，如果回家还好，如果在这里过了一夜，她是如何度过的呢？这时天色尚暗，路西不敢多想，开始在熟悉的粮站里搜索。终于，路西在靠近河边的一间杂物库里发现了丹丹，她躲在最里面的一排大扫帚下，头斜靠在两只高粱秸秆做成的小笤帚上，马尾辫半翘在空中，她在安然地睡觉，呼吸轻盈而均匀。

在这寂静的清晨，阳光还没有洒在光洁的河面上，一个奇异的想法忽然降临到路西的头上。一道灵光闪过，就像神示一般，他意识到丹丹也许会解决他这个一直悬而未决的问题，而且很可能是这个世界留给他狭小而唯一的通道。同时，有一种不适感和歉疚之情在路西的胸中徘徊。路西凝视着静谧的车轴河，想象着他的人生轮船正从这里下水，迎着早晨的霞光，一路东去，汇入广袤无垠的大海之中，在乌云和大海之间，劈波斩浪……

路西陪着丹丹在粮站码头又待了两天，写了一封信给陈建国，又陪她跳皮筋、捉迷藏……

而现在，路西没有想好怎么把丹丹安全地送回家，主要问题是怎么不暴露自己。丹丹又号啕大哭起来。

各种可能最后归结为一种行动，路西没有什么好的办法，他是个想象力贫乏的"劫匪"，他把丹丹带到幼儿园的路口时，就悄悄地溜走了。

第二天，路西他爸把路西吊了起来，用皮带狠狠地抽了他一顿，更重要的是还当着陈建国夫妇的面。等他们走后，路西他妈苦口婆心地劝说他爸，终于把路西放了下来。最令他爸恼火的是，问他要五十块钱干什么时，路西始终一字不说。

这个世界上并没有什么秘密，我就是路西，我也有理想，虽然比不上令狐兄和钱源，但毕竟聊胜于无。我想成为一名作家，我需要五十块钱参加文学函授班。我没有勇气说出我的理想，我以为这有点羞耻。

青丝收藏家

中考一结束，魏军和吴晨就缠着我，叫我带他们去万德来家玩。

万德来也是我们班的，除了他一米八的高个子在班里能够阻挡视线之外，其他方面他没有任何引人注目之处。他沉默寡言，他朋友很少，他没有特长。说起来，万德来是我的表哥，他家住下离镇南边不远的村子里。其实我也很少去他家。我们去他家，主要是因为空虚无聊，没有什么事可干。

万德来见我们来玩，显得很高兴，一贯没有表情的面孔打开了，像一朵野牡丹。虽然有点木讷，但还是非常热情。我们找来三根小竹竿，现场装了鱼线、浮漂和鱼钩。连同万德来的那根，我们举着四根鱼竿一字排开在他家后面的野塘里钓鱼。

我们乏味地钓着鱼……魏军最没有耐心，一会儿就丢下鱼竿，跑到田间垄上乱窜一通。吴晨似乎专心致志，也钓上四五条小鲫鱼。当我朝他看去的时候，他正目不转睛地盯着浮漂，专注认真的态度似乎不容置疑。我的目光无意间掠过他的脸庞时，我才发现吴晨的目光只是空洞地对着水面和浮漂而已，他的脸庞流露出的失落和冷漠竟然是如此显而易见。这一场景折磨着我，在一刹那间，我觉得吴晨深陷在某种梦魇之中。

万德来似乎也觉察到他脸部表情的细微变化了，说，吴晨，你在想什么呢？

吴晨愣了一会儿，说，没想什么，我在想是到广东打工呢还是去当兵？

万德来接过话茬，说，我也不知道能干什么，我有一个表舅，路西，你是知道的，就是陈三，在启东逮鳗鱼苗。我爸想叫我去。

吴晨又说，路西，你呢？

我笑嘻嘻地说，你看我能干什么呢？当兵肯定是没人要，部队总不能要弱不禁风的林黛玉吧？我的理想是把牢底坐穿，考不上县中的话，继续复读吧。

魏军这小子又窜了回来。吴晨就问他，魏军，你准备干什么啊？

魏军"嘿嘿"一笑，说，准备干什么？你们不是明知故问吗？现在我们成年了，准备干事。哈哈！

日头渐高，表舅妈喊我们吃饭。午饭相当丰盛，表舅还拿出一瓶镜花缘大曲。我们五人都斟上了酒，表舅端起酒杯，与我们一一碰杯，说，路西、吴晨、魏军，还有你万德来，我祝你们初中顺利毕业！从现在起，你们都成人了！我们都仰起头，把酒一口倒进嘴里。一条火辣辣的液体迅速窜进了体内，瞬间就让我们产生了高大成熟的感觉，我们与大人们平起平坐了！这顿酒喝了个把小时，一场酒过后，我们真的不再是初中生了，我们周身散发出青春荷尔蒙的美妙气息，心中激荡的是成长所带来的力量。

吃完饭，我们都有点醉醺醺的感觉，就横着倒在万德来的床上睡午觉。时值六月下旬，那些公知了正在疯狂地唱着情歌，而根本无视它们的聒噪带给某些人的是难以言说的烦躁。借着酒力，魏军和万德来都沉沉睡去了。而吴晨不时地动了动胳膊，转一下身，显然他无法入睡。我也睁大眼睛，望着房梁。

吴晨翻身起来了，在万德来的写字台上翻来翻去，又拉开几个抽屉。一番折腾，他拿到了一个蓝色皮面的学习笔记本，我们都知道这本笔记本是什么。它的影响之大，甚至超出了我们班很多沉默寡言的同学，也超出了它的主人，即便它不会说话。

吴晨坐在写字台前，开始一页一页地翻看笔记本。他的神情是那样的专注，似乎他已经融入这笔记本中一样，他也是这蓝色笔记的一部分。

我不知道自己酒醒没有，不知不觉地站到了吴晨的背后。而吴晨正深陷在某种幻象之中，他完全失去对于现实世界的感知……

这是青丝收藏家的杰作，这些青丝无一例外都是我们班女同学的头发。二十四个同学，一个不少。每一页有一根头发，还有它主人的姓名。傅冬芹、潘艳林、何小梅、陈英燕、曹娟艳、庄慧芹、刘雅勤、徐莉莉……她们被无限地缩小，缩小成一根头发，静静地躺在时光的深处。

吴晨翻开了新的一页，是一根隽秀的黑发，它以"S"形的姿态静静地躺在白色纸面上。在纸面的页脚中间，是万德来用蓝色墨水写的三个黑体字——费雁鸣，外框还描了轮廓，做成了空心字的感觉。吴晨用右手的食指轻轻地触碰了这根黑发，突然他像触电一样，手迅速地缩了回来。

我凝望着这根黑发，看到费雁鸣的脸慢慢浮现在纸面上，她莞尔一笑，露出了一嘴洁白的小米牙，还有两个小酒窝，就像车轴河面上荡漾开来的水花，甜美而迷人。

吴晨望着费雁鸣的头发，呆呆地坐在那里，一动不动，就像灵魂出窍一般。

不知道在吴晨身后站了多久，我又爬上了床，脸朝下趴在床上，迷迷糊糊地走进了一片树林。在那片树林里，我找不到出来的方向，向前走的时候，荆棘和杂草就开始在我的眼前疯狂地生长……并迅速地包围了我，我回头，已看不到树林的边缘了，我想向前走，可是怎么也无法跨出腿……这时，费雁鸣出现了，她穿着白色连衣裙，从天空中向我飞来，站立在树梢间……我极其痛苦地意识到，我是在一个梦中，因为我清楚费雁鸣的出现意味着什么。一个星期之前，她上吊了，离开了我们这个班级，离开了考试，离开了小镇。

魏军和万德来使劲地摇我的膀臂，大声说，路西，路西，你醒醒，你是不是做噩梦了？你是不是魇住了？

我睁开眼，愣愣地望着正对着我的房梁，穿着白色连衣裙的费雁鸣一下子就消失得无影无踪了。万德来仰起头，看一眼房梁，说，果不其然，睡在房梁下会梦魇。我也经常梦魇呢！路西，你去用冷水冲一下就好了。

吴晨坐在那里，似乎也在打盹。我走到屋外，端起一盆冷水，从头上浇了下去，我清醒地感觉到：这是一个多么可怕的梦魇时刻啊，它触发了那根隐藏在内心深处的罪恶神经。我有意地回避它，但房梁并不放过我。

我回到屋内。他们重新打开了蓝色笔记本。对每一根头发都作了认真的点评，同时还给这些头发的主人打分，给她们排名。争执了老半天，他们通过二十四根头发，初步排定了二十四钗的席位。而我，没有发表任何意见。

万德来是从初二下学期开始收集这些头发的。他所用的方式直接而野蛮，往往就是直接走到这些女同学面前，提溜一根头发就走。头发的主人"啊"的一声尖叫，还没有明白到底是怎么一回事时，万德来就带着他的战利品一溜烟似的消失了。可这种大张旗鼓的行为毕竟逃不出班主任明察秋毫的双眼，关键是他发展了好几个下线，就像臭名昭著的克格勃一样：他们负责在老师不在场的情况下监视我们的一举一动，然后写成小纸条，递给他。到初三上学期快结束时，其中一个下线——一个堪称完美的"特务"，把万德来在何时提溜何人头发的众多事件聚集到一张小纸条上，堪称绝妙啊！事实上，这张小纸条也成为我们初中三年里最为详尽最为动人的伟大情报。

东窗事发的万德来并没有遭受来自班主任的打击，也许在他看来，收集头发不过是像集邮一样——一项颇为高雅的兴趣爱好。但是，就在万德来即将功成名就的时候，也就是他要收集第二十四根头发时，意外发生了。那天是音乐课，也是我们初中生涯中最后一节音乐课——两个月后我们就各奔东西了。该课是克谦校长亲自上的，他是一位训练有素的音乐教师，他教我们的歌曲是《送别》。他一边打着拍子，一边教我们唱曲谱……大家正张大嘴巴，一起唱"长亭外，古道边，芳草碧连天"的时候，我们听到了一声惨叫。它从教室的西北角传出来，大家都停了下来，把目光一起投向这偌大教室的边陲之地。

张寒冰，你站起来，说说是怎么回事。克谦校长一脸严肃，叫起了张寒冰。

张寒冰同学站了起来，转过身，指了指坐在他后排的万德来，说，校长，他揪我头发。

万德来同学！克谦校长喊道。

万德来"嗖"地站了起来。

万德来同学，我听说你收集女同学的头发不是一天两天了。你知不知道收集女同学的头发是一种不道德的行为啊？在古代，女孩子的头发叫青丝，谐音"情思"啊，收藏女孩子的头发是表明你非她不娶之意。你揪了这么多女同学的头发，难道要弄个三宫六院不成？

大家哄堂大笑起来，万德来孤零零地站在那里，脸色如酱紫的猪肝一般，一句辩解也没有。每当有同学谈到这件事，都会不约而同地赞叹，万德来不愧为一位伟大的青丝收藏家！

为了轻微地惩戒万德来，克谦校长要求万德来从头到尾唱一遍这首歌。万德来唱不完整，就没头没尾了唱了句"知交半零落，一壶浊酒尽余欢，今宵别梦寒"。

从万德来家吃过酒后，我们又度过了无聊而迷惘的一个月。有一天，我一个人去学校玩，我趴在初三（3）班教室的窗户上朝里张望：课桌和凳子东倒西歪，还有各种考卷课本作业本散落一地，墙上还贴着我们的自办文学小报——它的下角慢慢翘了起来，墨水的印迹越来越模糊了。我知道，在新学期到来的时候，它将被铲除干净。我知道，我不再是这所学校里的学生了。我看到万德来孤零零地站在教室里，正大声唱着"知交半零落，一壶浊酒尽余欢，今宵别梦寒"。

最后的情报员

　　我贴墙站在教导处的房间里，小腿不住打战，如果不是后面有一堵墙的话，我大概早就支撑不下去了。风从咣当作响的窗户灌了进来，墙面上的白石灰就簌簌地往下掉。他卷起黄色的备课笔记本，掸了掸桌上的石灰。

　　魏军勾着头，目光没离开过他的鞋尖，几小撮石灰玷污了他那白色回力鞋的脚尖。吴晨把脸侧向外，无助地望着窗外的老榆树，有一只知了隐匿在其中，还不时地"吱吱"叫嚣，不知趣地划破寂静校园的天空。一向喜欢呱呱叫的唐老鸭也蔫了，那只孤独的知了正代替他对世界作最后的陈词，他的姿态跟我差不多，几乎都站不住……

　　在王松和赵林那场决斗的第二天下午，除去赵林被派出所带走之外，我们到达现场的八个人无一例外地被喊到教导处。来了一位大盖帽，他详细地询问了我们决斗的经过，并不时做笔录。他面带微笑，和蔼可亲，但我们还是战战兢兢、小心翼翼地回答着他的问话。我们几个的表述总有小小的出入，他不厌其烦地引导其中颇有矛盾的表述者走上一条正确而清晰的表述之路。他不时埋头，认真地书写着，像是从事一件硬笔书法作品的创作。最后，他从头一页一页翻看他的笔录本，朝手上的钢笔吹了口气，露出了满意的微笑。问话完毕，他叫我们每个人用食指蘸了蘸印泥，在他的笔记本上按上了猩红的指印。

赵林并不在问讯现场，我们的表述不过是可有可无的旁证。

我们八个人都因聚众滋事的罪名获得一个警告处分。对于赵林的处理已超出了学校的权限，那是政府的事。学校的开除布告也是在赵林被宣判之后方才张榜上墙的。

问题的关键是——是谁如此准确地把我们八人出卖给教导处的呢？事后，我们相互之间还在猜疑。不过，我们相信我们都是胸襟磊落的男人，而且可以相互信任，这种猜疑只短暂地存在过，又像一片云烟消失殆尽了。我们把矛头一致指向了刘小军，一来他是一位著名的告密者，二来他那猥琐的形象注定他就是告密者，而不可能有其他人。

刘小军跟我的关系曾经很好，在上初中前，我的朋友还很少，刘小军就是一个。我们经常在学校的水泥台子上打乒乓球，我承认，他打得比我好，而且对我也比较谦让。但是他无法摆脱猥琐者的形象。他生来就像个驼背，其实他并不是。可从很多角度看他，他的背部都是略微前倾的，而且看起来是微微隆起，似乎肩膀上扛着一坨令人生厌的死肉。他总是半勾着头，好像一直在寻找什么丢失的东西。在学习、体育、文艺、恶作剧、追女孩等诸多领域，他都乏善可陈。只有在告密这一卑鄙的行当内，他还颇有建树。我们生龙活虎，而他死气沉沉。我无法参透这其中的秘密。刘小军是一个天生的老人。

但是理智而冷静的吴晨说，当晚刘小军并没有去粮站码头，他又是如何准确地掌握现场情报的呢？

我就推断说，怎么不能呢？他完全可以跟踪我们，从粮站码头，到赵林捅了王松，一直到卫生院，完全有可能。

魏军也附和说，敌人在暗处，我们在明处。可谓明枪易躲暗箭难防啊！

唐老鸭也慢条斯理地说，从人心的角度上说，一个卑鄙的人、一个具有阴暗心理的人是不会放过这样一个可以立功的机会的。

钱源和周云未置可否，马克沁满不在乎。

大家似乎对此没有异议，因而无论在课堂还是在课间，我们总会以或蔑视或仇视或鄙夷的目光作为匕首作为尖刀使劲地捅向刘小军。刘小军浑身颇不自在，好像赤条条一般，无遮无挡，任世人的目光宰割。随着赵林的宣判、服刑，几个星期之后，我们也逐渐淡忘了此事。

但是，郭爱国总是咬牙切齿地说，要是让我知道是谁告密的话，我非把他给阉了不可。因为他的警告处分又光荣地增加了一个。

刘小军其实是在初三上学期——大概开学两星期之后——才被班主任余老师发展为情报员的。在余老师伟大而秘密的工作系统中，刘小军大约是最后一拨了，甚至是最后一个了。在进校后第二个星期的班会上，余老师就说，对于犯错误的同学，我们的态度是：坦白从宽，抗拒从严；惩前毖后，治病救人。希望大家用各种途径把班级里的情况反映给我。

第一批情报员自然而然地就产生了，他们主要是班干部、团干部和各门课的课代表。这一拨人的数量相当可观，在我们四十几个人的班级里，几乎占据了一半，看起来像个臃肿的官僚机构。作为语文课代表的我，当然也有幸成为余老师的情报员。在两个星期之内，我绞尽脑汁写了几条其他同学迟到早退的情报。我知道，这些情报几乎没有任何价值，因为余老师不费吹灰之力就能了解班级的出勤状况。我挖空心思，但总是没有什么特别的发现。但是，情报员制度的迅疾发展，超出了我们的想象。一开始，我们还以为这仅仅是类似于影视剧的"敌特"游戏呢，刺激、有趣，充满了秘密工作的神秘使命感。一个星期过后，状况大为改观，班级里人人自危，每一个人都感觉到有几十双眼睛在盯着自己。每个人总是担心自己的言行举止有不当之处，被写成情报上报给余老师。我、吴晨、魏军，无一不生活在恐惧之中，从小到大总是读到"白色恐怖"一词，现在总算隐约明白这个词的大意了。在那段时间，一方面，我渴望时刻待在学校里，到班级中去，以自己的一双慧眼留意其他人的蛛丝马迹，好写成情报；另一方面，我又害怕上学，我害怕无法控制住自己，一不小心就把自己的"尾巴"露出来，必然会被别人逮个正着。余老师曾经说过一句话，要不想在自己的档案中加上什么不光彩的内容，每个人都要睁大自己的眼睛、竖起自己的耳朵，然后拿起笔，把情况写下来。这句话像飘浮在空中的飞刀一样，在教室里飞来飞去。我们都知道，档案意味着什么——它如影随形，一辈子跟着你走！

在兴奋和煎熬中，我们度过了初中生活的第一个学年。在余老师智慧的设计下，在这个强大而严谨的情报员制度管理下，我们班级在各方面都取得了辉煌的成就：获得校、县优秀班集体，市级先进文明班集体。当然，更为可观的是，几乎班里的所有人都成为了光荣的情报员，按照余老师的说法，就是我们实现了从学校老师管学生到学生管学生、班级自治这样一种高级的班级管理模式的跨越，是一件了不起的大事。

进入初二学年的时候，令狐兄闹着要转班，当然班主任和教导处并不应允。令狐兄不光是我们班成绩最好的，而且常常是全年级的第一名。他拉着我，除去喋喋不休地讲述他的令狐定律外，还对我说，路西，我觉得我快疯了，每个人都打小报告，多么可笑，多么卑鄙啊！你看看，这样一个优秀班级简直让我窒息。我安慰他说，千万别大声说，否则又会有人写小纸条报告给余老师。令狐兄冷冷地一笑，我还要写小纸条给校长呢，我要打余老师的小报告！我就说，这样不好吧，你要维护我们先进班级的荣誉啊！其实我是担心他遭到余老师的打击报复。

过了几天，令狐兄真的给克谦校长写了封信，大意是初二（3）班人人都是"克格勃"，人人自危，实行的是"白色恐怖"的统治手段，在当今学校里是骇人听闻的。他要求转班，或者把班主任余老师换掉。

当然他的要求是无理的，也是可笑的。但是两天后的班会课上，余老师就公开说，请大家不要秘密地写纸条，搞得人人像"克格勃"，不利于团结，有什么事需要反映的话，可以先交给吴晨，然后由吴晨汇总给我。我想，令狐兄的信还真管用，克谦校长肯定找余老师谈过话了。

之后的情况，显然大有不同，·到自习课，很远就能听到我们班的喧闹嬉笑之声，而在此之前的自习课我们班比有老师看管的课堂还寂静——死寂的空气凝固成一团，像庞大的固体尘埃，无声无息却令人窒息。更令我们开心的是，余老师被学校外派进修一个月。在他刚走的那周班会课上，代理班主任克谦校长组织我们开了一场畅谈人生理想的主题班会。在班会上，令狐兄又有惊人之言，他站起来大声地说，一位诗人曾经说过，卑鄙是卑鄙者的通行证，高尚是高尚者的墓志铭。我不愿意成为一个"克格勃"，而愿意成为一个正大光明的人。他的讲话博得了大家热烈的掌声，这也是我的心声。我用余光向其他同学扫去，至少有一半都低着头，也许他们像我一样，"卑鄙"一词让我们很难抬起头。

余老师回来之后，他精心设计的制度基本上瘫痪了。我们谁也不愿意成为"卑鄙者"。绝大部分同学都自觉地脱离了情报员的岗位，只有极少数还在继续工作，基本也转入地下了。余老师本人被提拔为学校的政教处主任了，不过还兼任我们的班主任。他把越来越多的精力放在政教处，我们班级的情况他是了然于胸的，谁能干出什么事，不用报告他闭眼都能想到。很多小事，他也就睁一眼闭一眼，不再较真了。比如说，赵思海和初三的王玲谈恋爱一事，在学校里已经闹得沸沸扬扬了，他也只是找赵思海谈过一次，说，你们真要谈恋爱的话，最好在初中毕业后。后来赵思海出事之后，余老师在班上对我们说，其实我不想管你们，但是你们一定要吸取赵思海的教训啊！我希望你们能理解。当时，他一脸真诚，说得颇令人动容。

在情报员体系瓦解之时，班级的纪律自然也进入无序化状态了。余老师提出监督公开化，设立班风监督员，班长、值日班长为固定的监督员，大家还可以自由竞聘班风监督员。可笑的是，说是竞聘，竟然没有人举手报名。在班会课的下课铃声响起后，刘小军举手，迟钝地站起来，说，老师，我愿意成为班风监督员。就这样，除去指定人员外，刘小军成为我们班唯一一位公开化的情报员了。显然，身份的公开是他自取其辱。刘小军成为余老师的下线之后，也是碌碌无为，并没有贡献什么重要的情报。直到快放寒假的时候，余老师在班会课上公开批评了青丝收藏家万德来，并且拿出一张小纸条，一条一条地念，格式如下：某月某日，星期几，天气如何，在什么课上或第几节课后，万德来揪了谁的头发。共二十二条。不过，余老师话锋一转，幽默地说，万德来的这爱好也不错，跟集邮差不多，你都快收齐所有女同学的头发了，你也算是个收藏家吧！我们不以为然，这算什么有价值的情报啊，这不过是班里公开的秘密。

那一刻，我们对万德来的青丝收藏倒并不诧异，但对刘小军感到骇然了。他才是真正的情报员，天生的"克格勃"！我们不知道有多少不当的言行举止都被打成小报告，递到余老师那儿呢！

炎热的八月来临，我接到了县中的录取通知书。余老师为了省事，叫我把自己的档案带着到县中报到，这是违反规定的。我双手捧着自己的档案，心脏"怦怦"跳个不停。经过一个晚上的思想斗争，好奇心战胜了罪恶感，我用刀片小心地拆开了档案袋。在"奖惩状况"一栏里，只有"三好学生""优秀学生干部"等荣誉，并没有"警告处分"字样。这是隐秘情报员的赏金！

阿 门

　　对于我而言，这是一个艰难的决定。我并不信神。但我还是找来了郑雅如。

　　所有的星期天傍晚都一样，卫生院的大夫和护士推着自行车走出了大门，跨过小桥朝各自的家中骑去。

　　这时候，我领着郑雅如向卫生院西南角走去，我们都不说话。

　　只有一米多宽的石子路曲折铺向前方，在一片萧瑟杂草丛的尽头，伫立着两间用石头砌起来的小房子。它站在那里，环境理所当然地配合着它的存在。墙面的石缝被水泥条勾勒而凸现出来，水泥条上面涂过的墨水经过风、雨和时间的洗礼变得斑驳，花白部分已超越了原色的黑色，像一个风烛残年之人日益变白的头发。

　　我们推开破旧的木板门。一阵风从外面刮了过来，木板门在石门框上轻轻地撞击了几下。说实话，我有一点发怵。而郑雅如则坦然自若，表情如常。也许是因为她常亲近神的缘故吧！

　　她在担架床上躺着，上面罩着一块素净的白布。她的个头并不大，因而这个临时死亡寄存处显出不相称的空旷与阔绰。

　　郑雅如轻声地对我说，路西，把头上的白布揭开吧。

　　我轻手轻脚地揭开了这层白布，手并没有颤抖，就像翻开课本一样——这是一件轻而易举而又平常至极的事。

073

许璐躺在上面，沉默，寂静。她的眼窝深深地凹了进去，颧骨之下，笔直陡峭。当我注意到死亡的颜色停驻在许璐的脸上时，才明白神是怎样赋予我们的脸、我们的眼、我们的皮肤以生命与活力的。

郑雅如面对着许璐的头部，跪在地上，抬头向上，也许是面向天国吧！我仿照她的样子，跪在她旁边。郑雅如缓缓地对着神开始祈祷：

全能的天主圣父，你是生命之源，你借圣子耶稣拯救了我们，求你垂顾许璐，接纳她于永光之中。她既相信你的圣子死而复活；愿她将来复活时也能与你的圣子共享荣福。以上所求是因我们的主耶稣基督之名，阿门。

我不会念祈祷文，但看过影视剧上有这样的场景，在郑雅如说"阿门"之后，我也念了一句"阿门"。尽管我不相信许璐会进入天堂，进入永光之中，与耶稣共享荣福；但总觉得她的离开是一个不大不小的解脱，至少不再忍受"炼狱"的煎熬。没有看到光照射进这个逼仄的太平间，我感到有些内疚。也许，我应该在上午或者中午时分，在阳光灿烂的时候来到这里祈祷——会有光，在祈祷的时候，也许许璐真的就会顺着光束升入天堂。

随后我又轻声地说，许璐，你的身上没有福尔马林的味道了。像蚊子叫一样，郑雅如肯定听不到。在这个由我操办的庄严的祈祷仪式上，我终于说出了这句话。

我们走上石子路时，一些小石头在脚下摩擦碰撞发出了"沙沙"的声响。没有石子聚集的地方，我们走过，寂寥无声。在来做祈祷之前，我曾经想过，我也许会轻松一些，解脱一些。但祈祷结束了，我觉得更难受，我忘不了死神覆盖着的许璐，她的苍白让我无法释怀。

我似乎听到了许璐的笑声，在食堂里的笑声，她那爽朗的笑声像烈日夏天里的一阵暴雨，噼里啪啦，爽心悦目。如今却以不可思议的方式，迅疾消遁在千里之外的天边。

郑雅如是牧师的女儿。郑牧师是我们方圆二十里唯一的牧师，他从未停止传播神的福音，即便信众寥寥。

当我知道郑雅如是牧师的女儿时，打量她的目光竟也变了样，我总是把她与那个陌生的外国女人——圣母玛利亚联系在一起，我视她为玛利亚在我们镇上的常驻代表。

郑雅如是住校生，她的床头一直放着黑面软皮的《圣经》。听她的室友说，她会祈祷，也会忏悔。晚自习结束之后，磨磨蹭蹭的室友走进寝室的时候，总是看到她与神在对话。

我听张寒冰说，在许璐生病期间，郑雅如经常为许璐祈祷，祈祷圣父圣子圣母眷顾这可爱的小生灵，把病魔赶走……我很感动，于是就在许璐走的第二天，请她到卫生院为许璐祈祷。

因为郑雅如，我还第一次进了教堂。中考之后，吴晨他爸刚买了辆"幸福250"，他就趁家人不在，迫不及待地把摩托车推出来，喊我出去兜风。我们坐在"幸福250"上，真是幸福至极，走在路上的人和骑自行车的人纷纷侧目，好不神气！从学校到粮站码头，转了一圈，我们的摩托车不经意就过了车轴河大桥，我提议说，我们去郑雅如家玩吧，她家就在河对岸的教堂里，我们还能看看教堂是什么样子的呢。吴晨欣然同意我的提议。

十分钟后，我们顺着荒野上高高架起的十字架的指引，来到了教堂，郑雅如也在家。她带我们到教堂里玩。教堂有点像镇上的大会堂，在正对着大门的墙上挂着一个巨大的十字架，是木条做的。吴晨说，郑雅如，你能不能帮我们祈祷一下？郑雅如就说，可以啊，你要祈祷什么呢？吴晨就说，我们班的那些同学嘛，当然主要是为费雁鸣和许璐了。我接过话茬说，最好再帮赵思海和赵林忏悔忏悔。

郑雅如就面向十字架，跪了下来。本来我们还站着。等郑雅如祈祷"愿费雁鸣和许璐能够进入天国，享受主的荣光"时，我们忽然觉得不好意思，这起码也是严肃的事，我们请郑雅如祈祷忏悔，我们也该跪下。于是，我们俩就轻轻地跪倒在郑雅如的后面。

我抬起头，向教堂的屋顶望去。我看到从教堂的天窗上泻下了一束光，像车轴河水一样清澈明亮，我看见了费雁鸣，我看见了许璐……我看见她们顺着这束光缓缓地升上了天窗，越过房顶，越过树梢，向深邃广阔的天空升去……天国里，只有阳光，没有人和她们玩，因为那里都是金发碧眼、高颧骨的外国人……她们就坐着或者躺着，晒太阳，她们俩不是好朋友，没有什么话可说……

随后，郑雅如又说，愿主能宽宥有罪的人，给他们重新做人的机会！

我和吴晨似乎知道该怎么忏悔了，也说，愿主能宽宥有罪的人，给赵思海和赵林重新做人的机会。

同时，我在心里忏悔，愿主宽宥我这有罪的人啊，愿费雁鸣的在天之灵宽宥我这有罪的人！阿门！

我用余光看着吴晨，他坚实地跪在地上，闭上了眼睛，嘴唇轻微地翕动着……有细小的泪水从他的眼角流下，渐渐浸润着他那写满了羞愧的青春脸庞……

许璐家就住在卫生院，但现在她得离开家了，在太平间的两天也是她在镇上停留的最后两天。她跟我小学就是同学，说起来，家里也算得上是世交。我们两家常来常往，她妈和我妈隐约的意思是结成亲家最好。在小学时，许璐就一直喜欢跟我玩，虽然很多时候，我是不带她的。

许璐身上有一股福尔马林的味道，我讨厌这种味道。八岁时，我得了肾炎，在卫生院住了三个月的院，每天都要打针吃药，最后屁股上都是针眼，就像草船借箭的草靶子一样。而由此而来的后遗症就是一闻到福尔马林的味道，我就会想起在卫生院住院的日子，进而想到尖利的针尖像子弹一样，向我飞来，向我那千疮百孔的屁股狠狠地扎下去……

到初二的时候，许璐仍然寻找各种借口要跟在我后面。某一天，我们几个准备骑车到海边玩，不知许璐怎么知道了消息，就找到我，要跟着去。我就说，你不能去。许璐就昂起她那颇为自负的小头颅，说，为什么不能去啊？我说，你是女的，我们不带女的玩。许璐还嘴说，路西，你骗人，你们不是还带着费雁鸣和张寒冰了吗？许璐死缠烂打，揪住我不放，一定要我带她。实在没办法，我就说，我讨厌你，讨厌你身上的味道。许璐当时就抽抽搭搭地哭了起来。

她想尽一切办法要逃离卫生院，逃离福尔马林的侵袭。星期一，也就是我们去海边玩了之后，许璐就搬到学校来住，成为一名离家最近的住校生。当然，她跟她爸妈说的理由是学习紧张，住校能有更多的时间用来学习。有时，为了在学校玩要方便，我也会在学校吃晚饭。在食堂里，我遇到了许璐，她会主动把饭菜端到我的旁边，跟我一起吃饭。她大胆，根本不顾别人的眼光。她大口地嚼一口馒头，然后朝我爽朗地一笑，说，路西，我身上还有味道吗？我只好转过头，不搭理她。

我承认许璐身上福尔马林的味道基本上散尽了，但是我从来没有说。我总是对她说，作为医生的女儿，你身上的气味是根深蒂固的。她也不生气，就会说，死路西，我咒你永远不生病，永远闻不到福尔马林的味道，最后叫你的鼻子失灵。

风云莫测，一个月之后，许璐生病了，查出来是白血病。她住回了卫生院。我去看过她两次，一次是随我们班的大部队，一次是跟我爸妈去的。在第二次去卫生院的时候，在路上我就想好了，我要告诉许璐"你身上并没有福尔马林的味道"。然而，鬼使神差，我一走进病房，刺鼻的福尔马林的味道直冲向我的鼻腔，自始至终，我都没有说那句曾经想说的话。

这一次，再见到她，世界关闭了她的听觉，她什么也听不到。我能做的事就是说出那句话，阿门。

山的那边，海的那边

晚上，我睡得不好。星期天一早天麻麻亮的时候，我就一骨碌从床上爬了起来，从厨房里找到几个馒头，还有一包刚拆开的钙奶饼干，胡乱塞到帆布书包里。我悄悄地挎上包，推开房门，向粮站码头一路狂奔而去。

到码头时，天还没有大亮。这晨曦，既不属于白天，也不属于黑夜，是一个短暂的存在。此时，万物静谧，若隐若现的霞光照射在车轴河面上，青黑如黛的东陬山在地平线上渐渐呈现出轮廓。

我就静静地站在那里，向远处眺望。魏军从后面拍了一下我的肩膀，说，真他妈像个诗人哩！我激灵了一下，回了他一句，诗人个头，冒失鬼，你直接把我的心掏走得了。

天色大亮时，吴晨、郦金波、张寒冰、费雁鸣、钱源、祝诚、赵林陆陆续续都来了。我们一共骑了六辆自行车。吴晨和赵林都是大个头，他们理所当然地带上了费雁鸣和张寒冰。

魏军带着我。我们开始向大海边进发。

魏军朝吴晨和费雁鸣努了努嘴，对我小声地说，你就不眼红吗？

我淡淡地说，有什么好眼红的呢？

魏军嘿嘿一笑，说，事实上，每个人都嫉妒别人，只不过有的人直接说，比如像我，我看着他们就眼红，而有的人不说而已，比如像你。

我大声说，我嫉妒？你别胡说了，行不行？

我们大声唱起歌：在山的那边海的那边，住着一群蓝精灵……乘着愉快的歌声，我们的自行车嗖嗖生风，真如御风而行，不知不觉就到了东陬山。在粮站码头，我们向远方眺望，能看见最美的景致就是这小山了。我们就像见到神交已久的朋友，不由分说，把自行车支好，立马顺着陡峭的山路爬了上去。这座小山并不如想象中的那么高大，说起来也就是一丘陵，十几分钟就登顶了。等我们登上了山顶时，才发现这里真有一个美丽的新世界：东边是一片滩涂，成片成片的盐蒿在风中摇曳，再过去就是一望无际的大海；北面是一座连着一座的盐山，白花花的，有些刺眼；南面就是著名的坲子口了，蜿蜒而来烧香河、善后河、车轴河在这里交汇，随后融合为一，奔向大海。

吴晨提议，我们每人说一句话，不管什么都行。谁先来？

钱源站了起来，掸了掸屁股上的灰尘，说，我说一句，大海啊，故乡啊，我们的母亲河连着你啊！一头是大海，一头是故乡，我们徜徉在这里，游弋在这里……

吴晨大声说，好，大家鼓掌。语言优美，就是有点文理不通。于是我们稀里哗啦地拍了拍手。

费雁鸣轻轻地咳嗽了一声，我们都不再作声，等着她说话。她坐在一块向外突出的石头上，身体稍稍地向东倾斜，说，在山的那边海的那边，住着一群蓝精灵，今天，我们终于到了山的这边海的这边，如果我能看到他们，该多么好啊！

众人鼓掌，大家叽叽喳喳地讨论到底有没有蓝精灵。郦金波这时插话了，说，我见过精灵，但是不是蓝色的，他是一只小白兔。

我们立刻静了下来，像等待喂食的小鸟一样，伸长脖子，要听一听郦金波说的精灵到底是怎么一回事。

郦金波说，这只精灵经常在我们大队部出没，我跟我爸到大队部去玩的时候，看到过几次。他跟平常的小白兔一样，两只长耳朵，两只红红的眼睛，还有那著名的三瓣嘴。那天，很多人都在大队部，大概有七八个人，我们就看到小白兔一蹦一跳地从东边的芦苇荡里跑进了屋里。我们一起围了上去，等我们围到墙角的时候，它就不见了。墙角那儿根本就没有地缝或者地洞什么的。有一次，大人们在隔壁房间里打牌，就我一个人在外面的房厅里，我趴在办公桌上写作业。那个长着兔唇的小家伙，它又出现了。它跑到我脚边，并不怕我，我也不怕它，后来我就跑到外边找了几根大白菜帮来，一根一根地喂它。它就不紧不慢地啃着。大人们打牌结束，一出房间，小白兔就不见了。就在一眨眼的工夫。它并没有从大门或者窗户里跳出去，而是像变魔术一样瞬间就消失了。

魏军用疑惑的眼神看着郦金波，说，你说的是真的还是假的？搞得像聊斋一样。

郦金波哼了一声，用自信而又不屑的口气说，你不信就算了，你可以问我爸，问我们大队的所有人，谁骗你呢！后来，上初中住校后，我爸告诉我，小白兔再也没有出现过。我觉得它就是一只精灵。

我们不知是同意还是反对，对郦金波的说法未置可否。现在该轮到祝诚说话了。祝诚挪了挪他那圆滚滚的屁股，说，当所有的人看到浩瀚的大海的时候，他们就会忘记吃猪肉。

我们哄然大笑，不知道这算什么狗屁逻辑。我说，你又不是猪，干吗为猪担忧呢？咸吃萝卜淡操心。

祝诚嗫嚅着小声道，你们根本不知道，你们不知道……

轮到赵林了，他说，子曰：仁者乐山，智者乐海！我们是智仁双全的新一代。

最后一个是张寒冰。她坐在一块光滑平整的石头上，凝望着远方，只是说了一句，坐在这里，一直坐下去，就很好！

我们都不作声，似乎被张寒冰这句短短的话给镇住了一样，有点像佛经故事中老和尚说的一个偈子，多少有点直指人心、醍醐灌顶的意思。

一阵沉默之后，吴晨说，我们还是下去吧，到河闸那边去玩玩。于是，我们冲下山去。骑上自行车，向垺子口进发。到垺子口河闸后，大家三三两两地分开了。吴晨、钱源和费雁鸣待在一起，他们面向河流，坐在河闸的水泥台子上，双腿悠闲地悬在河口上方，晃来晃去。吴晨和钱源一左一右，把费雁鸣夹在了中间。张寒冰和赵林沿着河闸边的荒芜小路一直向海边走去。魏军、祝诚、郦金波和我都把鞋子脱了，下到浅显的河滩处，去捉那些大小不一的海蟹，当然，它们不过是些小家伙：有的只有绿豆那么大，有的有拇指那么大……它们行动迅疾，必须预见它们的逃跑方向，提前包抄方可有点收获。郦金波的运气不错，抓到一只成年的招潮蟹。我们把它扔到桥面上。谁要是撩它的话，好家伙，它就舞动着不可一世的大螯，像程咬金舞动大板斧一样"嚯嚯"地杀了过来。

不知是谁说的一句话，引起了我们激烈的争吵。我们争论的核心是手枪有用还是步枪有用。魏军认为手枪更重要，便于携带，便于藏匿，用来执行特殊和秘密任务非常有必要。而祝诚则认为步枪重要，特别是一只高精度的狙击步枪，可以远距离精准打击目标，比如埋伏在粮站码头的一个粮仓上，可以精确地射击车轴河面上飞翔的海鸥。而我辩证地认为手枪、步枪都是一样，都是"尺有所短寸有所长"。郦金波埋着头，没有参与我们的争论。我们正争论得不可开交，郦金波冒了一句，回去拿把手枪给你们看看。

魏军和祝诚几乎同时跳了起来，大声说，真的假的？吹牛吧！

我抬起头，不经意地望了望郦金波，看不出他的脸色有什么变化。而郦金波也没有回避我的目光。也许他真有吧。

当夕阳西下之时，我们把战利品——海蟹盛在罐头瓶里，踩着蓝精灵的节拍结束了短暂的海滨之行。

就在回来的第二天中午，郦金波把魏军、祝诚和我叫到粮站码头。他神秘兮兮地把我们带到西北角的那个粮仓后面——没有人能看到这里的情况。郦金波从他的书包里掏出一个用报纸包裹得严严实实的东西，就好像拿着个即将爆炸的手雷一样——不容有半点闪失。他先把它小心翼翼地放在地上，然后一层一层地打开报纸。报纸被打开后，是一层鲜红的绒布。看着郦金波一层一层不紧不慢地打开这秘密的物事，我的心简直快要跳出来了。

揭开最后一层绒布，是一支手枪，一支五四式小手枪。

我们屏住呼吸，贪婪地端详着这支小手枪，就像面对一件神圣的圣物，充满不可言说的崇敬。

魏军、祝诚和我向郦金波苦苦哀求，求他让我们摸一下，拿上手比划一下。郦金波最后说，摸一下吧，下不为例，就你们三人，别人可是不行的。我们心满意足地比划了一下小手枪，回来后都觉得手上沾染了什么仙气一样，久久不愿意去洗手。

接下来的几天，我们班很多同学甚至其他班的同学都有幸目睹了五四小手枪的风采，目光中同样携带神圣的崇敬。魏军还偷偷地问郦金波手枪是从哪儿来的。可是郦金波口风很紧，没有透露出任何与小手枪来历有关的信息。

星期五的时候，来了两个大盖帽，带走了郦金波以及小手枪为他带来的种种风光。

　　一星期之后，吴晨从他在派出所上班的小叔那里辗转得知：郦金波的手枪是县烈士陵园里面的，那里有一个革命文物陈列室，原来就是陈列在那里的。在清明节祭扫烈士陵园的时候，我也进去过，但对小手枪没有什么印象了。郦金波在参观时，发现烈士陵园的管理员是位眼睛、耳朵和腿脚都不甚灵光的老头，还经常溜号，后来他就用一把水果刀撬开了玻璃柜上仅仅具有象征意义的小锁……

　　那支五四式小手枪既没有撞针，也没有子弹，如果郦金波不拿出来，谁知道呢？它不过是一坨废铁而已。但是，命运中的那只小精灵还是闪现了，他和它有着不解之缘。郦金波被判了八年。

缁衣社

一天放学后，魏军带着我和吴晨去粮站码头，说要见一个人。

我们到河边时，那个人正面对着车轴河，站在码头上。他上身穿着黑色的外套，下身穿着黑色的灯芯绒长裤。这身装束颇让我们觉得新奇。

魏军上前一步，恭敬地说，方哥，我们来了。那人转过身来，伸开手掌，向天空方向竖起来，又放下去。显然是制止之意。魏军立马改口，方堂主，我们来了。

那人颔首表示认可。

我们发现他也不过是个少年，也许比我们大一点，最多一两岁而已。唯一引人注目的是他右额上有一条月牙形的刀疤，这一刀疤像刺绣一样绣在他清秀的脸庞上，不光没有凶残阴险之意，还让人觉得它是一件不可获取的艺术品，生出些许隽秀飘逸之美。

这次会面很难说有什么实质性内容。魏军是想成立一个分舵，按规矩，就得首先让这位方堂主同意，然后经由他逐级向上申请。

魏军神秘兮兮地说，我们要不要加入缁衣社呢？

我说，什么缁衣社？是个黑社会？

吴晨凑上前来说，没文化吧，缁衣就是黑衣，鲁迅不是写过一首

085

诗吗，有一句就是"吟罢低眉无写处，月光如水照缁衣"。

魏军说，你不是看到了吗？刚才那位方堂主就是缁衣社的。

我心生狐疑，忍不住还是问了魏军，这缁衣社到底是干什么的呢？是杀人放火、打家劫舍，还是匡扶正义、劫富济贫，还是像水泊梁山那样？

吴晨接过去说，是啊，到底是名门正派呢，还是歪门邪道呢？不会像《笑傲江湖》中的魔教吧，还有一位不男不女的教主？

魏军脸上的神经一下子紧绷起来，口气严肃地对我们说，你们能不能正经一点？你们别以为你们顺利地入了团，就可以顺利地加入缁衣社。情况没有那么简单。

这么看来，加入缁衣社是一件相当困难的事，这更是挑起了我们试图加入其中的愿望，至于缁衣社是什么样的组织倒并不重要了。我们仨决定向方堂主递交入社申请。

入社申请是由我来起草的，经由吴晨、魏军润色修改而成。

在这一申请中，我们不过是在说一些套话和空话而已，其实我们对于缁衣社的章程、义务、纪律、决定以及秘密一无所知。对于缁衣社的印象，主要来自于我们狭隘的猜想以及方堂主投映到我们头脑中的镜像而已。

接下来是无休无止的等待。一个月之后，我们如约来到粮站码头，那位方堂主风采依旧，仍然是一袭缁衣。他气度非凡，迈起小小的外八字步，向车轴河边踱去。魏军哈着腰，跟在他后面，活像个狗汉奸。到河边时，魏军从他的书包里翻出一盒钙奶饼干，以一种做贼似的隐秘而细微的动作塞到方堂主的长裤口袋中。这个动作看起来不起眼，可是在吴晨和我的眼中又是如此招摇。方堂主拿手使劲地推开魏军送过来的饼干，魏军又坚持不懈地塞过去，如此动作反复三次。后来，方堂主不再用手推开，我们这才松了一口气。

魏军轻声地问他，我们的申请怎么样了？

方堂主就说，已经送上去了，需要等待上面的指示。

我们等待着下一个月的会面。漫长甚至绝望的感觉渐渐朝我们袭来。我隐约感觉有什么东西不对劲，但又说不清楚到底哪儿不对劲。这并不是说我有预知未来的第六感。吴晨也跟我表达了类似的想法，他对我说，路西，我看这个缁衣社并不靠谱啊！真不知道他们到底是干什么勾当的。魏军总是拍着胸脯，宽慰我们说，没事，我保证绝对没事，而且我们的入社申请马上就会得到上面批准的。我朝他回了一句，上面？上面在哪里？鬼知道有什么上面啊？

让我们备受煎熬的一个月即将过去。我们如约来到了粮站码头。我们来得太早，只好坐在车轴河岸边的水泥堤坝上，看着河水静静向大海的方向流淌。偶尔有几只海鸥掠过我们的头顶，它们盘旋往复，不时地从我们的头上经过，似乎在逗我们玩。然而，我们谁都没有心思搭理它们。

薄雾和暮色渐渐降临到河面上。我们心不在焉地荡悠着双腿，等待方堂主的到来。这时，跑过来一个小孩，瘦瘦小小的，一看就是个小学生。他跑到我们面前说，谁是魏军啊？魏军"嗖"地从堤坝上蹦了下来，说，在下便是。

那个小孩见到我们倒也不生分，也不害怕，镇定自若地说，我堂哥，也就是方军方堂主，他让我来告诉你们。

直到此时，我们才知道方堂主的名讳叫方军。

我们几乎异口同声地问，告诉我们什么？

他倒不急，说，告诉你们，你们的入社报告已经报送到上面了，必须要等上面的批准。但你们不要急，堂哥说，你们基本没有问题。

我们还不着急？他妈的，这叫什么事啊？驴年马月才能等到上面的批准啊？

吴晨一拍脑袋，好像忽然想起一件重要的事情来，他对那小孩说，那么你堂哥方军怎么没来啊？

那小孩支支吾吾地，神色紧张起来。

魏军就掏出仅剩的两块钙奶饼干，递给小孩。那小孩双手一缩，画了个弧线，反背着藏到了身后。魏军就说，你饿了吧？不要客气，拿去吃吧！于是那小孩又怯生生地把右手伸了出来，展开小手，用拇指和食指轻轻地捏了过去。

我们仨看着小孩在一瞬间把两块饼干送进了他迫不及待的小嘴之中。

那小孩也真懂事，吃完饼干，就对我们说，我告诉你们，你们千万别告诉我堂哥说是我说的哦！

我们夸张地使劲点点头。

那小孩说，堂哥他被公安局抓了起来，已经有一个星期了。他被抓的当天，大伯也就是堂哥的爸爸叫我去送点衣服和吃的给他，他在公安局悄悄地对我说，要我一定今天到粮站码头来见你们，把上面的情况告诉你们。

这时，我们突然觉得方军这哥们还真讲义气，颇为感佩。

吴晨拉过那小孩，小声地问，小弟弟，你知道你堂哥为什么被抓的吗？

那小孩一脸茫然，摇了摇头，说，不知道。

那小孩走后，我们又在码头的堤坝上坐了好一会儿，直到天完全黑下来才离开。

对于上面，我们已经不抱任何希望了。不过，随后通过各种零星分散的只言片语，我们渐渐了解了方军的事。方军并不是我们镇上的，而是邻镇的，离我们镇只有四公里多一点。据说那个镇上，莫名其妙接二连三地丢失女人的胸罩和内裤，后来有人向派出所报了案，派出所派人蹲守在卫生院的宿舍楼底下，因为那儿有很多年轻的小护士，当然就有很多新潮的胸罩和内裤。在一个阳光毒辣的中午，所有人都在睡午觉，只有那个蹲守的公安干警没有睡。一袭缁衣的身影出现在现场，还带着黑色的纱布做面罩。他蹑手蹑脚地猎取晾衣绳上的胸罩和内裤，结果被那个敬业的公安干警逮了个正着。随后是提审，方军乖乖地招供了他作的所有案子，公安干警去了他家，在他的床底下翻出两大纸箱各式各样的胸罩和内裤，像一座胸罩内裤博物馆，五彩缤纷，令现场围观的群众头昏目眩。一时间，此事传为奇谈。

方军以流氓罪被判了刑，不知判了几年。魏军跟我说，遗憾的是，我们没有看到那么多花花绿绿的胸罩和内裤。

关于缁衣社，慢慢消失在我们的记忆之中。

慕容先生的房间

魏军说郭树是个傻子，至少是个二愣子。

我说，我不信，郭树不过是不怎么喜欢说话而已，说话慢一点而已。

郭树是老五，他的哥哥姐姐们分别叫"金""枝""玉""叶"。也许是他爸没想好，如果有一个五个字的成语，孩子们的名字就完美无缺了。也许他爸他妈没控制好，郭树本来就是不小心给弄出来的。

我还嘲讽过郭树，我说，你哥你姐的名字多气派啊：金枝玉叶，你呢，叫郭树，真土气。

郭树反驳说，我爸确实考虑过五个字的，我们兄弟姊妹几个都可以用了，比如"八九不离十"或者"二桃杀三士"什么的，但不知道什么原因他并没有采用。

魏军接荏说，那你就该叫"郭十"或者"郭士"了，你的哥哥姐姐就有郭二、郭三、郭八、郭九、郭不离十了。

郭树挠了挠头，思考了一阵子，慢吞吞地说，嗯，那样的话他们的名字就比我的更土了。

我和魏军喜欢到郭树家玩，他家开了一个小旅馆。

在他家，有一个常驻客人，大约是陕西的，他说他老家在汉中，但在咸阳出生长大。他喜欢跟我们聊天。据说他是做生意的，但是我们从来不知道他做过什么生意。他复姓慕容，我们起初喊他"慕容叔叔"，他就立即纠正我们："请叫我慕容先生。"有时候，我们到他房间里坐坐，他就热情地请我们喝茶。他会从柜子里拿出一个锡制的茶叶罐，这个茶叶罐上还雕刻着精美的图案，是释迦牟尼在菩提树下趺坐悟道成佛的故事。他小心翼翼地打开锡罐，从里面抖索出几片茶叶，放在玻璃杯中，然后冲水。我们看着绿色的茶叶在透明的水中渐渐舒展开来，慕容先生就说，我告诉你们，这是龙井哦，天下第一茶。我们也学着慕容先生的样子，小心翼翼地啜饮一小口，还装着陶醉的样子，说，真是好茶，天下第一茶，名不虚传啊！其实呢，我们也没喝出啥滋味来，可能茶叶太少的缘故吧！有一天，他拿出一块瓦片，看上去青苔的痕迹还隐约残留其上，他告诉我，这是秦始皇陵上的一块小瓦片，是真正的秦砖汉瓦哪！我们几个装着特别虔诚的样子，仔细端详半天，魏军还是结结巴巴地说，好像，好像跟后面老街老房子的瓦片差不多啊！慕容先生赶紧用布把瓦片包了起来，塞进床头柜中，说，你们小鬼知道个啥？差得多，差得多哪！我随身揣着的不仅仅是一块瓦片啊！

我和魏军其实更关心慕容先生的私生活。我们三番五次地问郭树，你有没有发现慕容先生跟哪个女人有来往？郭树总是挠挠头说，大概没有吧！被我们问急了，他就会说，可能新华书店的庄凤娟来过几次。

庄凤娟确实算是镇上的标致人物。我经常去新华书店，虽然不买书，但也会常常看看是否有新书到。在新华书店，自然就会遇上她。星期天的下午，我准备到吴晨家去玩，不知不觉又路过新华书店，一抬脚就进去了。我的目光自然地落到"外国文学"专柜，在颇有些灰尘的玻璃柜中，一本叫《断头台》的书吸引了我。庄凤娟在值班，我就请她把这本书从柜子里拿出来给我看看。我看了一下简介，是一个叫艾特玛托夫的苏联作家写的，写了狼的传奇故事。我站在书店里的柜台前，迫不及待地翻开了这本书，作者的描写完全把我带到了辽阔的大草原上，母狼阿克巴拉"一对野性勃发的、在阴暗处发着磷光的眼睛紧张地注视着前方，准备随时投入一场搏斗"。我对这只苏联的狼颇生好感，作家描写的画面形象深深地印在我的脑海中。

她隔着柜台，对我说，同学，这本书你要不要？

我抬起头，装着不经意的样子，但着实仔细打量了她一番，她是个宽脸盘，但宽得恰到好处，在一簇刘海的掩映下，她的脸庞尤显得白净且充满活力。在右腮帮处有一颗绿豆粒般大小的黑痣，这颗小小的黑痣似乎洋溢着无限的吸引和笑靥。我想到慕容先生了，假如是我，一个远走他乡的男人，遇到这样一个可人儿，我会作何打算呢？

我又匆忙地翻了一下《断头台》，还扫了一眼封底定价，是 2.25元，随后合了起来，递给了她。

她又说，我要出去有点事，你要不买，我就锁门了。

我说，过几天再来买。

她故意弄出一些动静来：把收银台整理了一下，锁上抽屉，又把开着的两扇窗户关紧。我和另外一个顾客只好从书店出来，她随即关闭大门，挂上那把粗壮而不可侵犯的大锁。

我看着她从书店走出来。她漫不经心地走在街上，有一两个熟人跟她打招呼，说，庄会计，下班啦！她就点点头。从后面看，她真是风姿绰约，身材一下子就凸显出来。跟我们那些没长开的女同学比，是女人和女孩的差别；跟镇上的那些中年妇女相比，可谓珠玉与瓦砾之殊。

风带着她悄然飘进郭树家的旅馆里。当她悄无声息地踩着楼梯走上二楼的时候，我找到了郭树，对他说，赶紧的，我们躲到慕容先生的隔壁房间。郭树一眼就看到了庄凤娟的背影，他谨慎地把手指竖在嘴唇上。这时我想，其实郭树并不傻。

他拿起钥匙，带着我蹑手蹑脚地爬到了二楼。慕容先生的房间在走廊的尽头还要拐一个小弯，当我们到达走廊尽头的时候，就听到有电视的声音传来。这声音足够大，足以掩盖我们两人进入慕容先生隔壁房间的所有动静。当我们憋着气溜进房间，把两只耳朵贴在墙壁上时，才发现这电视的声音坏了我们的大事了：我们什么也听不到，慕容先生的房间里好像没有人一样，只有电视机在叽叽喳喳地说个不停。

我们俩一筹莫展地瘫坐在床上，突然灵光一闪，我对郭树耳语道，我们可以停电啊！说时迟那时快，我们匆匆赶到拐角处的配电总闸处，毫不犹豫地拉下电闸。随即又以鬼魅的速度悄无声息地溜回房间。

天助我也，郭树家房间的隔音效果真是太棒了，我们都不用把耳朵贴在墙壁上，就能清楚地听到隔壁的动静。

女的说，你带我离开这个鬼地方吧！我受够了，我再不想回到那个家了！他是个畜生，他总是打我，你看我身上的淤青，还有伤痕……

男的说，你还有一份稳定的工作呢，要是走了就丢了。你不可惜吗？

女的说，可惜？又怎么样？我跟着你也不会饿死吧？

男的说，怎么会呢？只要你不怕吃苦，一口饭还是有的。

女的说，你赶紧带我走吧，我一天都不想待在这个鬼地方了！

……

庄会计说的是一种本地方言化了的普通话，我们听来觉得颇不顺耳。有时候，隔壁没有了说话声，没有任何动静。听了大半天时间，我们大失所望，一切都是谈话以及间歇的沉默不语。

郭树怕家里人发现停电是他捣的鬼，不敢怠慢，出门推电闸去了。

我躺在旅馆的床上，望着挂着星星点点蜘蛛网的天花板，我在想庄会计的男人是个什么样的熊男人呢，怎么守着这么个如花似玉的老婆还下狠手呢？

后来，我还跟郭树说了我的疑问，他也是百思不得其解。

我对郭树说，面对女人，我们思考的是男人的问题。

郭树说，我看这个问题有点大。

三天后，郭树就告诉我，慕容先生退了房，走啦！

我的第一反应是庄会计应该跟他一起远走高飞，在天化作比翼鸟了！为了证实我的看法，我和郭树到新华书店转了转。空荡荡的新华书店果然没有庄会计的身影，我觉得没有她的新华书店顿时黯然失色，柜台、书籍、挂像、桌椅都蒙了一层晦暗的灰尘。《断头台》静静地躺在玻璃柜台中，它对我失去了魔力。

我们问了书店里的人，谎称有人找庄会计。书店里仅剩的万会计戴着老花镜，从眼镜后面翻出了些许眼白，慢悠悠地说，庄会计身体不好，请假了。

每个周末，我都会役使我的双脚不自觉地迈进新华书店，在《断头台》前站一两分钟，随即离开。慕容先生离开后，我、魏军和郭树去过一次他的房间。但是，房间没有龙井的茶香，那片来历不明的瓦片也不在了。慕容先生的陕西口音若有若无地飘荡在房间里。魏军还抱怨我和郭树上次怎么不喊他。

当我踩着楼梯下楼时，想象着我就是慕容先生，拖着拉杆箱，正准备走出这个褊狭的小镇，走向新的生活。更重要的是，还带着心爱的人一起走。走到大街上的时候，一辆破旧的公共汽车卷起扬尘从我身边经过，嘶鸣的喇叭把我打回原形，我明白我不是慕容先生，我只是路西，我还得继续去学校上学，我不会远走高飞，庄会计也不是我的。

半年后，庄会计又悄悄地出现在新华书店，就像从来就没有离开过。我再次前往新华书店，又走到了《断头台》前，请她把书拿给我翻翻。那本《断头台》还是那样，只不过看起来已经不像一本新书了，封底似乎从新鲜的草青色褪变成暗淡的黄绿色。我一边翻着书，一边用余光打量庄会计。她和这本书一样，暗淡了许多。半年的时光使她一下子衰老了许多，脸庞失去了往日的光泽，还有那颗小痣，依然停驻在她的右腮帮处，但不再闪烁着光芒，它是一颗再也平常不过的多余之物。

我掏出五块钱，递了过去。她给我开了一张单子，找了零，随后把那种只有三四寸见方的单子麻利地夹在书的最后一页。

我拿着书，走到了门口，站在街边，翻到了405页，也就是小说的最后一段。这段话真感人：

那高高隆起的蓝湛湛的伊塞克湖越来越近了。他真想融进这片湖水，化为乌有;想活着，又不想活着。是啊，就像这些水花四溅的激浪——浪头冲上来，落下去，水变成浪，浪变成水……

我抬起头来，就看到蓝湛湛的天空。我也想融入这天空中，化为乌有。

流　水

1

他回到了自己的故乡，一座离黄海边只有四公里的小镇。

这如同一声闷雷在小镇的人们中炸开了，在瞬间有震撼力，但在瞬间之后又无声无息地渐被遗忘，更像一颗石子被投进人世的湖泊，激起一丝涟漪，随即又什么都不见了。

各种议论是少不了的，非议和猜测占绝大多数，只有他的小学语文老师徐先生一直对镇上的人说：

"你们懂什么！凯是一个有思想的人，他是作家，你们这些凡人怎么能理解呢？"

2

凯仍旧住在他的老宅里，在车轴河的南岸。这条河一直流进大海。这条平静而清澈的河见证了凯的童年，那些时光也像河水一样，静谧、澄明，没有奢华与可资自豪的事物，也没有贫贱或引起自卑的事实。

家中后院，是一片菜地，由田垄自然地分成六块长方形的菜畦。几十年来，这里曾经生长过西红柿、青椒和土豆。在凯离开这里之前，这些简单的食品曾为他茁壮成长提供营养。五年前，父亲撒手人寰。两年前，母亲也追随而去。菜地随之就荒芜了。

父母的离去让这个曾经是家的地方不再是家，因为这里已经没有人的气息了，尤其是挥之不去的亲缘气息。凯能回到这儿，跟这有关。这与所有的酒店一样，来与走都很轻松。更重要的是，这里气象荒芜，荒芜是他所需要的。

从菜地向下，就是车轴河的堤岸，有青石板一级一级地伸到河水里。岁月和雨水使青石板变得光滑、安静，有光射到上面时，青黑的色泽似乎能沁人心脾。青石板可能是凯的爷爷修筑的，或者不是。也有可能是爷爷的爷爷，或者不是。不管是历史还是记忆，似乎都与凯无关。

在小时候，确切地说是 20 世纪 70 年代中期，凯经常在河边玩耍。清晨，会有一些海鸥在河面上低空盘旋，它们展翅飞翔的姿态无疑是美的，他经常坐在石阶上，一动不动地凝望着它们。有时，他掰着馒头，一块一块地扔向河面，几只海鸥会忽然俯冲过来，抢食馒头屑。

那是一个慢时代。

3

清晨，凯又起了个大早。像从前的时日一样。也许是梦的作用吧，他梦到自己的童年，梦到美丽飞翔的海鸥。

他走到河边，但走不进他的童年。这里没有一只水鸟，看不到美丽飞翔的海鸥。河里长满了水草，这是富氧化的结果。这预示着小镇工业化时代的到来。听说一座大型的核电站不日将破土，镇上的人们还得背井离乡。

"你知道那些水草是什么?"晔不止一次问过他,她还抓过他的手,让他的手抓住她的长发,"我告诉你,那是他女朋友的头发。"

那是一个无聊的人编出来的情感公案。晔信任这些东西和它们能带来的象征寓意,我们未来的命运好像就在这些公案或者星座或者面相或者卦象上。

晔一定还在沉睡。她做梦也做不到他在这么早的清晨走在童年的堤岸边,悠闲自若。他在这里,晔并不知晓。她是一个聪明女人,她不过问他的隐秘生活。

凯常常认为,一个人太少,两个人太多。他厌倦了两个人的生活,厌倦了两个人在一起必须要说话,必须要做爱。

这样的早晨多么奢侈啊!凯不是一个易被往昔岁月纠缠的人。他离开了河边。

4

凯无所事事,在早晨七点半的时候,他到达了镇上的菜场。这是个只有一百米长的露天集市,有一些渔民刚刚从车轴河里捕捞上来鳜鱼和白鱼,还有周边农民种的各种时令蔬菜。凯想买一条鳜鱼回去红烧,但他已经记不得红烧到底是怎样一种烹制方法了。所谓记不得,是指母亲的烹饪流程,跟其他任何人的都不同,与任何饭店餐厅大厨的手法也是迥然有别。要说,有什么特别之处,他倒说不出来。母亲喜欢在快烧好的时候放上一些青青的茴香草,现在这样的茴香草几乎没有人种植了。简单地说,也许经过母亲的手就是它的特别之处吧!

"凯,是你吗?"

一个声音在身后响起，方言里的语调，久远但熟稔。凯并不想在这里见到与他有关的故人，比如儿时的玩伴、小学初中的同学或者老师，甚至还有远房亲戚。他一个人而来，一个人行走。

有一个身影闯入了眼帘，她是珏，凯认出了她。她之所以在他的心理地图上还有清晰的一点，仅仅是因为她的一些事。这些事跟他有关，也无关。

"珏，我想看看你的画，怎么样?"凯直接把话题引到他曾经注意她的问题上。

5

凯走进了珏的小院。一个四五十平方米的院子，院子的上空布满了锈迹斑斑的铁丝网，上面是葡萄翠绿的叶和果。葡萄之上，有片白云悠闲地飘荡着，似乎在不经意地打探一些讯息，看着这个小镇的这个小院。

珏的画主要的底色是：下半截浅灰，上半截幽蓝。也就是说，她画的所有画面都被她用色块分割成两大部分。这两块颜色的战争是不分胜负的，可以说是平分秋色吧，但在每一幅具体的画中，它们各有侧重。

"你的画主要运用哪些色彩呢?"凯一边端详着画，一边漫不经心地说。

"生活的色彩，有多少就用多少。"珏似乎也是漫不经心地说，"阳光有七种颜色，可是我们看不清楚，也用不到。能用到的，就是我能看到的。"

凯在一幅画前停住了，这幅画的特别之处，就是它的底色一律是深灰，比其他画的那些灰要深得多，这里没有蓝色。画面上方是一望无际的大海，下面是一条小河缓缓向大海流去，在一条用灰白色彩画成的堤岸边，坐着一个男孩。男孩没有穿鞋子，光着脚，卷着裤脚，头微微抬着，目光向着大海的方向，在他头顶的右上方有一只海鸥，在孤寂地飞翔。

"这幅画画的是怎样的情形呢？"凯问道。

"就是这样的情形，你应该可以看清楚。一个孩子，一只海鸥，一条小河，一汪大海。"

"你现在生活得怎样？"

"不怎么样。就这样。"珏的回答轻声慢语，好像并不费力，就像她拿起画笔蘸了点颜料随意地在画布上涂抹一样。

"说一说，如果你愿意的话。"

"我现在不去上班了，我请了病假，从去年开始。有两个学美术的学生一周来我这儿两次，我教教他们色彩和素描。"

"你们家……另外的人呢？"凯迟疑地问了一句。

"你是说我丈夫？他早死啦！或者说失踪了，三年前就不见了。还有一个女儿上小学三年级。十岁了！"

"抱歉，我随便问问。"

凯坐在藤椅里，下意识地搓了搓手。时节并不冷，相反有点热。他有意识地看了一下表，说快晌午了，该回去了。

珏送他到院门口，说，你有时间再来吧！要么晚上来吃饭……

6

那可能是 26 年前或者是 27 年前的事。时光的暴政留下的总是模糊的印记，谁知道呢？

初中三年级的暑假，天气炎热。凯一早就邀珏出去玩，他们骑车去了海边。

出了小镇，他们就直接往河海交汇的闸口驶去。凯骑着自行车，虽然他身材瘦小，但带上珏之后，并不觉得吃力。他像在空气中潜水一样，跟鱼一样优美地画着曲线，不紧不慢就到了闸口。

"珏，你长大后，想干什么呢？"凯一本正经地对珏说。

"画画吧！做一个美术老师。你呢？"

凯没有回答，而是把拖鞋脱了，把裤脚卷了卷，走到了大海的浅滩里。有一群海鸥从远处飞来。

"像海鸥一样飞翔。哈哈！"凯大声地笑了起来，"珏，你下来吧！"

珏也把凉鞋脱了，拎在一只手上，把另一只手递给了凯。凯轻轻地握住了那只温温的小手，沿着海岸在浅滩上向前走。

凯和珏想必还记得在那个夕阳西下的时刻，他们站在大海的怀抱里，看着车轴河面上泛起红色的光芒，但不刺眼，海鸥在河面和海边上下翻飞。

在那个时刻，凯没有想到他要离开镇子，也没有想到要去写作，更不会有这次淡然的回归。

珏一定还记得，她的理想实现了。一名没有离开镇子的中学美术老师，一个在海边画画的女孩还在画着大海、海鸥和河流。

7

当凯回到家的时候，已经是中午十二点了。

他以自己的知识储备和有限的想象把鳜鱼烧好了。没有茴香，口味就不是母亲的口味。有了茴香，也许还不是母亲的口味。母亲的口味储存在记忆里，密封在遥远的时光储罐中。

暮色来临的时候，凯还坐在藤椅上看《追忆似水年华》第七卷。当眼睛渐觉酸痛时，他似乎想起了什么。普鲁斯特千万句独白中有一句话一直在他的心中忽明忽暗地闪烁着：就这样，长期以来，每当深夜猛醒时，我就会想起贡布雷，每次我所重新见到的都只是……

是了，珏邀请他去吃晚饭。虽然她只是有意无意地随口一说，但凯能想象珏正坐在家里，像全世界所有的家庭主妇一样等待着外出归来的丈夫，等着他回家后打一个招呼、洗一把脸，把身体沉沉地瘫坐在沙发上，抱一抱孩子，亲她一口。

凯出发了。在八点的钟声敲响之时，他抵达了她渴望的彼岸。

"快叫叔叔！"珏对她的女儿说。

"叔叔好！"小女孩朝凯怯生生地望了一眼，小声地叫一句。

"过来，给叔叔抱一下。"凯似乎在完成一个做父亲的指定动作。孩子并没有拒绝，走了过来。

"有五十斤吗？告诉叔叔。"凯抱起了孩子。有生以来，他第一次抱起一个孩子。显然，这个动作并不协调。但这仍旧是美的，是和谐的。凯很难想象他为什么会这样，如此像一个父亲。

"五十八斤。"孩子欢快地回答。

珏走了过来，说，你洗把脸吃饭吧！她还顺便端来脸盆，里面放着一条蔚蓝色的毛巾。

凯没有犹豫就接过了脸盆，简单地抹了两把。

吃饭的时候，大家都不说话。能听到碗筷之间细微的接触声和嘴巴发出的声响，像一个短暂的哑剧。孩子最先吃完，到里屋去看电视了。

凯快要吃完的时候，停下了筷子，抬头看着珏。而此时，珏拿着筷子，停在半空中，抬头看着他。

吃完饭，凯又看了看珏的画。随后，离开了。

8

一周后，凯回到了城里，回到了晔的身边。

他迫不及待地与晔做爱，并且不采用任何安全措施。

"你想要孩子啦？终于想明白了？"晔无不讥讽地对他说。而凯也并不在意。

"要是有一个小女孩，多好啊！她长大的话，我让她学画画。我有什么念头，头脑中的一些景象，或者是一种意象，或者一种气息，可以叫她画下来！"凯有点得意，热情地对晔诉说他的想法。

在此之前，晔早就盼望有个孩子来改变一下家庭的结构，她想象过这种变化也许会给凯也带来意想不到的变化。只不过，她的期待像白蜡一样，一旦遭遇热，便化了。她无法怀上孩子。

凯不可思议地配合晔进出各种医院，进行检查，甚至平生第一次吃上汤药。更有甚者，从来不信菩萨的他也同晔一起去了庙里磕头烧香。

这样的过程持续了一年半，在这段时间里，晔感受到一个女人被无微不至呵护的幸福。凯甚至什么工作都没有干，一年多一点文字也没写。他们原来关系中神话般的禁忌被打破了，他们像一家人，甚至像互相融合了的一个人。凯对什么都显得相当顺从，生活的方方面面。

9

在很多个夜不能寐的黑夜或是天色蒙蒙亮的凌晨，凯都会被一些简单的梦所惊醒，这些梦并不是噩梦，梦中往往是氤氲的车轴河面飘浮着清冷的迷雾，在迷雾中有几只海鸥在慢速地飞翔……等他醒来以后，他会想起更多的童年，那些童年就像石蜡轻轻地融印在时光的蓝印花布上。

一天醒来后，凯对晔说，你跟我回一趟车轴河吧，你没去过，我不知道它还在不在，我希望你能看到我的过去。

他们坐上了回乡的客车。凯不再言语。晔不停地望着窗外转瞬即逝的乡村景致。

车轴河、珏、徐先生、海鸥、核电站、画画、孩子……若干年后的清晨，凯仍将从他的梦幻中醒来，不知道他会不会想起那些如烟的往事。凯是怀旧的，他怀念小时候住在车轴河边那些无梦的黑夜和清晨。凯在若有若无的遐想中飘浮起来，半个小时后，他将到达……

时　光

"下面大家将要看到的节目是我经过多年潜心创制的。注意啦！目不转睛……目不斜视……眼睛一眨也不能眨……精彩不容错过……你问我这个节目叫什么？我的这个节目的名字叫什么呢？这个先不必告诉大家，你们只要睁大双眼就可以了，请看……"

当我写下上面这段话的时候，我就必然地看到八岁的我坐在空旷的马戏场里，坐在尘土飞扬的地面上睁大了自己那双并不大的眼睛，好奇而热切……

每年的正月十五，我们的镇上都要举行庙会，据说这已有上百年的历史了。作为我们县里东北部中心镇，在庙会期间会吸引成千上万的乡民来赶集。有人来赶集，就有人来赶场子，各式各样的小摊小贩会突然间从四面八方云集而来。因而，杂技团也只是在这个时候才会出现在我的眼前。

在我有模糊的记忆的时候，我就清晰地记得大操场被厚帆布围成一个圆圈，像粮站的圆顶仓库，那就是杂技团的表演场地了。杂技团会有遛马、狗熊穿火圈、小丑摔跤、车技、大变活人等节目。说那是一个杂技团，是不确切的，因为它同时还是一个马戏团，一个乡土风味浓郁的滑稽戏团，我只能说，那是一个表演大杂烩的剧团。

除去上课、游泳和用弹弓打鸟外，我想不起我的童年里还有些什么。当我现在回想起我那单调而乏味的童年时，只有杂技团精彩的表演给我一丝慰藉，只有那些迷幻的魔术能给我以无限的遐思和种种不可能的梦想。我坐在第一排的地上，正如魔术师所言，我目不转睛，我目不斜视，我的双眼睁得很圆，甚至变成倒挂的椭圆……

魔术师拿出两块有一人多高的板子，一块是黑色的，一块是红色的。他把两块板子平行地立在舞台的中央，舞台顿时被分割成三个区域。

"现在，舞台被我分成了三块，我把它们分别命名为甲、乙、丙。"

魔术师一边说着，一边拿起一块天蓝色的披风披在身上。他气宇轩昂地走到两块板子之间，也就是他所说的乙区。他站到黑板子前，打着手势表示要到甲区去，然后他就向板子走去，"砰"的一声，他的头撞到板子上了，"啪"，人成直线向后倒去。"哈哈哈……"，观众中传来了大笑声，我一定也笑得咧开了嘴，乐开了花……他站起身来，拍拍身上的尘土，又打手势表示要到甲区去，但结果还是一样。

魔术师很气馁，转过身来，垂头丧气地打了个手势，表示他要到丙区去，也就是说他要穿越立在右边的红色的板子。他耷拉着头向红板子走去，奇迹发生了，他走过去了；更令人诧异的是，当他出现在丙区时，他的服装都换了，他不再是意气风发的小伙子了，而变成了头发胡须花白、驼背的老头，连站立都不那么稳当，好像一阵风就会把他吹倒。他打手势告诉我们，他似乎不相信这个事实，决定再试一试。于是他又要穿越红板子，打算从丙区到乙区去。他走着，走着……又走了进去，他出来时，又变回他本来的面貌——一个气宇轩昂的年轻人又站在我们面前，天蓝色的披风在蓝天的映衬下越发鲜艳夺目，它被风扯起来，"哗啦哗啦"地直响，这时的魔术师真有所谓的玉树临风之姿……

他向我们做了一个鬼脸，又执着地向黑板子走去，他还要到甲区去。他夸张地做了一个咬牙切齿的表情，昂着头向板子撞去，"砰"的一声，他的头实实在在地撞在板子上了。他停下来，站在板子前发呆，随即抬起头，伫立在那里，仰望着蓝天。我发现那时的天空真蓝，有几朵大块的白云在我们的头顶上方。他在看什么呢？不就是那几朵白云吗？他似乎想一直伫立在那里，一直凝望下去……在观众席上，有人叫了起来，有人吹口哨表示抗议。他低下了头，又回来了，回到我们中间，回到他表演的舞台了。他又摸了摸他那光秃秃的脑袋，摇了摇头，向台下摆了摆手，大大咧咧地走下了舞台。

经过短暂的中断，舞台上又出现了一个人，这次是一个小孩打扮，只有七八岁年纪吧，脸被胭脂或者是其他什么东西涂得红扑扑的，头型则变成丑不堪言的阿福头了，可笑的是，他还穿着晃荡晃荡的开裆裤。我不用想都知道那当然还是魔术师本身，只不过他化装了。他一上台就站甲区，他向我们打手势，要穿越那块黑板子，从甲区到乙区去。他夸张地揩了揩鼻涕，又朝裤子上抹了抹，就愣头愣脑地朝黑板子走去……他走过去了，但他又变了，又变成了披着天蓝色披风的小伙子，英姿飒爽的魔术师……他又要向回走，但黑板子还是无情地挡住了他的去路；他向红板子走去，他的身体仿佛并不存在，悄无声息地穿越了板子，到丙区后，他又变成老态龙钟举步维艰的老头……

这样的表演他又重复了一遍。

"我的表演这就结束了，我刚才告诉大家我把这个舞台分成了三个空间，叫甲、乙、丙，你们可以把它们分别设想成过去、现在和未来，因而我这个节目的名字呢，就叫做《时光》，叫《崂山道士》也许更合适。当然你们也可以把它们分别设想成真、假和空……"

当我们吃晚饭的时候，来了一个三十出头的人，我看他的身高和脸型就立刻想到：他太像今天玩魔术的魔术师了。母亲告诉我，他是我大姨家的大表哥，在杂技团里玩魔术。我一时无法接受这一事实，那位神奇的魔术师竟然是我的亲戚，而且现在就站在我家的院子里。

母亲对我表哥说："把脸上的妆给洗了，过来吃饭。"

表哥一言不发地把妆卸了。这时我才看清楚他真实的面目：他眉清目秀，脸盘瘦长，白白净净的，根本不像一个农村人，也不像一个终日栉风沐雨的魔术师。我觉得他有点像人们说的那种古代秀才，或者是教书先生，总之他身上有一股从遥远的时光中带来的宁静和安详，一种挥之不去的文绉绉的味道。

"小姨，妈想叫你过去住一段时间，她说你已经好几年没去我们那边了。"

"是有七八年了。可是我去干什么呢？没有什么事我就不去了，何况家里一大摊子，哪能走得开啊！我真想你妈了！"

"我知道，过去的就是过去的，你回不去的。"

"妈，表哥今天表演的一个魔术好像就是这个样子的。"我忍不住插了句话。

表哥伸出他那双能够制造魔幻的手，摸了摸我的头，对我说："表弟，你真聪明，长大后也许可以玩魔术呢！"

"我是想玩魔术，可是我……"

"算了吧，玩魔术没什么好的，没出息的，不过我还是喜欢玩。"

因为家里的床并不多，母亲就安排表哥跟我睡一张床。当我们躺下的时候，我的心里一直是忐忑不安的，我不知道该不该问他问题，因为我有一肚子的疑问想问他。但我不知道怎么开口，而且我和他也不熟，他会不会不理我呢？

我在床上辗转反侧了一夜，也没有好意思开口问他问题。第二天天一亮，他就离开我家，随杂技团又到别处演出去了。

再一次碰到表哥时，我已经十七岁了。那时我正在县中上学，放暑假回来时，表哥和他的杂技团正好又在我们镇上演出。

我们还是睡在一张床上，表哥似乎对我很客气，甚至超出了我的承受极限，我得到了与我年龄不相称的尊重，也许我真的长大了。他一本正经地对我说：

"我不想再玩魔术了，我想听听你的意见。"

我的本能反应就是问他一句："为什么呢？"

"没有人看魔术了，现在一场演出只有几十个人，我们团已经支撑不下去了，解散是迟早的事。现在人们有电影看，有电视看，甚至还有录像和VCD，谁还稀罕魔术、杂技和几只脏兮兮的小狗呢？"

"是啊，不过你别难过，哥，我还是很喜欢你玩的魔术。"

"魔术，魔术……都是些什么呀？无非是一种骗人的玩意儿。我曾经非常迷恋魔术，我玩了十几年的魔术，我看各式各样关于魔术的书籍，看古代的志怪小说，看《聊斋志异》，自己钻研，自制各种魔术用的道具，我怀着极大的热情从事着这梦幻般的事业……但是到头来，我发现一切都是相同的小把戏，我原以为我在不停地制造梦幻，像艺术家创作艺术品一样创作我的魔术，但所有的魔术都是一样的，不过是一些障眼法。笨拙的小丑在不停地出丑，他永远在嘲讽他自己……我总是希望能创作出新的魔术，可是，一切都没变，虽然魔术的名称换了无数个，但实质没有变，还是老一套，还是那点虚假的东西。"

说着，表哥黯然地流了眼泪。

我拿了块毛巾给他擦眼泪。

"哥，你别哭了，我真的非常喜欢你的魔术，不过时代改变了……"

我想说下去，却又打住了。我怕伤他的心。

"魔术都是虚假的，都是欺骗人的。你说是这样的吗？"

"哥，不，不是这样的。哥，我还记得你在七八年前表演的节目，叫《崂山道士》，现在回想起来，那个魔术就是真实的，没有任何虚假的成分。"

"我问自己说，我真的喜欢魔术吗？我真的喜欢那种颠沛流离的生活吗？难道这也像魔术一样，虚假而不真实，只是我的一场梦而已？只不过这场梦太漫长了……"

"不玩魔术，那你干什么呢？"

"我也不知道。但我想做一件事，我一直想编写一本书。"

"你要编书？"

"你一定会笑话我的，因为我只有小学文化，怎么可能编书呢？但我会尽我所能。"

"编什么内容呢？"

"一本新聊斋，我的志怪小说。"

"像《聊斋志异》一样的书？"

"对呀！"

"比如我给你说一个，你听听，有没有意思。讲一个人他总是流浪，他喜欢自己的这种生活。而且他没有一个亲戚，他是孤儿。他是一个流浪艺人，他拉得一手好二胡，也会唱一些小戏，他总是唱《秦香莲》《天仙配》《沉香救母》《桃花扇》《关公疗毒》《空城计》等诸如此类的老段子。他从十几岁开始走街串户，自拉自唱，后来他还编了好几出戏，都是根据地方民间传说改编的。在他二十八岁的时候，他达到了他事业的顶峰，他编的一出戏得到当地人们近乎狂热的欢迎，他被这

110

村请那村带，他的腰包慢慢地鼓了起来，但他没有收徒弟，也没有盖房子，他还是流浪，到处去演出。而且不时有姑娘跟在他后面，缠着他要做他的老婆，但他都没有答应。又过了十年，就没有人请他唱戏了，但他在过年过节还是能有一些年老的听众的。他一文不名，每天唱戏的一点钱也就只够买点烧饼充饥。再后来，就像我们现在的生活一样，人们的生活中有了收音机录音机电视电影什么的，再也没有人愿意听他唱戏了。他一站在人家门口或者是什么地方，人们就会撵他走，人们不再需要他了，于是也就讨厌他了……总之，他越来越惨淡了……后来，在寒冬腊月的夜晚，他无处住宿，一个人流浪在县城的街头，像卖火柴的小女孩一样……"

"快睡觉了，天不早了。"妈妈从外面传来了训斥声。

表哥没有讲完他其中的一个故事就闭上了他的双唇，第二天一早他又走了。

若干年后，我看到一条书讯：大卫·科波菲尔将带来奇幻短篇故事集《不可能的故事》。看到这则消息时，穿着小丑服装的表哥一下子就跃进我的脑海里。是的，多少年来，我早就把玩魔术的表哥抛到九霄云外了。掐指一算，在我家见到表哥后又过了十五年。现在，表哥应该有四五十岁了，但具体的年龄我无法算出，因为我根本就不清楚他生于何年，十五年前他是多少岁，我也不清楚。这十五年来，表哥做了些什么呢？他真的放弃了魔术吗？他是否写了新的《聊斋志异》呢？如果他还没有写，他的脑子里一定装满各种各样奇异的故事，我可以与他合作，或者说我可以帮助他用文字把他的故事整理出来……表哥像大卫·科波菲尔一样，一个创造无限的魔术师，一个写奇幻故事的人，想象力支配了他们的生活……

于是，我就打了个电话给我妈。

"妈，你还知道表哥家的电话吗？"

"哪一个表哥啊？你有十几个表哥呢！"

"就是那个到我们家去过的会玩魔术的表哥。"

"他啊，他从来就没成过家，哪来什么电话？"

表哥英姿飒爽地站立在风中，天蓝色的披风自豪地飘扬着……一块黑色的板子……一块红色的板子……三个空间，存在于三种时间中的区域……有的你路过了就再也回不去了，你只能想一想，然而那也不过是一种虚妄……有的你身在其中，但向往去别处，右边是你能到达的，但是那里什么也没有，对于你来说，没有任何现实意义，只能增加妄想症的发病率；左边是你曾经走过的，你想拼命地往回走，再走一遭那些让你不能忘却的风景，可是你进不去，所有的门均已锁死，你等待也不行，没有任何出路……

"那他现在还玩魔术吗？"

"从你上一次见到他以后，他就说决定金盆洗手，准备娶妻生子了，后来他真的不再玩魔术了。你找他有事吗？"

"没有，没有。"我赶紧对我妈说。

"但是，过了两年，他又开始玩魔术。因为杂技团已经解散，他就一个人用辆自行车拖着一些瓶瓶罐罐黑板子黑布什么的，开始走街串巷玩魔术。前几年还老来镇上演出呢，每次也都到我们家里走一趟。但最近，已经有两年多没看到他了，听说他失踪了。"

"什么？失踪了？哥，他……"我一时间不知道说什么是好，匆匆地就挂了电话。

拉二胡的那个说唱艺人，一个人流落在县城的街头，像可怜的卖火柴的小女孩……表哥的故事还没有讲完，他自己就消失了。那个故事的结局到底是什么呢？一个名不符实的志怪小说……一个只讲人不谈鬼怪狐仙的聊斋故事……

也许我再也不会见到表哥了，也没有不可能的故事……黑色的板子已经像万仞宫墙一样把我挡在了外面，我不可能回到从前，回到我和表哥共同的夜晚……红色的板子一直就存在着，可我无法知晓那个故事的结局，我无法预知他能否回来……我所面对的，只是有限的可能的生活。

恐龙先生

1

从前，嗯，就是过去的某一个时间节点，也许是将来的，也未可知。

有一位文字艺术家，显然文字是其工作的主要内容。他用文字日夜不停地书写他的梦想。每一天，他准时来到他的写字台前。他常常从早晨就开始伏案工作，他把生命的一半时光献给他杜撰的人物和虚构的世界。他的使命迫使他坐在那里，不管寒来暑往，他把自己钉在他的职业之上。大多数时候，他会按部就班地工作。有时候，他思接千载、视通万里，打字的速度赶不上，他就会先用铅笔速写，以便日后落实为文字。所以，你总能在他的写字台上看到七八支削好的铅笔，像排列整齐的火箭弹一样。

作为文字艺术家，他是那么的纯粹。他心无杂念，愿意在漫长的生命线上时时刻刻去涂鸦，去幻想，去沉思。他的生命依赖于他的工作，没有这项可以打发无限时光的工作，他真不知道该干些什么。也许正是这种过度的依赖，使得他丧失了很多生活的乐趣，使得他的生命在写作之初就遽然黯淡下来。也许，也许，他只是在他的工作室里垂死挣扎的人。

　　他是一个苍白无趣的先生……从生理上看，他并不健壮，但也不瘦弱；他的身高不高，一米七左右，这是一个使他能在人群中保持毫不起眼的高度；他的脸也没有特色，典型的中国男人的脸，没有任何棱角，他天生具有做一名暗探的脸。把他扔在大街上，真是易于隐蔽，没有人能注意到他的存在。可惜，他不是，他是一名文字工作者。

　　他很清楚，他的体内潜藏着一个贪得无厌的、躁动不安的书写狂——一个需要不停用文字来喂养的恶魔。他没有老婆，也没有孩子，有时候他觉得他体内的这个小恶魔就是他的儿子。为了使他豢养的孩子高兴，他就得不停地写。

　　这种艺术的激情与创造使他越来越脱离人的范畴。他像机器一样完成他的世俗生活。他的衣食住行都以最简单、最方便的方式来完成。他的衣服大约有十几套，春夏秋冬各有几套，由于他所在城市的夏天占据了全年时光的一半，因而他有大量的 T 恤衫和短裤。为对付吃饭问题，他动了一番脑筋。一般而言，早餐，他都是不吃，因为他起得比较晚，等起来的时候往往都快十点了，喝一杯袋泡咖啡就开始工作。下午两点的时候，他会准时出门，去他家社区里的快餐店，有时是麦当劳，有时是肯德基，也有中式快餐可以选择。晚餐是他甚为重视的一顿饭，他常常会买一些小排，和土豆、萝卜、莴笋、白菜、香菜、菠菜什么的，在家里的电磁炉上煮上一锅简易火锅。他得意于这个天才的发现，既能满足他的口腹之欲，又能保证营养的摄入。如果加上一些人参、黄芪、当归，还能算是养生的药膳呢！他没有任何属于自己的交通工具，小汽车、摩托车、自行车都没有，好在他家离地铁很近，去什么地方都很方便。他居住在一套属于他自己的房子里，房子不大，但对于一个以文字为工作内容的人，这足够了。只要摆一台电脑和几本书，用不了多大地方！这是一套房改房，谢天谢地，若干年前，他曾经在一个单位里干过几年编辑，否则以现在的房价和微薄的收入，他真要流落街头了。

最近，他的情况有些不妙，但又很难发现不妙之处在哪里，无端的烦躁一直在不停地增殖。他已经不能全身心地投入他的工作了，这让他有些难过，偶尔看着自己贴在写字台的那张即时贴——座右铭 "Just do it." 时，一种负疚感就会从远处袭来。然后，他继续把自己钉在座椅上，但脑子一片空白，不知道下一个字在哪里。更可怕的是，还出现更严重的状况，脑壳昏昏沉沉，有一次在他脑海里闪现出"春眠不觉晓，处处闻啼鸟。夜来风雨声，花落知多少"的美妙画面，他想说出作者是谁，可是想了老半天，都是茫茫然不得其踪，是李白还是杜甫，抑或是小李杜。他感觉都不是，但就是想不起这位唐朝诗人的名字。无奈之下，他只得求教于百度先生，百度先生还诲人不倦地告诉他，他可能患有短暂失忆症。

他去医院看过医生，医生也给他做了全方位的体检，但是所有的生理指标都非常正常，没有任何毛病。他去看过心理医生，心理医生建议他谈个恋爱、结婚生子，还说，到时候烦躁症状就会自然消失。当然，这有些扯淡。他怀疑他丧失了想象力，因为他很难想到自己之外的事情，没有办法想象。哦，天呢，没有想象力怎么继续从事文字工作呢？他不敢想，但事实就是如此，他已经有一个多月没有写出任何东西来了。

站在穿衣镜前的时候，他有了最新的发现。他发现他的背有一点微微弯曲，向前倾斜，也就是说，他有一点驼背。以前大小合适的外套，现在显得空荡荡的，左右摇摆。以前合脚的鞋子，现在竟然也多出许多空间来，就好像这不是他的鞋子似的。他弯下腰，伸手去按了按鞋子的头部，空了一节，四十二码的鞋只装了一只四十一码的脚。而他清晰无误地记得他的脚是四十二码的，几十年来一直如此。这是他节约式生活方式所必需的，如果他去百货商场，他会告诉营业员他需要四十二码的鞋，然后他会迅速付完款拿鞋走人。这个发现让他睡不着觉，半夜三更，他拿着皮尺反复地测量着自己的身高。1 米 70，1 米 69，1 米 68，1 米 69，1 米 68，1 米 67……他在那里摆弄了一夜，最后精确的结果是 1 米 68，比以前足足矮了两厘米。他还怀疑自己臂膀也在缩短，但没有办法确定。他只能先量一下现在双臂展开时的长度。一周之后，结果更为明显，他的身高只有 1 米 66，而双臂展开的长度也缩短了整整两厘米。他明白他在日趋萎缩，身躯越来越小。

作为一个文字艺术家，他没有精力也没有能力投身到自己的工作中去，他生出些许苦恼，但他是一个善于学习的人，他到图书馆和网上寻找解决问题的途径。目前，最可行的也就是转移注意力，使自己的注意力分散开去，不去想文字之事。也许，他会饿死他体内的那只小恶魔——他唯一的孩子？但是又有什么办法呢？

他开始看电视。虽然，很多节目都味同嚼蜡，但是终究在他坚持不懈的努力之下，爱上（其实不是爱，只不过按部就班而已）了无限冗长的韩剧。这样，每天他就多了一个需要打发光阴的固定时段。每天能打发掉生命的 N 分之一，总是好的。

早晨起床后，他不再迈向他的写字台。而是下楼去，买上一张三更半夜就出版的晚报，步行十分钟到街心公园去，坐在长椅上看看报纸。他看得很仔细，从国际时政到本埠的乌龟王八稿，从领导讲话到明星们的八卦，他都一字不落地看。招聘广告和社区服务信息他也不放过。

一则简短的新闻引起了他的兴趣，本市的动物园正展出一只恐龙。

该新闻说，根据古生物学家考古所得的恐龙蛋化石，从事克隆技术的科学家成功地从中提取出恐龙的 DNA 残留物质。该恐龙化石来自于辽宁西部义县一座叫金刚山的小山上，化石上还清晰地展示恐龙的羽毛。据科研人员称，这颗化石保留了几乎完整的头后骨骼，至少保存 5 枚背椎，粗壮的肱骨，发达的翼掌骨……它是一枚胚胎已经发育得相当成熟的翼龙蛋。也就是说，这是只翼龙蛋的化石。如果完全克隆的话，会出来一只翼龙，一只"会飞的恐龙"。总而言之，经过艰苦的科研攻关，终于孵化出一只小恐龙来。也许，动物园的恐龙正是一只翼龙呢！

终于又有一件事可做了，而且是非常有意义的事情。去动物园，去看看恐龙到底是什么样子的。

有一天，文字艺术家终于打点好行装，迈出家门，走向动物园，去看看恐龙是啥模样！

2

这只小恐龙发育迟缓，好不容易才长得有一只菜狗大。可是，他的身上坑坑洼洼，发黄的皮肤上积存了许多泥垢和脱落的表皮，皱裂之处亦布满全身，看起来像是欲蜕未蜕的鳞片。每当我趴在钢丝网上，向他看过去之时，他总是在有意无意地回避我的目光。我试图通过他的眼睛看到他的内心，然而每一次都是徒劳，他觉察到我在看他时，他就有意地把头调转过去。

小恐龙在动物园已经展出了快三个月了。刚来的时候，大人和孩子们争先恐后地涌到动物园，地铁的动物园站常常因人流过大而不停靠。这种空前的状况只持续了一个月，人们发现，这只恐龙长得差强人意，绝不是大家在书籍和影视剧中看到的那种高大威猛的史前动物，他就像一只菜狗一样，甚至还不如一只菜狗呢！面黄肌瘦，萎靡不振，这哪里是一只恐龙啊，简直就是一只病猫。他像饥饿艺术家一样，被展示在笼子里，供人们参观。最后，人们都厌倦了，对他没有一点兴趣。就连那些资深的恐龙爱好者和不懂事的孩子都纷纷撤离了现场。

在两个月之前，我来到动物园，第一次看到这只史前动物。当我第一次看到他时，他正躺在一堆杂草中睡觉，正午明亮的阳光照在他的身上，在他那似乎有些溃烂的额头，有几只苍蝇围绕在那里，飞来飞去总舍不得离开。还有一只牛虻，头顶着巨大的复眼，绿红之中闪烁着金属的光芒，"嗡嗡"叫着。我还惊奇地发现他有一对隐形的翅膀，短小，发育不良，像是一个人患了肌肉萎缩症一样，萎缩着贴在他的胸部两侧，不仔细看几乎发现不了。在钢丝的牢笼外，我坐在供游人休憩的长椅上，头上顶着大块的树荫，因为旁边就是一棵高大的槐树。在炎热的夏季，此地不失为一处休闲放松的好去处。我有些犯困，在长椅上躺了下来，迷迷糊糊之中就睡着了。

直到动物园的管理员摇醒我时，我一看手机发现已经五点半了。但是太阳依旧挂在西边的半空中，热力不减，小恐龙一动不动地躺在那里，好像他并不知道半天的时间已经流逝而去。他没有睁开双眼，偶然摇晃几下头，以驱赶苍蝇和牛虻。似乎他还没有醒来，也许是一个噩梦阻止他醒来。其实我也不想离开动物园，回家去又能干些什么呢？无事可干，继续看那个无聊透顶的韩剧？

无奈之中，我走出了动物园的大门。一贯而言，我常常沉浸在自己的世界里，迷失于茫茫的外部世界，走在大街，目光空洞，如风一样掠过世界与其中的人们。今天，我试图改变这种幽灵般的行走，我要仔细打探芸芸众生的讯息，我要融入这浩瀚的世俗生活。至少，我要试一试。

　　这样想着，不由得就放慢了脚步。我来到了地铁站，这里有很多地下商铺。在地铁站里吃了一碗鸭血粉丝汤后，我就在那里游荡着，因为我不知道能干些什么。我看到一个失去双腿的年轻人在弹着吉他，大声地吼着崔健的《一无所有》，我有一种莫名的感动。这位无腿先生啊，他反潮流而动，他远远地落在时代的后面，他也是一只史前动物啦。他唱的歌别人已听不懂，谁还知道崔健呢？他只不过是音乐史上一个稀松平常的人名而已。但是我听得懂。我向他那个用来盛钱的钵子望去，只有一些硬币匍匐在底部，偶尔传来稀疏的撞击声，还是这些卑贱的金钱的声音。有时候，我会想，我和他是一样的，不过是反潮流的卖唱艺人罢了。我码点字，胡乱地写点文章，偶尔会有一些卑贱的汇款单寄过来，还得到邮局去忍受营业员不怀好意的笑容才能取回，勉强获得一些糊口的资本。前两天，我写过一个专栏文章，就叫《论一无所有》，然而编辑大人以为此文发出的是与我们伟大时代格格不入的不谐之声，最终被临时撤换。恐龙，对啦，他和我一样都可以叫做恐龙的。最近修订的《现代汉语词典》就把"恐龙"作为一个网络热词收编了进去，意为被时代所淘汰的事物，包括人。我走到他的面前，扔了一张纸币给他，朝他善意地笑了笑，还说了一句："嗨，恐龙先生！"他也朝我笑一笑，回应道："恐龙先生！"直到这时，我才听到久违了的声音，是的，事实上，我完全忘记自己声音的特征了。那是一种颇具金石质感的音色，像磬发出的声音，既遥远，又清澈。现在说出来，依然清晰如初。我常常以为我的声音是一种包含着某种病态比如说干咳那样的声音，是一种未老先衰的声音，或者说，它包含着沧桑，包含着那些生命流逝的味道。为此，我的内心不禁一喜，我想我也许并不是恐龙先生。

我在这里溜达了很长时间，快到晚上十一点了，我又走到一家小小咖啡馆里。这个地下咖啡馆只有一台咖啡机、一个收银台和五六组双人座位。我在靠近玻璃墙的座位上坐下，要了一杯卡布奇诺。最后一班地铁到站后，人们匆忙向地上走去，无数双鞋子敲击着地砖，各式各样的鞋子和各式各样的脚踝像一帧帧胶片闪烁着向前流淌。

　　当那姑娘把咖啡端给我的时候，我问她，你是几点下班啊？她笑着对我说，十二点整。

　　"那么你回家不怕吗？"我没话找话。她笑道："那么您回家不怕吗？"

　　我也笑了："我家就在这上面。走几步就到家，何况我不是女生呢！"我听到了自己的声音，我的声音越来越熟悉了，虽然中气有些不足，但那质感和气息已经传递出来了。他回来了，就是从前的我。

　　姑娘站在咖啡机旁，并不答话。到十二点的时候，她对我说，"先生，打烊啦！"接着麻利地收拾了一番，关灯，锁门。

　　我和她并肩走出了地下，并没有说话。当我走到地面上时，我看到有一些晦暗的星星挂在漆黑的天幕上，在偏西北的位置，有一颗星星很孤单，显得很亮，似乎它是个耀眼的明星，它还会闪烁。更奇怪的是，我觉得它离我最近。就在看星星的时候，咖啡姑娘跟我说了声，先生再见！

　　第二天晚上十一点整，我准时走进了那家地下咖啡馆。没有顾客，咖啡姑娘正坐在收银机的后面，看着一本书，我轻轻地走了过去，把身子斜探出去，勾着头想看清楚她所看书的封面。这本书的封面颜色是天蓝色的，从书脊能判断，但书名看不清楚，我能隐约地看到书面上有一只飞翔的恐龙。也许她看的是一本科普杂志，是关于恐龙生活与习性的。

她很快就发现我站在那里了。"先生，您要什么咖啡？"她合上书，把它放在一旁，抬起头对我说。我说，卡布奇诺。我趁机看了看她的书，可是这本书是封底朝上，我无法猜测书名到底是什么。

　　她把咖啡端给了我。我问她，请问您看的是什么书？她回答说，哦，是一本小说，用来打发时间的。我抬起头来，望着她，希望她继续说下去。她则不好意思地低下了头，又说，这个小说叫《恐龙先生》，是一本无厘头的玄幻小说。

　　我曾经写过一本叫做《恐龙先生》的小说吗？我记不清楚，好像写过，也好像没写过。总之在我的意识中，我写过或者即将要写一本关于恐龙的书。也许没有写过吧，由于每天都去动物园看恐龙的缘故，模模糊糊有了这个念头吧，想写而没有动笔吧！但是，我又极其肯定地认为，这位姑娘看的书正是我所写的。

　　我一边喝咖啡，一边在想恐龙先生的故事。十二点一到，我就陪咖啡姑娘一起走出地下，来到地面之上。一到地上，我就习惯地仰起头，看看夜空。在我凝望夜空并踏入短暂沉思的溪流之时，咖啡姑娘就跟我说，先生再见，然后就消失在迷宫一样的大街上。

　　第三天，我比往常更早一点就到达了动物园，由于夏日灼人的太阳越发骄横，动物园几乎没有什么游客。丑陋不堪的河马把庞大的身躯潜在水里，只能看到狡狯的鼻孔和耳朵。几只大象不停地扇着它们大蒲扇样的耳朵，有气无力，几乎要瘫倒在地。我信步来到了恐龙的笼子前，发现这个钢丝做成的笼子上面并没有封死，而是有足够的高度——有三米多高吧，以防止小恐龙逃逸或攻击游客。也就是说，人类，这些代表着人类的动物园管理员极其藐视恐龙的存在，从来不认为他是只翼龙，有一天他也许会飞走的。我找到了动物园的恐龙管理员，告诉他我的担心。他耸耸肩，大笑了起来："什么？那只恐龙是只翼龙？"我说，报纸上是这么说的。他笑得更为肆无忌惮，说："他能飞？那么我也能飞。"我只得提醒他说，不排除这种可能，他是有翅膀的。他又对我说："其实，你看，我并不是专职的恐龙管理员，而是穿山甲管理员，领导不过看他长得像穿山甲，就让我临时负责看管他而已。"

我满怀伤感和怜悯走到了小恐龙笼子前的长椅上，看了他一眼，他一如往常，还是那样卑微和肮脏。我躺了下来，用报纸盖住我的脸。在恍惚间，我似乎听到钢丝笼子在晃动，并伴有轻微的"咣当咣当"的响声。我坐了起来，看到小恐龙正站在靠近我的笼子边，用前肩胛来回蹭着笼子。有时候，喉咙里还发出昆虫般的声音，似乎他的喉咙被某一双巨手紧紧地钳制住了。也许，他想对我说什么。可是，他到底要说什么呢？

我温柔地朝他望去，似乎我的目光是一场滋润他身体的小雨。我多么希望通过我的目光洗去小恐龙身上那些不洁的污垢啊！但是，这可能吗？

小恐龙默默无声地接受了我的注视，我想到了青蛙王子的故事。我想要是我的注视能像公主的凝望就好了，它将破解王子被禁锢的魔咒。直到这时，我才注意到他的双眼，他的眼睛很小，只有绿豆那么大。他的双眼装在本来就很小的脑袋上，身躯就显得更加肥胖而宽大，这一切是多么的不协调啊，多么的滑稽可笑啊！我还看到一串蜡黄的眼屎悬挂在眼角，也许这是他凝固了的泪珠，哦，是风干的眼泪。他的眼眶像罩着一层薄雾，苍茫而杳渺，全无人世间的沧桑。这时，我觉得他像一个纯真的孩子，他不知道这个世界到底是什么样子的，他也不想知道。他是一位真正的天外来客。如果我有个孩子，一定就是他这副表情，他这一双眼睛。也许，有一天，他唯一要做的事就是飞向广阔深远的天空。

我想跟他说话，但不知道说什么好。我说，你好吗？显然，他并不是很好。或者我跟他聊聊家族史？然而他没有父母没有来路，不过是从DNA分子中变出来的小怪物，一个天生的孤儿！还有一些残疾。我走到笼子边，把手伸进笼子里，抚摸着他那颗小小而又粗糙的头颅。他顺势低下头，就像一个小学生一样，温顺地接受老师的爱抚或斥责。当管理员来撵我出园的时候，我依依不舍地离开了小恐龙，小恐龙把他的尾巴竖向天空，在空中使劲地左右摇摆，像在说再见。

　　在地下通道，我又看到了那位无腿先生——自弹自唱的青年。这一次，他唱的还是崔健的歌，是《花房姑娘》。当他唱到"你问我要去向何方"时，他把头略微地抬起一些，右手捂住了琴弦，使吉他不再发出声响，周围的一切在瞬间都沉寂了下来……接着，他又清唱了一句"我指着大海的方向"。我在想，有一天，要是无腿先生能看到大海，他一定很开心。

　　我看到了他的双眼，清澈明亮，似乎在回想着远方的记忆或憧憬着未知的大海。我走上前去，递给他一张纸币，他认出了我，嘴角一抿，憨笑起来："呵呵，恐龙先生，你好！"我不由得大声地笑了起来，我听到自己大笑的声浪在地下通道里飘荡，激越而自由，像百灵鸟迅疾穿越天空。我几乎几十年没有听过自己这样笑过了！恐龙先生，多么绝妙的称呼啊！我是恐龙先生，你也是恐龙先生，当然动物园里还有一位真正的恐龙先生。我离开他时，顺便对他说："嗨，恐龙先生今天很好！"

　　当我来到地下咖啡馆的时候，才十点四十分，显然比往常提前了二十分钟。咖啡馆里还有一对青年男女在喝咖啡，他们很年轻，也许只有十八九岁吧，也许他们是一对恋人。男的拿着汤匙轻轻地敲着杯托，有一点节奏，好像在敲一个乐曲，一个小夜曲还是什么。女的双手托着下巴，像是在倾听。我有点陶醉于这样的场景，我写书的时候，从来没有写过这样动人的场景。哦，对啦，假如我真的要写一本书的话，如果它叫做《恐龙先生》……我就可以如实地把这个场景写进去。

我找了一个靠近玻璃墙面的座位坐了下来，咖啡姑娘没有问我要点什么，就为我送来了卡布奇诺。等送走了那对青年男女，她主动走到我的座位前，似乎想跟我聊聊。

她小心翼翼地垂立着双手，似乎找不到一个合适的位置可以摆放。我试探着对她说，你过来坐吧！于是她轻盈地坐到我对面的座位上。

"《恐龙先生》好看吗？"我问她。

她双手并拢，朝后缩了缩，说："书中说的这个恐龙先生太现代化了，既是一只恐龙，又是一位先生。我还没有看完。你不会喜欢的。"

"那么你认为恐龙先生的生活应该是什么样子的呢？"

"我没有见过恐龙，我怎么知道他的生活呢？"

"动物园有一只小恐龙，你如果有时间的话，我可以带你去看看。"

"啊！真的有恐龙吗？"她睁大眼睛，大为惊讶，"不是说恐龙在几百万年前早就灭绝了吗？"

"怎么说呢？是灭绝了，但是我们的科学家通过 DNA 技术克隆出一只小恐龙，只不过他不像恐龙，很害羞，像个孩子。"

"好啊，那你一定带我去看看。等我休假，我们就一起去看看小恐龙吧！"

我答应了她去看恐龙的要求。

有一段时间，我的生活似乎总是拷贝了上一天的生活，看起来就像复制了数十份的文件。早晨买晚报、去公园，午饭后去动物园看恐龙，晚上在地下商铺吃饭，然后去喝咖啡。在这冗长的复制过程中，似乎又发生了某种变异。我与咖啡姑娘的关系越走越近，几乎是恋人的关系，但还没有明确。我与无腿先生也成了好朋友。

期待已久的一天终于来到了！我与咖啡姑娘一起去动物园看恐龙。当我们接近笼子的时候，我远远地就看到小恐龙了。他兴奋地跑到笼子边。我惊奇地发现，他似乎蜕掉了一层鳞片，现在浑身上下透着一种淡黄色的光泽，这种黄色里还夹带着些许的棕色。多么健康的棒小伙啊！他眼角那瘆人的眼屎也不见了，罩在眼眶的迷雾也消失殆尽，现在我看到一双清澈的眼睛。他的眼神依旧杳渺，但似乎充满着自信。

我伸手去摸了摸他的头，示意咖啡姑娘也摸一摸。她不敢，一直缩在我的身后。她看着我与小恐龙如此亲密地交流，渐渐也就大起胆子，伸手触摸了一下他的额头。小恐龙对她相当友好，就像见到妈妈的孩子一样，拳头大小的头朝她的手心里拱了拱。她扔给他带来的牛肉、羊肉，可是小恐龙闻了闻就走开了，并不感兴趣。我们把自己带来的干粮——两块咖啡风味的面包扔给他，他倒是吃得津津有味。

吃完面包，他站了起来，似乎要抖一抖身子。就像我们人类要耸耸肩，打个哈欠一样吧！天哪，他长着一对翅膀！他正把翅膀展开，在空气中轻轻地拍张着。姿态那么优美，简直像是一位芭蕾舞演员正在跳《天鹅湖》！翅膀上还长着一些细小而毛茸茸的羽毛，与报道中描述的恐龙化石中的小恐龙一模一样！

"天啊，他真的是一只翼龙！"我对咖啡姑娘兴奋地说，"我早就知道，他是一只翼龙，他有翅膀。他还能在蓝天上翱翔！"

听到我的叫声，动物园的游客一下子都聚集到小恐龙的笼子前，纷纷摆起各种 pose 与小恐龙合影留念，那些大炮筒也都架了起来……那个懒洋洋的穿山甲管理员也跑了过来，大叫道："天哪，我们动物园要发大财啦！我得赶紧向园长报告。"

一时间，动物园里充斥着嘈杂与喧嚣。

人们都不敢靠近小恐龙，只有我和咖啡姑娘还站在笼子边。我看到警车呼啸着开了过来，下来一帮荷枪实弹的警察，也许还有长长的麻醉枪。

在他们得到明确的命令之前，我拍了拍小恐龙的头，大声地对他说："小伙子，如果你真的是只翼龙，你就赶紧飞走吧，这里不是你待的地方。"

小恐龙不停地振动着翅膀，频率越来越快，一直向远处跑去，跑着跑着，他就像滑翔机一样轻轻地飞离了地面，飞到天空。他并没有立刻离去，他在待了很久的笼舍上空盘旋了三圈，发了一声清越的啸声，越飞越高，越飞越远，最后，空旷的天空只留下一个小小的黑点。我望着小恐龙的远去，心里颇为失落。好在，咖啡姑娘不停地安慰我说："你不就希望他振翅高飞吗？飞向天空不也正是你愿意看到的吗？"咖啡姑娘是个好姑娘，她说得对。

3

文字艺术家感觉到他的呼吸越来越顺畅了，他身体中的氧气非常充分，思考任何问题都相当愉悦，而不再有以前的那种缺氧感。当他的脑海里再次闪现出"春眠不觉晓，处处闻啼鸟。夜来风雨声，花落知多少"的美妙画面时，他就会想到假如在唐朝，他就会有这样一位伟大的诗人朋友，他叫孟浩然。也许他穿着长衫，在一个春雨过后的早晨，诗人来到他的庭院，看到风雨吹打过后的缤纷落英，迅速拿起毛笔，用他美妙的书法写完那首叫《春晓》的诗篇，然后急匆匆地拿来给他看。然后，他们坐下来，喝茶，碧螺春或者龙井，到暮色将至之时，他就带着他的诗人朋友到地下商铺的饭店里去喝酒，然后去咖啡馆，还要点上一杯卡布奇诺，让孟浩然尝尝。他甚至恶作剧地想，如果孟浩然听了无腿先生弹唱的那些崔健的歌曲，是手捻胡须表示赞赏呢，还是一脸茫然地未置可否呢？

文字艺术家调整了他的生活方式，他以一种悠闲的姿态行走在大街小巷中，行走在属于他的生活中。现在，他起得很早，他到街心公园去打太极。起初他打得并不协调，萎缩的身体似乎很难舒展，但是在他的努力之下，他的陈式太极拳打得有模有样，刚柔相济，阴阳互生。他会去熙熙攘攘的菜场，他心怀喜悦地听着各种各样讨价还价的市井之声，并高兴地参与其中。傍晚的时候，他一边问道于百度先生，一边开始学习烧一些菜，这些菜中既有家常菜，也有一些誉满天下的名门菜系中的大菜。最近他正在尝试一道杭帮菜中的经典菜肴——东坡肉，还有腌制一道不起眼的小菜，叫爽口萝卜皮。他还没有一个完整的家庭，否则，他在家庭煮夫这一事业中一定会大展拳脚的。不过，未来也很难说。晚上十点多的时候，他会用饭盒带上精心炮制的杰作，到地下通道请无腿先生尝尝他的手艺，然后到地下咖啡馆，与咖啡姑娘一起分享他的美食。他的衣服还是有点大，鞋子也一样。他穿着一件白色的T恤衫，站在地铁的升降梯上，风从衣服的下摆处倒灌上来，灌得他浑身惬意，T恤衫显得空荡荡的，颇有仙风道骨。

说他没有家庭，这也不准确。因为，咖啡姑娘已经搬进了他家，一切都有了家的样子了！

文字艺术家又回到了他的写字台前，他开始写一个叫《恐龙先生》的故事。不过他原来的那个座右铭已经被他撕掉了，现在贴上一张新的即时贴，曰"想写就写，不写拉倒"。咖啡姑娘一走到写字台边，就会用她纯正的本地方言摇头晃脑地念上一通，然后大笑起来。他也会跟着大笑起来。笑声之大，常常能淹没楼下的汽车鸣笛之声。

当他再次到达地下通道时，发现通道里几乎没有什么人，无腿先生正踞坐在地上，他今天唱的是《花房姑娘》："你问我要去向何方，我指着大海的方向……"

等无腿先生唱完，他才走过去跟他打招呼："嗨，恐龙先生！"

"嗨，恐龙先生！"无腿先生笑了起来。

他语气严肃地说："告诉你一个消息，真正的恐龙先生飞走啦！"

"他本来就不该来这里。"无腿先生表情轻松地说。

随后，他来到咖啡馆，与咖啡姑娘作出一个决定：他们明天去看大海，并且带上无腿先生。

身份证

第一部：你

1

身份证，那个站在服务台的小姐对你说。那是在你一跨进那家旅社以后，甚至你还没有走到前台（就是服务台）。该旅社位于六朝古都南京城的西部，秦淮河的东岸。你带我去看一下房间，你打量着你面前的服务小姐说，不知卫生怎么样。

走，去看看吧。她拿起一串钥匙，"哗啦哗啦"的金属撞击声随即在空旷的大厅荡漾开了。她走在前面。她用一口标准的南京话说，没得关系，绝对放心，洗澡的热水二十四小时供应，喝的开水随叫随到，被子床单一天换一次。你走在她的身后，踏上楼梯，向二楼走去。楼梯上铺着地毯，灰灰的，一定是年代久了，是破旧的标志；它还黑黑的，看起来挺肮脏的。总之，无法断定这块地毯原来是橙黄还是草绿，也无法断定它是否比你的年龄还大。你们，你和服务员小姐，走在地毯上，没有发出任何声响。只有钥匙的撞击声。随着台阶的一级级升高，你不由自主地看到她的身材，当然是她的背影啦，继而你仔细地进行观察，她屁股扭动的姿态、她的发色、她的脖子，因为是夏天，她还穿着裙子，因而你的眼睛又多了一项任务——扫描（像扫描仪和复印机的光束伴随着"吱"的一声从一个方向到另一个方向）她的小腿。

这些成果是什么呢？一项一项地说。她屁股扭动的幅度不大，颇有款款之感，越是如此，你越觉得她白嫩的屁股在厚厚的黑色丝织物内呼之欲出，这大概就是欲盖弥彰的道理吧。她的头发很短，短到从后脑勺无法判断她是男是女，她剃的是平头，据说是当下极为流行的发型，并且与世界潮流同步。她的脖子相当醒目，细长、白皙、无肉色，只能用这三个贫乏的描述性词语，这里不存在类比，不存在联想，因为你不想多看，不想深入地观察这块不毛之地。你有一种愿望，如果你手上有一支画笔，你会把她的背影用极其夸张和变形的手法呈现在白纸上，与毕加索和达利的作品将有一比。可是，你不是画家，你拿不起画笔。仅仅是一闪而过的妄念。

214 房间的门被缓缓地推开了。这是一个标准间，有两张床，一个卫生间。不，我不需要，你对她摆了摆手说，我只需一个单间。214 的房门又合上了。229 房间在七弯八拐的楼道的最西头，这非常好。就要这一间。你下意识地搓了搓手，其实那时不是冬天，一点也不冷。

到大厅办一下手续吧！服务员小姐对你说。随后，你们就下楼办理了住宿手续。你把你的身份证给她看了，她一丝不苟地把身份证号抄在了住宿单上。住几天？她抬起头问你。不清楚，暂时先住着再说吧！你含糊其辞，犹犹豫豫地这样说。

2

时间太慢了。第一个晚上，没有什么要干的。等待睡觉。

打开电视，爆炸、吸毒、战争、反恐、谎言、游戏、综艺、黄段子、室内剧、凶杀案、第三者插足、第四类情感，还有没完没了的广告。在住进这家旅社后，你作出了第一个决定，你决定把电视天线切断，再也不要看电视。你从你的旅行箱里拿出"吉列"牌剃须刀，把刀片取出来，毫不犹豫地割断了有线电视天线，割断了外部事物对你频频发动的可能的袭击，当然主要是空间上，这样一来，私人的生活空间将变得空前的巨大。你想象着，你戴着白色的医用手套，拿着一把明晃晃的剪刀，果断地剪断你与这个肮脏世界相互联结的脐带，顿时鲜血淋漓。在此之前，你还没有机会获得你应得的空间。你的空间被很多事物挤满，很多事物，人、物、事件，不可胜数。包括电视，各种各样的电视节目。天线乃万恶之源。

"吉列"牌刀片已经锈迹斑斑了。你早就不用它了，你现在用的是"飞利浦"电动剃须刀，需要四节五号电池。可你还带着它，是下意识的？也许吧！谁知道呢？是微不足道的习惯，是习惯带来的温情。从前，就是指你没有得到"飞利浦"之前，你外出要做的第一件事就是要把"吉列"剃须刀装好。

被切断的天线一下子瘫痪在地。"熊猫"彩色电视机的屏幕一下子布满了雪花，这是彩色的雪花。绿蓝黑白各色的雪花块交织在一起，闪耀着，让人觉得烦躁。

"啪"的一声，电视被关掉了。你的手中正捏着那张已经生了锈的"吉列"刀片。扔掉它吧，它还能有什么用途？它的价值已经被你活活地榨干了。甚至连温情都不存在。它是冷的，旧的。你对它的关系也冷却了，你甚至不想再见到它。这次被塞到旅行包中纯属偶然，是习惯的神差鬼使，是巴甫洛夫的狗脑袋。你踱步，来到窗口，左手推开了窗。你举起捏着刀片的右手。在半空中，这个动作凝滞了，像是那些可恨的导演定格一个无聊的画面。你觉得这不可思议，因为你并不留恋它。也许是它对你太有感情了，它跟随你十几年了。算一算，是你上大二时买的，两年后本科毕业，三年研究生，工作八年，无业一年，十四年了。它跟随你十四年了，比你所有的妻子加情人待在你身边的时间都要长。在过去十四年的岁月里，它每天都会抚摸和亲吻你的下巴、你的两腮、你的上髭，有时是你的双腋和小腿，因为你曾用它来剃你的腋毛和小腿上的汗毛。你这时要扔掉这样与你有着非同寻常关系的东西，但它仅仅是微不足道的小不点，你人生道路上偶遇到的一粒尘埃。是的，你决定了，没有什么好留恋的。你把右手举得更高，伸出窗外，轻轻地松开紧捏的手指，它就走了。

不，不仅是"吉列"刀片，还有这个"吉列"剃须刀。你用力把跟随你十四年之久的剃须刀扔出窗外，"啪"的一声，它像跳水运动员一样没入了黑暗的秦淮河。也许它会随水波流入长江，永久地成为长江里众多游荡灵魂中的一个。一路走好，你对它说，你的归宿是绵绵的长江，浩瀚的大海。

3

当你一觉醒来的时候，发现天早已大亮，太阳已升得老高。这样的早晨与往日有什么不同吗？以前，那是很久以前的事，从小学三年级就开始了，你那时就学会了早起，早晨五点半就起床了，不管是严寒还是酷暑，起床后锻炼身体，活动活动筋骨跑跑步，更主要的是读书。先是背诵语文课文，你能背下当时课本上所有的课文，你现在还能记得那些熟悉的课文的名字，《爬山虎的脚》《故乡的杨梅》《游击队之歌》《神笔马良》《凡卡》《小抄写员》《踢鬼的故事》《最后一课》……多么动听悦耳的名字啊，就像山涧的甘泉滋润了一个因疾速赶路而干涸疲惫的人。你甚至想再找来你当时读的小学语文课本，一个字一个字一幅插图一幅插图从头到尾慢慢地阅读品味，仿佛一个老酒鬼碰到五粮液或茅台，他不敢大口地喝，只是一小口一小口地啜饮，留下更多的时间和空间来回味、品评。你还真为此作出过努力。去年的一天，你打电话给你小学的一个同学（他现在是你小学母校的校长了，初中毕业念的是中师），问他能不能收集到你们当时上学的语文课本。他说，这怎么可能呢？现在的课本全变了，是大16开，全彩色印刷，而且课文几乎没有与原来相同的了。当时是什么呀，是单色，小32开本，尽是淳朴得几乎幼稚的文章，现在的孩子哪能看那个呀！再者，我也帮你到学校的旧仓库和图书馆找了，一本也没发现，我估计它们二十年前就在这个世界上绝迹了，像恐龙，你只能靠想象了。上初中了，你学了英语，因而早晨起床后，你会夹着一本英语书，溜达到雾气氤氲的小河边，那儿是一个水泥制品厂，非常开阔，你会躲在巨大的水泥桶中读书，你蜷缩在里面，一不小心还会睡着。想这些过去的事干什么呢！太遥远了。上大学后，你还是起得很早，五点四十左右。不过，那时早晨在操场上、草丛中、树林间的读书都是心不在焉的，你是冲着一个浪漫的艳遇而去，但令你懊恼的是，四年来，你没有一次艳遇，你是遇到了许多漂亮的让你心动的女孩，但你们之间什么故事也没有发生。那里，清晨的空气实在是太纯洁了，你现在都觉得不可思议。要是现在的你，不但是艳遇，你还会在那些美妙的早晨频频得手。研究生的三年倒是睡了一点懒觉，但你还是不时地早起，那些早起的时日，你干了什么？有一段时间，你迷上了古文字，每天早晨天不亮就用毛笔抄甲骨文、金文，在依稀中你似乎回到了三千年前的时代，你想象你是一名古老王国国王（是武丁，或者是太甲）的随从，在天蒙蒙亮的时候，你们决定要去征伐一个边鄙政权，于是王就命你在那时占卜。你总是在蒙昧的天色中开始起卦占卜，然后静静地坐在屋子里，你总是在天亮后忘记你占卜的所有内容，因为你又要奔向新的一天。毕业后的情况又如何呢？是一种无法言说的生活，一种纯粹生活在别处的生活。起得早是因为要去抢新闻，为了不失业，必须每天都要有新闻，每星期都要有独家新闻，作为一个沉默的人，一个不喜欢交往和说话的人，这种生活无疑快要了你的命。寒冷的冬天，清冽的空气充斥了早晨的街道，你看到扫马路的清洁工，他们的头发、眉毛和胡须上是一层洁白的霜，而人们还在沉睡。你拍过各种姿态的清洁工在清晨劳作的镜头，你曾加上不同的标题把这组照片递给总编，但所有的结果都是一样的，"枪毙"，还有什么好说的呢。你厌倦了那些早晨，此时，你厌倦了回顾那些早晨。幸福的早晨，痛苦的早晨，自顾自怜的早晨，更多的是无谓的早晨。而像今天这样有阳光的早晨则是少见的，不，某种意义上是首次遭遇的。从前也许有，但你从未正视过，甚至你根本就不在乎。但是，现在，你躺在这个秦淮河边的这家小旅社里，你半睁着双眼，没有困意，也没有兴奋，看着白色的天花板。你此刻感受到你的生命了，而此前则没有，你的生命就是躺－在－床－上－看－白－色－天－花－板。

4

你好。

你好。

你对一位卖望远镜的老板说，他也这样对你说。这是俄罗斯军用望远镜，五十倍，一公里外的蚂蚁看起来像只龙虾。老板热情地介绍他的产品。才一百五。你说，八十。老板急了，折本价卖一个给你，一百，一分不能少。你边走边说，九十。老板已忙不迭地在给你看好的望远镜打包装，这样你们成交了。

当你拎着装有俄罗斯望远镜的塑料袋回到旅社时，已经是晚上九点四十五分了。在走向旅社的路上，你看到了霓虹灯在旅社的屋顶上闪烁着，你这时才知道你所住的旅社叫时光旅社，一个让你没想到的名字。

219房门洞开着。壁灯亮着。镜前灯也亮着。这里发生了什么？其他房间的门都紧闭着，长长的走道上只有两只二十五瓦的白炽灯，二楼服务台的小姐也不见了踪影。你不免有些担心，那里有你必需的生活用品，不值钱，但很重要。你想了想，它们有什么呢？

内裤：两条　　宜而爽牌

袜子：四双　　杂牌，不是名牌

领带：两条　　品牌不详

牙刷：一支　　品牌不详

牙膏：一支　　中华牌

剃须刀：一个　　飞利浦牌

油性水笔：一支　　来自韩国，也可能是假冒韩货

笔记本：一本　　32开

是什么原因使房门大开着的呢？虽然你有一些担忧，但并不着急，你想细细地查看一下。房门的锁完好无损，可以推断没有任何人试图以非法手段入侵。窗户是紧闭着，没有任何迹象可以表明这里发生过什么。你查了查你所带的物品，一件也不少。是风，还是其他什么自然的力量？你清楚地记得，出门时，你"砰"的一声把门带紧。现在只有找服务员问问了。你走向二楼的服务台，一个椭圆形的有一米高的木板台

子。这里空无一人。服务台后面是一个不大的房间，是服务员小憩的地方。它的门紧闭着。你跑到三楼去找服务员，三楼的服务台也空无一人，房间也紧闭着。楼道没有一个人，也听不到任何声响。你继续爬楼，到四楼的服务台，你看到了服务员。嗨，你给我看看是怎么回事？说完了，你就觉得有些冒失。但她什么表情也没有，拿起一串钥匙就跟你走。

当你们走到219房间的门口时，发现门紧紧地关上了。六点到九点四十五之间，你问她，你有没有打开过我的房门，并没有带上。对不起，我没有开您的房间，您看看水瓶还摆在这儿哩。她用手指了指摆在房间外的开水瓶，示意给你看。是的，你看到了。可是就在刚才，两分钟不到的时间里，门怎么又关上了。走道里没有风，窗户还是紧闭着的。你使劲地来回推拉着房门，铰链的安装也符合工程施工标准，没有任何变形。小姐，刚才门还是开着的，怎么突然又被关上了呢？她使劲地摇了摇头，一脸的无辜。她小声地对你说，几乎是嘟噜出来的声音，我怎么知道呢？

你累了，于是就躺下。似乎有细微的窸窸窣窣声响在门口徘徊，你紧闭双眼，仰面躺在床上，这时你竖起耳朵，凝神细听。你希望有什么事物，不管是人是物还是鬼轻轻地打开这扇房门，你好责问它，是不是它制造了今天晚上房门的开关事件。似乎什么声音都没有，这儿的夜晚像死一样沉寂，你听到的只有你的心跳，有节奏的不慌不忙的跳动。迷迷糊糊中，你觉得被什么人推醒。一双小手，温柔地搭在你的肩上。于是，你一骨碌坐了起来，但是这里什么人也没有，推你的双手也不见了。只有红红的镜前灯还亮着。

5

现在是十一点三十三分，还没到深夜。你呆呆地坐在床上，神情恍惚，没有干什么，没有想什么。如果黑夜、河水或死亡把你无声无息带走，你会一声不吭地跟着它们走，你不会问你们到底要到哪里去，只管走好了。

十一点四十三分的时候，你从床上挪窝了，走到了窗户口。你的手上正拿着今晚刚买来的俄罗斯望远镜。

秦淮河的西岸是一个有些年头的居民小区。一幢幢楼房浸泡在无边的黑暗里。你举起了望远镜，把双眼堵了上去。你用双手带动了望远镜左右移动，并使你的身躯向左向右作一些微调。你努力去寻找目标。远处的天空黑黢黢的，眼皮底下的秦淮河也是黑暗一片，像一个黑暗洞穴通向更黑暗的深渊。在你正对着的西南角，有一家灯火，也就是说你要把身体向左转个四十五度的话，你观察起来就不会感到疲惫或不适。这处亮灯的房间是在二楼。你的注意力集中到那儿了，把焦距调到更利于观察的位置。有个孩子正坐在窗下，通过望远镜把他拉在了你的眼前，几乎触手可及。他的脸轮廓是柔和的，甚至有点虚，有点假，但非常亲切。他的头发乌黑，而且浓密，是典型的学生头，三七开的小分头。在桌子上放着一个书包，想必就是他的书包了，这书包是帆布黄书包，在上口翻盖处印着五个红色大字：为人民服务，是毛主席写的。这时，有一股暖流流经你的身体，这书包与你童年时所拥有的书包一模一样，但你不知道如何把这种温暖表达出来。他把他的身体倾向桌子。他在读一本书。

这是一本连环画。

9　柯克在会客室换了衣服，正想离开这儿，忽然传来敲门声，接着一个乡村警察随老妇人走进会客室。柯克想逃，没有出路，就隐藏起来。刚刚开始，第"9"帧图。一个反特故事。黑白的图画。大块大块黑色，留下的是白色。一个穿着制服头戴警帽的外国警察。有一个年轻人阴沉着脸躲在门板之后。他们脸盘的棱角都很分明。

10　柯克等警察来到眼前，突然跳了出来，对准警察胃部狠狠揍了一拳，把警察打倒在地，然后冲出屋子，骑上警察的自行车跑了。他的表情顿时严肃起来，他的额头有几道浅显的皱纹。"揍"字可不是个恰当的词，也许"踹""捣"更好。

11　几分钟后，地方警察总局的电话铃响了。来自伦敦警厅，专为抓捕柯克的警探白克斯特接到了那位发现柯克的乡村警察的电话。画面一片模糊。像被大块墨水浸染过一样。他很小，但他喜欢用钢笔，一定是从墨水瓶里吸墨水时弄上的。

12　白克斯特马上和地方警察总局的警探赫尔斯钻进了一辆警车，向柯克出现的地方疾驰。追捕开始了。他必须逃亡，无喘息之机。

16　这时赫尔斯冲过来，扑上柯克的脊背。柯克像背口袋一样，一下子把赫尔斯摔到前面一棵树干上。你走神了，他又翻过了好几页，但什么也没看见。你睁大眼睛，望远镜也是全神贯注，可是这时却像瞎子一般。

17　柯克没等白克斯特和赫尔斯从地上爬起来，就急忙朝大路上奔去。大路上那辆警车亮着灯光，一扇门开着，柯克跑到那里，跳上车，开始跑了。但总是有愚蠢的警察出现。

18　柯克驱车20分钟，突然看到前面两座小山之间的路口上并排停着两辆警车，封锁住了道路，根本别想闯过去。

19　两辆警车的警察本来接到命令不准任何车子通过，但看到来的是一辆警车，不断地响着喇叭，表示有特急事，他们就犹豫了，一个警察说："总不见得开车的就是柯克吧?"

20　于是另一个警察就钻进汽车，把车子向后倒退，让出一点通路。当那通路的宽度刚能通过一辆汽车时，柯克开的车子就像出膛的枪弹一样疾驰过去。你看着他一页一页地翻过。你默默地读着，你嫌他翻得太慢了。

21　柯克很清楚地知道，他开着这辆警车不要很久，就会遇到拦截或追逐。于是，他迅速离开了大路，转入一条小道，然后把车停在田野里，向附近他过去熟悉的一个小村走去。危险会追随他的，亡命天涯的故事才刚刚开始。他似乎对柯克开警车特别感兴趣，也许他也怀着一个当警察的梦想呢，小时候的你也曾这样想过。

你觉得眼睛有些酸胀，于是就把望远镜移开了。你的世界仍然只是这个时光旅社的 219 房间，一台没有信号的电视，一个简易的床头柜，一张环形软椅，一个昏暗的镜前灯，一面可以看到你面容逐渐变化着的镜子……

6

楼下一阵吵吵嚷嚷的说话声把你从无尽的梦中拽了出来。他们（好像有无数的人，好像全世界的人都在这儿了）之间在争吵，声音直刺房屋的墙壁，粗鲁地越过本来想阻止它们的障碍，最后传到你的耳中来了。也许它们的最终目的就是侵入你的耳膜。要是这样的话，它们就成功了，非常成功。你听得很清晰。无序的争吵渐渐被理顺了，变成相对有序的大喊大叫。

"604，604，×××。"

"303，×××。×××，×××。303。"

"106，106，×，×，×，106，×，106。"

虽然你不大明白他们叫喊的确切含义，但你已大概知晓他们在喊房号和人名。你害怕极了，你怕他们发出"e"的声音。"e"即意味着"2"，有了"2"就意味着他们迈进了一步，你的房号正是从可怕的尖利的"e"开始的。他们能发出"e"，也将预示着他们强大无比的力量，他们能干一切他们想干的事。当然，这其中包含着对你的任意处置。

"2——"

天哪，他们真的喊了出来，他们没有忘记"2"的发音方法。你几乎要从单人床上一跃而起，你想夺路而逃。但这似乎又毫无可能，他们一定正站在楼梯口守着呢！说不定，这仅仅是个圈套而已，他们并不知道你的房号，他们只是采取这卑鄙下流的手段骗你出去。你决心不为所动，纹丝不动地躺在床上来展开这场斗争。

"2——01，××。"

他们没那么容易击中你的。一瞬间，你甚至漾着某种骄傲，在这几秒钟内，你取得了阶段性的胜利。不过，你还是很悲观，一共就这么大点的地方，一共就这么几个房号，你的命运完全被掌握在他们的手中。此时，你都不想再考虑这个问题，它显得毫无意义。你想舒舒服服地再睡上一会儿，在他们找到你之前。

"203，×××。×××，203。203——203——"

"218，×××。×××，218。218——218——"

到了，到了，这一时刻终于到来了。

也许还有两秒钟。

完了，终于可以说剧终了。你等待着，默默地等待着……但是又过了很长一段时间，你没有听到叫喊声，绝对没有。你推测有一种可能，那就是：他们忘记了"9"的发音方法，因此他们无法寻找到这条最为实用而又最为可靠的通达之路。他们是失败者。你也是失败者。

也许刚才发生的一切不过是你那漫长的梦的一个尾巴，一段骚扰你睡不安稳的小插曲。

7

睡眠之后，总是醒来，讨厌的周而复始。你伸了伸双臂，随手取过了望远镜。当你拿好望远镜站在窗口时，你犹豫了，会不会被人发现呢？你只是想看看昨天晚上的那个孩子，他在干什么？还有柯克，他怎么样了？你把身子躲在窗帘的后面，只把望远镜露出来，这就足够了。你移动着望远镜，你搜寻着昨天你观察过的窗口。是在二楼。可是，有这么多的二楼，而且它们的墙、窗户都是一样的，怎么可以找到呢？也许只能等待夜晚降临，那个孩子再一次坐在灯下，伏在桌子上，看连环画。但是，你等不及了。漫长的一个白天，至少要等十个小时，怎么能行呢？你想出一个土办法，从二楼的窗口一个一个地看起，看看能不能发现连环画。

有无数的窗户是打开的，也有无数的窗户是紧闭的。在紧闭的窗户中还分两类，一类是可以看到室内的，它们的窗帘没有拉上；一类是看不到室内的，有厚厚的窗帘遮掩着一切。你缓缓地移动望远镜，在那些无数打开的和没有拉窗帘的窗户间搜索，就像一个意志坚定的狙击手在黑夜里用他的红外定位设备来搜寻目标，奉命伺机扣动扳机。

一定是这个房间了。靠近窗口的桌子上放着一本连环画。你对好焦距，仔细地看着这本连环画：

一个愤怒的青年正用他那正义而不屈的眼神望着读者，这就是它的封面。他不是陌生人，他是柯克，你认出了他，昨天晚上你通过望远镜结识的那个年轻的外国特工。你已经记不清你跟随他看到什么地方了，后来你放弃了，也许他已经读完了这本连环画。

在桌子的边缘，书包不见了，他一定是上学去了。你怀疑你昨天是否产生幻觉，因为你昨天看到的书包是很老式的帆布黄书包，上面还印着"为人民服务"的字样，这样的书包早就进博物馆或旧货市场了。根本就不存在那个书包，它只是你的臆想。你必须等待他放学回家后才能证实你的疑虑。有一个镜框引起了你的注意。是一个简易的木制镜框，有一只支腿在后面支撑着，这只腿正对着你的视角。它很可能是一个相框，里面应该有一张相片，但是你看不到。你作出不同的尝试，但还是看不到镜框的任何正面。也许你只有等待，等待有一天，那个小男孩无意中把镜框掉转一个角度，不需要来一个一百八十度的大掉转，只要七八十度也许就可以了。这样的机遇也许不会有。但是不着急，你也许将在这里住得很久呢，那也说不定。

8

你似乎忘记了你是来干什么的了。是的，自从你一只脚踏进时光旅社的大门，你几乎把一切都忘记了，你甚至已经忘记你来这儿多久了。当然了，这也是你的初衷之一嘛。急什么呀，来日方长啊。不知道还有多少个日日夜夜呢。

你要观察秦淮河西岸一个房号为504的家庭。这时候，你想起来了。但是，你所住的219房间完全不合适，你无法看清楚比你高出三层楼高的地方。你必须得换房。你把衣物收拾一下，拎起旅行箱到一楼服务台。能不能给我换个房间？你一边把旅行箱重重地放到了服务台上一边对服务员说。她以不解的表情和语气说，为什么呀？为什么，219有问题，房门会无缘无故地打开无缘无故地关上，你看看能不能给我换个519或者619？先生，对不起，没有519，也没有619，我们旅社一共就五层，五楼有几间房是放水箱和杂物的，最边上的房间就是517了，您要不？好的，我就要这间。

517房间的门是大开着的，你站在门口犹豫着要不要进去。你只好喊来服务员，她拿着鸡毛掸子和抹布走进房间，动作麻利地进行了一次简单的除尘。你不好再说什么了。

你坐了下来，拿出你带来的笔记本和水笔。你想写一点什么东西，随便是几个字，随便是什么东西。你坐在桌子前，陷入了长久的沉思，但笔记本上仍然是洁白的页面，如同你的生命一般，没有什么可以留下的，真正能留下的唯有这片洁白的虚空。但是你的手坚持要写，因为它看到一支笔和一张纸就像一头饥饿的狮子看到一只梅花鹿一样，它有强烈的欲望，实在是无法抵挡的诱惑。你的右手终于拿起那支沉默了数日的水笔，在笔记本上写下了三天以来所能写出的几个字：

时光旅社　　　逃亡者

你觉得这个房间有点不对劲，似乎有一种异味，尖锐刺鼻，但是又是陈旧而熟悉的。你站了起来，在房间踱来踱去，用你的敏锐的大鼻子作为探测器去寻找这异味的源头。你的目光落在旅行箱上，你的鼻子直面着打开的旅行箱。脚臭味和汗腥味交织在一起，其实它们都是来自你身体内的味道，是你多年来与外部世界交换的唯一的一种气味，是粗野的，是直接的，是自由的，即便面对这个强悍无比的世界，它们的表达还是纯粹而真挚的。这种气味依附在你的袜子和内裤上，这种气味作为一种可爱的关系被你随身携带，跟随你走遍你所走过的任何地方，并在任何时候、任何地点慢慢地不为人知地挥发。

你站立在房间里，望着装满衣物的旅行箱，嗅着这来自你自身的味道。你站立着，似乎要给从窗口射进来的阳光一个机会，不，也包括给即将到来的一段时光，让它们尽情地对你的身躯进行雕琢。当然，它们的雕琢只限于光线的变化带来的物理性改变，或者叫色彩、明暗等美术学上的改变。世界是狭小的、令人窒息的，但只要你想，还是能寻找到大自然的艺术大师为你做点什么，现在你想了，也这样做了，因而你看到这种平时你从未曾留意的艺术大师不遗余力地为你——一个并不比蚂蚁重要的小人物——工作。

你弯下了腰，用右手的大拇指和食指组成一个血肉的镊子，捏起了那发出异味的袜子和内裤。你捏着它们走到临近秦淮河的窗口，左手打开了窗户，这时有一阵风迎面吹来，它们的味道又被突然地送到你的鼻孔里，继而进入鼻腔，那些鼻腔内黏膜中的嗅觉细胞就不得不迅速地忙碌起来。你捏着袜子和内裤的右手挥了起来，在半空中还有一个抛洒的动作。袜子和内裤飞了起来，它们一旦真正逃离了你的身体，它们就会飞了，它们像白鸽一样轻盈地飞翔，在古老的秦淮河的河面上自由地飞翔。

9

如果一只鸟没有羽毛，那么……

如果一名逃亡者没有逃亡，那么……

10

在这个薄暮时分，你坐在窗户口，把望远镜架在窗台上，你只需低一点头就可以把双眼套到望远镜的镜口上。

你能清晰地看到河对岸的那个小区大门口的任何动静。你要找的人必然会从这里经过。下班的人越来越多，忙碌了一天的人们又要回到他们的小窝，自由飞翔了一天的人们又要回到紧闭的牢笼。有一位年轻的女人，你说她是女人，因为不再是少女了，她的打扮给出了她大概的年龄，她应该是三十出头的少妇；你说她是女人，你还对她的另一重身份不在意，她还是个母亲，她的自行车后座上有一个三四岁的孩子。她有修长的颈部，她穿着风衣，风衣里面是一身羊毛连衣裙，她的小腿露在外面。她是一个风姿绰约的女人，因而母亲这一虽然伟大但却异常平庸的称呼用在她身上是多么不恰当啊！有一个摇着轮椅进小区的残疾人，他的脸庞在夕阳的照射下闪烁着万丈光芒，你甚至想，这哪里还是一张人脸啊，简直是一个做成人脸模型的金块，也许是某种他所信仰的神灵在这一刻在他脸上的显灵。有一群放学的孩子回家了，他们渐渐走向了大门。有一个孩子头顶着书包的包带，你有些激动，因为他顶的是黄色帆布包，其他孩子则都是背着书包，而且都是双肩背包，在那么多孩子中，他显得卓尔不群。他的书包上印着红色的毛体"为人民服务"，这是你早就预料到的，但是现在看到后，你仍不禁晃动了一下身体。你有一种说不出的甜蜜和欢喜，你想象着那个头顶黄色帆布包的小男孩就是你，迈着欢快的步伐跳跃着向家走去。你站了起来，放下了望远镜，你站在窗口远眺，望着他像一个点一样在向前移动、闪烁、跳跃，直至消失。为什么？你的欢喜来自何处呢？你不明白，你也不去深究。越来越多的人涌向大门，他们的衣着不尽相同，有的优雅有的恶俗，有的高贵有的朴素；还有越来越多的交通工具鱼贯而入，汽车、摩托车、人力自行车、电力自行车、脚踏三轮、柴油正三轮、汽油偏三轮……

天色渐渐地暗了下来，你还坐在位于秦淮河东岸的时光旅社的517房间的窗户旁，守在你的望远镜旁。你没有放弃，还在继续着你的工作。可是，两个多小时过去了，你要等的人根本就没有路过小区的大门。

你的疑问是：他们一天都没有出门？他们出去了，现在还没有返回？他们回来了，只不过不是从小区大门走的，而是翻越围墙回家的？

疑问总归是疑问，不去想它便不再是疑问了。你的镜头里走来了一男一女，他们好像有意谨慎地保持着距离，一个人的距离，男的走得要快一些，但他总是不由自主地放慢脚步，因为女的有些跟不上，她有点小跑的架势。他们相当年轻，你想，只不过十八九岁的样子，像大一大二的学生。男的是平头，极短的那种，可以看到头皮。女的是披发，在校园里极为常见，颇飘逸。他们一转身就走到了一幢楼房的后面了，你看不到他们了，你想如果你的望远镜不光具有红外功能，还能透视坚硬的墙体，那该多好啊！你决定在晚上寻找他们，他们的世界仍然在你的望远镜之中。

11

天还没有完全黑下来，就开始下雪了。你喜欢雪，因此，你就坐在窗口，看着雪花洋洋洒洒地飘落，后来是巨大的雪片，你凝视着它们，看它们轻盈地飞翔，你的内心就无比的平静。只有在下雪的时候，这个世界才变得纯粹和丰富起来，更重要的是它显示了它那伟大的母性。在寒冷的时日里展现的却是温暖，这时候的世界就是一个无边的子宫，而漫天的大雪就像正在涌动的羊水，此刻的你正徜徉在这里。

　　雪越下越大，河岸和房屋变成了一片白，在外面行走的人们越来越少。在这寂静的夜，你开始工作了，你又回到了你的岗位上，你又端起了望远镜。你开始大面积地扫视对岸的小区，你移动身体移动望远镜，一个窗户一个窗户地扫视。你要找的是傍晚经过小区大门的那对年轻男女。你现在并不知道他们是什么关系，但是你有一种预感，就像你曾经经历过一种生活，既是平常的关系，又是特殊的，它并不明确，也不固定。这要等观察以后再说。有几个窗户是打开的，因为孩子们太惊奇了，这样的大雪是他们有生以来第一次见到，他们把手伸到窗外等雪落下来，他们把脸伸出去，迎着风雪，迎着漫天的尘埃。在一幢有些陈旧的楼房的三楼，你发现了他们。他们在一起。那个男的和那个女的。这一点也不让你觉得意外，虽然他们进入小区的时候并不是手拉手或者有什么明显亲昵的表示。他们的窗户紧闭着，但没有拉窗帘，她正站在窗口，像那些孩子一样，正享受着大雪带来的乐趣。她伸手，开始在玻璃上慢慢移动，一条曲线，一个圆弧，渐而是半圆，快要成圆的时候，她停顿了一下。她改变了主意，没有把那个即将成为圆圈的曲线继续下去，她缩小了范围，沿着刚才移动的线头画了另外一个圆圈，圆圈越来越小，直到最后，她细小白嫩的中指停在一个点上，那是所有圆圈的中心。这似乎是一个面向无限开放的圆圈，在外面的那个线头可以扩展到整块玻璃，整个窗户，整个他们所在的房屋的墙面，当然还可以是整个小区，整个城西，整个你所在的城市，甚至是整个长江流域，整个中国，最后是整个地球、太阳系和更大的银河系。但出发点就是你正在凝视着的那个点，她的手指头。

她站立在风雪的阴影里。过了相当长的一段时间（有多长呢，就是打开的窗户都被关闭了，打开的灯也几近熄灭），她回去了，离开了窗口，坐到旁边的床上开始翻阅一本杂志，是一本时装方面的杂志。那个男的，他出现了，他已经把他的外套脱掉了，他现在穿的是休闲羊毛衫，下面是牛仔裤。在床的对面是一个有一人多高的穿衣镜。他站在那里。他用他其中的两根手指理了理他的头发，其实他的头发相当整洁，这动作是漫不经心的，是无数个寂静夜晚中最平常最无聊的一个动作。他站在镜子前，沉默着，没有动弹，也没有回头看她或者跟她说话。他望着镜子的深处，他看到的是他自己。他举起双手，像投降的架势。你望着他，不明白他到底要干什么。他把羊毛衫给脱了，随手扔到了床上。他又举起双手，把里面的内衣脱了。他停滞了，双眼直盯着镜子，平静地朝镜子的深处眺望，他似乎要看清他自己的内脏，甚至是心脏的跳动。这时候，在望远镜的视野里出现了一缕摇晃着缓缓升起的烟柱，那是从床上升起的。是她，她正在抽烟。他站着，在穿衣镜前，你可以看到两个一模一样的他。他没有停止，继而把牛仔裤脱了。只剩下一个白色三角裤衩。他的身体单薄，消瘦而白皙。他为什么没有关上窗户？你不知道。他还在脱，他把最后的遮挡也除去了。他光着身子，站在穿衣镜前。他向前走了一步，这时，她出现在镜子前，在他的身后。她双手勾了过去，抱着他的前胸。她的右手开始移动，轻轻地在他的皮肤上滑动。这时候，灯灭了。你也把双眼从望远镜前移开，并用手揉了揉。

12

　　有一些词句在恍惚间会在你的背后回响，它们意义明晰而暧昧，是某种意欲表达的结果。

"我不想要孩子……"

"我要离开家……"

"如果我还能选择生活的话，我将……"

"我的世界在我现在的世界之外……"

你想：这些词句到底描述了"我"怎样的姿态呢，它们要"我"怎么样呢？那些"我"要作何状呢？缠绕你的是"我"，他以各种各样的方式、各种各样的存在形态缠绕着你。"我"无处不在，无时不有。"我"是那么实在，他触手可及，你一伸手就能摸到"我"的脸和"我"脸上的荒芜的胡须。"我"是虚伪的，是假的，是无，是不存在的，或者是神秘存在的，你怎么可能把握住"我"呢？你没有看到"我"，即使你看到了，你也不知道下一秒钟的"我"将干什么或怎么样。对于你来说，"我"是最大的难题，并且这一难题毫无解决的可能，它的出现不是为了被解决，而仅仅是烦人，"我"给你带来的是无休止的烦恼。

你对"我"的追问必须停止了，因为你累了，你要歇一歇。可是你觉得有什么事在等着你做。也许重要，也许无足轻重，仅是一种潜在的感觉。他面对镜子裸露他的身体，这打动了你。你也想从镜子里看看"我"到底是什么样子的，"我"的身体还有什么秘密吗？你动作迅速，没有磨蹭，没有停顿，在两秒钟的时间让身体恢复到它本来拥有的状态，也就是说你脱光了你的衣服。你站在镜子前，默默地注视着镜子中的你。你首先打量的也是人们禁忌的地带，人们总是遮遮掩掩，其实按照和尚的说法，不管什么样的也都是臭皮囊，不过是迟早要消亡的外部之物。你的阴毛相当茂密，黑黑的，像热带雨林一样，野性，神秘，趋向无限，并拥有巨大的生命力。你的手指作梳子状理几下。在这茂密的热带雨林深处是一个布满皱褶的巨型球体，它便是阴囊了，在这里秘密地孕育了这个星球上人类生命的最初形式。它是一个工厂，但似乎从不被人重视。被人们抬上天的是阴茎，俗称鸡巴，它是这里的国王，甚至是一个人一生的主宰，不，扩大一点范围来说，它是男人和女人共同拥戴的国王。你通过镜子，看着这个一向傲慢的君王，它显得无精打采，耷拉着躯体，像一条快干死的泥鳅。你不碰它，你已经厌倦了这个既称为天使又称为魔鬼的家伙。你稍稍地侧了一下身体，这样，在镜子里，你就会看到你的半个屁股，松松垮垮的，是赘肉繁衍生息的家园。你并不讨厌它，虽然它的形象曾经让你在一些女人面前出丑。"你的屁股好大""你的屁股是最为丑陋的"，她们关心它是虚情假意的，她们的嘲讽是毫无力量的。你的左膝盖上有一个月牙状的刀疤，你伸手触摸了它，也许是在四岁（要不然就是五岁）的时候，它像商标一样贴在你的膝盖上，到现在一刻也没有离开你。它对你忠诚，绝对的忠诚，你成长，它亦成长，你衰老，它也衰老。向上看，你的目光落在了你的两个像绿豆一样小的奶子上，它们无论如何不可跟女人的乳房同日而语的，只能称为奶子，小不点。再向上，是你的头颅，是你浓密的黑发。但是，在一瞬间，他的目光凝滞了，因为你看不到你的面孔。脸部是苍白的一片，什么也没有，没有眼睛，没有眉毛，没有鼻子，没有嘴巴，没有胡须，没有下巴，没有耳朵，是的，什么也没有。你定睛，向镜子的深处凝望，仍然如此。在这镜子的深处藏着另一个你，或者是一个陌生的"我"，你希望进入他，与他拥抱，与他交谈，与他融合成一体。你向前走，把身体完全贴在了镜子上，那冷冰冰的玻璃上。你用力，把头往镜子里伸，依着镜子耸一下肩，你试图让你裸露的身体进入镜子里，但你遇到的是无情的碰撞，是冷冷的拒绝。一个人站在镜子前，面对另一个自己时，他就会怀疑，会沉默，会无助，会一反常态，会像苍蝇一样到处乱撞，甚至会癫狂，会痴迷，会谵妄，会视觉模糊，会听觉混乱……你也不例外，在这个大雪漫天飞舞的夜晚，面对镜子，面对镜子中的你，你深深地陷入其中……

13

那 504 房间，你能清楚地看到。在望远镜里，一台木制电脑桌的色彩仍然（为什么是"仍然"呢）是原色，是木纹的本色，电脑的显示器静静地蹲在桌子上，显示器比较大，是 17 英寸的。在电脑桌前依旧是那张转椅。左面的一面墙是从上到下的书柜，书柜装满了书。书房里没有人。一整天也没有人。主人一定上班去了，也许到晚间会有人。

在傍晚的时候，你把望远镜对准了小区的大门。你在寻找一个人。你还必须看一看手表，这样的观察才有意义。下午五点，你开始把双眼堵到望远镜的镜口上。在下午五点十七分的时候，你看到那个小男孩头顶着黄色帆布书包从大门走过。五点四十八分的时候，你看到那一对青年男女手牵手走了过去。在六点零二分的时候，你的目标出现了。她匆匆忙忙地走向小区的大门。你想看清楚她，她的面容是否发生变化，她的身高是否有改变，她的身材是臃肿一些还是苗条一些，她的表情，是你最为关注的，是幸福，是甜蜜，还是无所谓，或者纯粹的漠然。她穿着白色的高跟皮鞋，走起路来还是那样不紧不慢，还是那样有韵律。你想看清她的脸，她白皙的脖颈。但是你无法看清。你动作麻利地调节着望远镜的焦距，但不管怎么调，仍然是老样子，她在你的镜头里模模糊糊地晃动。唯一令你欣慰的是，你仍能感觉到她优雅的步伐，甚至她身上散发出的温暖。

很快，她进了家门。你再次调节了望远镜。这次的效果比较好，完全看清楚了。她正把她的风衣脱下，就在脱风衣的过程中，她走向了电话机。一定是来电话，她拿起听筒，嘴开始缓慢地上下翕动，她在点头，是"呜""哦""啊""嗯""是"，是答应。她的嘴忽然张大了，她大笑了起来，你似乎能听到她从未有过的爽朗的笑声，你觉得像在看一部默片，大笑让你觉得有点毛骨悚然。

七点一刻的时候，进来了一个男人。他所穿的衣服全都是你曾经穿过的，灰色的圆领羊毛衫、土黄色的夹克外套、灯芯绒休闲裤、万里牌黑色一脚蹬皮鞋，你不禁一阵心痛。在你出走之后，在离开504之后，你的位置腾出来了，但眨眼工夫又被填上了。就像你把一粒小石子扔到平静的水面上一样，起初在石子落下的那个点上，水暂时地让开了，留下了一个凹陷，但在你的眼皮再次眨动时，它已经恢复如初了，谁都看不出在水面上曾经让出一个位置来。

你早就告诫自己，不要动怒，不管发生了什么。你要把你当成一个已经神秘蒸发的人来看，你已经脱离了那儿，就应该"不以物喜，不以己悲"，他们和世界在旋转，而你选择的是静止，是冷眼相看。你继续看看这个穿着你衣服的男人还将干些什么，你看看她将要干些什么。她进入厨房，开始做饭，在灶台、冰箱、洗菜池、砧板之间来回活动。而他不见了，消失在你的视线之外，他也许到里面的房间看电视去了。

后来，他们两人坐在客厅开始吃晚饭。他埋着头，像一头正在耕地的老牛不声不响地夹菜、刨饭，简直是一台无声的吃饭机器。而她，时而扬起头，时而在说一些什么。你看着他们吃完碗里的最后一个米粒，喝完碗里的最后一滴菜汤。

他走进了书房，坐在电脑前，默默地坐着，目光似已凝滞，没有敲打键盘，没有拖动鼠标，没有看书，也没有拿起笔。他只是静静地坐着，跟你一样。她把碗、盘子、筷子拿到厨房的洗菜池里，放了一些水，就走了，到里面的房间去了。

他是正对着你的。你想看清楚他到底长着一副什么样的面容。你慢腾腾地微调着望远镜的焦距，好了，你能看到他的一缕头发斜挂在额头上。于是，你朝他的额头看去。但是，你没有看到他的额头。你看他的眼睛和眉毛，什么也没有。再向下，是鼻子，你还是没有看到。嘴唇和下巴呢，根本不存在。你还要看看他有没有耳朵，但结果还是那样。这是一张空空如也的脸，是一张面孔消失的脸。如同你在照镜子遇到的情形一样。你通过望远镜，看到七百五十米之外的一个男人，他与你有着一样的身材，穿着你的衣服你的皮鞋，脖颈上端坐着一尊空洞的头颅。你位于五楼，你坐在椅子上，他也位于五楼，他也坐在椅子上。透过镜筒，你细细地端视着那个在河对岸的面孔，其实你端视的是苍白，是虚无，是你必须面对的黑洞，是你永远不知的神秘世界。

你要睡了，但他开始移动鼠标，开始敲打键盘。他一定在写作，在这样寒冷的深夜，每一个活动着的人不是在写作就是在做爱。你坐到桌子边，拿起笔，但不知道要写什么，很久以后，笔记本上还是有了几个字：

面孔
雪
血
河水

世界的入口在你行走的每一寸土地上。季节入口的钥匙总被风雨雪雷电这些王八蛋攥在手上。女人的入口藏在杂草丛生的深处。新生命的入口总是在第二天。

第二天，确切地说是第二天的凌晨，你被冻醒了，凌晨是最冷的时刻，而房间里没有空调，旅社的被子也太单薄。本来你还想再睡一会儿，既然已经醒了，不如索性起来。这时天还没有完全亮，轻微的雾正在空中飘荡，这个世界在半睡半醒之间，但马路上已经有许多汽车在行进、自行车的车轮在转动、人们的双腿在做交叉运动。你毫不犹豫地拿起望远镜，对准了504，你还想对那个男人了解更多，你还想知道她是否一如从前。书房里没有人，客厅、厨房也没有人，也许他们还没起来，也许他们已经出门。书房的电脑桌上有一叠打印稿，右边（对于你来说，对于他则是左边）是一张纸，是16开的，在白纸的正中间竖排着三个一号的黑体字：

身

份

证

左边是厚厚的一叠纸，有四五十张。你揉了揉双眼，对好焦距，准备好好看看他到底写的是什么。你看到了，是四号字打印的，文字是这样的：

1

身份证，那个站在服务台的小姐对你说。那是在你一跨进那家旅社以后,甚至你还没有走到前台(就是服务台)。该旅社位于六朝古都南京城的西部,秦淮河的东岸。你带我去看一下房间,你打量着你面前的服务小姐说,不知卫生怎么样。

再平常不过的开头,一种叙述文体。

走,去看看吧。她拿起一串钥匙,"哗啦哗啦"的金属撞击声随即在空旷的大厅荡漾开了。她走在前面。她用一口标准的南京话说,没得关系,绝对放心,洗澡的热水二十四小时供应,喝的开水随叫随到,被子床单一天换一次。你走在她的身后,踏上楼梯,向二楼走去。楼梯上铺着地毯,灰灰的,一定是年代久了,是破旧的标志;它还黑黑的,看起来挺肮脏的。总之,无法断定这块地毯原来是橙黄还是草绿,也无法断定它是否比你的年龄还大。你们,你和服务员小姐,走在地毯上,没有发出任何声响。只有钥匙的撞击声。随着台阶的一级级升高,你不由自主地看到她的身材,当然是她的背影啦,继而你仔细地进行观察,她屁股扭动的姿态、她的发色、她的脖子,因为是夏天,她还穿着裙子,因而你的眼睛又多了一项任务——扫描(像扫描仪和复印机的光束伴随着"吱"的一声从一个方向到另一个方向)她的小腿。

裙子、扭动的屁股、小腿,当然还会有巨峰,庸俗的描写即将开始。故事将从这里开始。一个烂俗的小说,肯定会涉及刻骨的性描写。

这些成果是什么呢?一项一项地说。她屁股扭动的幅度不大，颇有款款之感，越是如此，你越觉得她白嫩的屁股在厚厚的黑色丝织物内呼之欲出，这大概就是欲盖弥彰的道理吧。她的头发很短，短到从后脑勺无法判断她是男是女，她剃的是平头，据说是当下极为流行的发型，并且与世界潮流同步。她的脖子相当醒目，细长、白皙、无肉色，只能用这三个贫乏的描述性词语，这里不存在类比，不存在联想，因为你不想多看，不想深入地观察这块不毛之地。你有一种愿望，如果你手上有一支画笔，你会把她的背影用极其夸张和变形的手法呈现在白纸上，与毕加索和达利的作品将有一比。可是，你不是画家，你拿不起画笔。仅仅是一闪而过的妄念。

果不其然，他的文字开始挑逗读者。"你"想入非非，为下文埋下颠鸾倒凤的炸弹。这个服务员会干什么勾当呢？"你"会干什么勾当呢？他们上床是迟早的事。

你读着，仔细地读着，有时候也停下来，想一想。似曾相识。你似乎经历过这样的事。但是你又不确定在何时何地有这样的经历。也许这就是恍若隔世的感觉，你现在感觉似曾相识，就说明你的前世确实做过经历过。那么，你前世的前世干了些什么呢？你前世的前世的前世呢？再者，前世的前世的前世的前世？好像已经到了大清朝了，你还是读书人，是一介书生，你是秦淮河两岸风月场上的常客，一个嫖客住旅社盯着小姐不放那也是常事。还真像那么回事。当然，这是虚假的，是无聊的假说。你是不会信服这样的解释的。你是一个无神论者，无信仰者，无政府主义者，同时还是宿命论者，素食主义者，神秘主义者。一种无所谓的矛盾存在于你的身上，但你坚决否认你有任何后现代主义的倾向。在你的身上可以找到各种各样的生理和文化因素，但其中没有一种具备明显的倾向。因而，即便你细细地读着这段文字，还是弄不明白它跟你有何种关联，甚至，你不能判断是否有关联，有还是没有，你深究，也不清楚。

15

当雾彻底散去时，生活在小区里的人只剩下老弱病残了，其他人不是上班就是上学去了。阳光洒满了秦淮河，摇晃的水波把反射的太阳光线射到你的瞳孔上，但并不刺眼。真正具有人性的阳光只有这冬天的阳光，你喜欢这样的阳光。你正站在窗户前，双手手掌撑开按在窗台上。你惬意极了，用肉眼眺望河西的这片土地，这片土地上宽阔的马路和拔地而起的高楼。

504房间呢？你还想看看书房里是否有散落的文稿，或者随手写的纸片或留言条，你想通过只言片语的文字了解504的状况，了解他，进而了解她。虽然你对眼睛套在望远镜上早已不耐烦了，但它仍然是唯一可依赖的工具。

你眼角一瞟，发现书房的墙左面是一幅画，因为角度不是正对着的，你看不清是什么，但没有什么鲜亮的色彩，很可能是一张中国画，也有可能是字画。你觉得有必要看看到底是什么，于是你调节了望远镜的对准角度，调节了焦距。基本上能够看到那是什么了：

永和九年歲在癸丑暮春之初會於會稽山陰之蘭亭褉事此
地有崇山峻嶺茂林修竹

是褚遂良摹王羲之《兰亭序》的复制品。你曾经临摹过。

临近窗口放置着一张躺椅，有人躺在上面。你看着他，你陷入的

158

是一种深深的凝视。他像一位老得不能再老的老人，像刚从坟墓里爬出来的干枯尸体。他穿的是灰色底子上有白色条子的睡衣，这衣服似乎来自病房或疯人院，他的躯体在这睡衣里没有支撑起那些为他准备的布料，大面积的布料折叠着耷拉着悬挂着。你要看清他的脸，可是你看不清。他的头就在那儿，他稀疏的头发也在那儿。但是，就没有面孔。他的头轻轻地在转动，从右边转到左边，又从左边转到右边，头还向后移动，他正面对着天花板。他一定是在寻找他的面孔。

你不禁为他着急起来。你轻手轻脚地走进了504房间，你走进了他的书房。他一定是睡着了，沉沉地睡在躺椅上。他需要他的面孔，只有重新找到它，他才能醒来。正对着门的一面墙是一面书墙，是从地到顶的开放式书架，而且书架上排满了书籍。你走到书架前开始翻起来，你取下一本书，右手拿着书脊，左手的四指置于封底，大拇指给侧面的书页一个力，书页依靠它们自身的柔韧性和弹性"哗啦哗啦"向前跑去。只需要两秒钟就可以翻完一本书。于是你一次从书架上搬下来二十本，随后一本本地迅速翻过。搬下来，翻阅，搬上去。这样的工作，你不停地重复。翻完了所有的书，你也没有发现你要找的东西。你把目光转向了靠近窗口的书桌，其实这同时是电脑桌。有一些打印的文稿堆积在电脑旁，你看到了那张用黑体字打印着"身份证"三个字的白纸。你曾经在望远镜里看到其中的第一页。你迅速地拿起它，一页一页地翻过，但是这里还是没有你要找的东西。在这叠打印稿的下面，你发现了那本连环画。那个孩子呢？又去上学了？假如他这时突然出现在这里的话，你怎么办呢？你不希望在这个房间看到他，因为你不知道你能对他说些什么，解释些什么。你说你只是无意中到这儿来的，是无意中翻了他的连环画。而他则会说，你不过是个小偷，一个擅自闯入者，他不欢迎你的到来。你必须停下寻找的工作，停下任何可能生成的杂念，赶紧看看这连环画。他随时都可能回来。你不能犹豫了。你一屁股坐到了木地板上，后背靠在墙上，一页一页地阅读了起来。最后是一个好的结局，柯克结束了逃亡者的生涯，又成为一个正直自由的人。你翻了封底，你能看到它的版权信息：

开本:787毫米×1092毫米　1/64　印张:1.25

1982年7月第一版　1982年7月第一次印刷

统一书号:8087·156　　定价:0.12元

谢天谢地，他并没有在这时出现。你是有责任心的人，你还得继续为那个躺在你身边的人寻找面孔。

16

你不知不觉地走到了一面镜子面前，起初进来的时候，你好像并没有发现它。这是一面穿衣镜，当你明白这一点时，你明白几天前你就见过这面镜子了。你想起了那一对年轻的男女，在风雪之夜，在这面穿衣镜前。你站在镜子前，发现了镜中的你。全身上下包裹整齐，但还是没有面孔。你静静地站立在那里，像一尊沉默的雕塑。镜子似乎并不是平面，而像一个深陷进去的山洞，一个苍白虚无的深渊。它幽幽地通向远方，通向宇宙的深处。你就这样望着它，失语般的望着。有一张脸正从镜子的深处缓缓走向你。渐渐地，你看清了，那是你的脸，是你一成不变的面容。数年来，还是一样的模糊，一样的犹豫不决。你的鼻子像一座山峰，高大而险峻，鼻梁则是山脉，你的中学同学老是对你的鼻子念念不忘，以此为特征给你起了一个绰号——

圣西门，那个著名的空想社会主义者，那个鼻子突出的法国人。你的眼睛还如鹰隼般犀利，看着某一事物，就像一把利剑要深深地刺进去，但是有些浑浊，那必定是你对待世界的方式改变了，变得温和了，你不再需要清澈的眼神。你胡子拉碴的样子还是第一次，你一直是一个遵守公共秩序的人，按常规办的事你会一丝不苟地去办的，但是现在你已经完全不是那一个你了，或者说，那个先前的你被赶跑了，在你现在的躯体上成长起另一个你一直希望成为的样子，一个早已存在但等待了许久的你。

你凝视着镜子。这时从这远离镜面的深远处升起了一个形象，一个人越来越大，他从遥远的镜子深处走到了镜子面前。是那个年轻人，那个脱光了衣服照镜子的年轻人，他并不是裸体，他着装整洁。你注视的是他的面孔。他的鼻子也很大，眼睛是丹凤眼，目光犀利，有一对大耳朵，特别是耳垂，如佛祖的一般。虽然他的脸庞没有垃碴的胡须，你还能感觉到他与你长着相似的面孔。你闭上眼，为沉思留下一个应有的空间。你感觉到他在呼吸，他的心脏在跳动，而且韵律都与你的相同。当你再次睁开双眼，他已经不见了。镜子上还是你的面容。你凝视着。从镜子深处又走出来一个人，一个小朋友，不须辨认，就是那个看连环画的小朋友。他是来训斥你的吗？因为你偷看了他的连环画。他睁大双眼，眼睛里透出一股灵气，那股灵气穿越了镜面，朝你散发过来。他滑稽地眨了一下眼，继而是诡秘的一笑。你不明白，这是为什么？他在嘲笑你，对你透来不屑的目光。他毕竟是孩子，你不想他是恶意的。但你又不能释怀，似乎他的嘲笑是对的，你有些痛楚，感觉到你隐秘的脸皮被活生生地揭开。你不能再看他了，你不再凝视镜子。

你需要继续寻找。但是，你的目光还是不经意地看到又有一个形象从镜子深处升起，变得高大，变得清晰。他瘦骨嶙峋，穿着带条子的睡衣，他不是别人，正是睡在身后的那个老人。镜子里的他有着清晰的面孔，你大喜过望。他的脸颊消瘦，毫无血色，颧骨突出，双眼下陷，看不到圆润和新鲜的地方。但他的表情似乎非常平静，一种前所未有的坦然挂在他脸上。或者说，他毫无表情，他的面孔只是一湾沉默的死水。没有喜悦，没有哀愁。无所希冀，无所等待。只是他高耸的鼻子叫你不安。即便仅仅是一层衰老的皮包着那个鼻架，你还能隐隐地感觉到它就是你现在的鼻子。你和他的，只能是一个鼻子，而绝不可能是两个。

你找到了你一直寻找的东西。你转过身，要对那个躺在躺椅上的老人说，你帮他找到了他的面孔。但当你面向躺椅的时候，你才发现躺椅上空荡荡的，根本就没有什么老人。他在你搜寻的时候，起身出去了吗？你在房间里找了一圈，但是没有发现他的踪迹。他消失了，消失得无影无踪。也许他压根就不存在。这时，你又转身，面对镜子，可这里什么也没有，没有你的面孔，也没有你的身躯。这里没有通过反光而成像的镜子。镜子也从来没有存在过，这里只是一堵墙，一堵灰白的墙。

17

当你再次走到望远镜前，你才发现你似乎去了河西一趟，你清楚地记得在504房间里发生了些什么。你确信这不是梦。你这才发现你形同鬼魅。你无法确定你是何种性质的人，或者非人。你站到镜子前，看着你的脸，这看起来非常真实，可以看到这是一个血肉之躯。你伸手一摸，就能感觉到热的血在脸皮下面的血管里流动。怀疑和照镜子能带给你什么呢？什么也不能，不能确定的事物仍然不能确定，你仍然是你，也就是说，对你自己来说，"我"仍然是"我"，至多是改变了的"我"。"我"是什么？"我"将要干什么？你仍然一无所知。

你翻起你的旅行箱，看看有些什么，是该补给和更换一些物品的时候了。两双臭袜子，一个换下来的裤衩，一件羊毛衫，一条换下来的裤子，还有一本书。你抱着它们走到窗口，拉开窗户，把它们扔进了秦淮河。你还准备把那本书也扔掉吗？是的，你根本不看它一眼，也丢掉了。桌子上还有一本笔记本，它是打开的，上面有几个歪歪斜斜的字，是儿童体：

你　你们　　　我　我们　　　他　他们

你把本子也扔了，但你能看到它在空中晃晃悠悠跌向秦淮河，最后你听到微弱的落水声，它就像一个无辜的孩子掉进深水里一样，是无助的挣扎声，是无奈的呻吟。那声音是那么真切，落在你内心，久久不能散去。没有本子，笔有什么用呢？接着是那支笔了，在你的笔记本留下无数痕迹的笔。你站在离窗口有一段距离的地方。你不想看它在空中翻滚的样子，你不想听到它栽进河里的一刹那间产生让你揪心的声音。当你把笔抛向窗口的时候，你像打冷子似的朝后退了几步。在旅行箱的边角里，你拿起了飞利浦电动剃须刀。是你曾经心爱的吗？你仔细地打量着它，它是黑色的，但手握的柄有一些亮亮的，那是你和它亲密接触的见证。你不去想它，你不会像留恋"吉列"剃须刀那样对它依依不舍。没有什么，"啪"的一声就解决问题了。能扔掉的全扔掉。还有什么？你看一看，翻一翻，还有什么东西没有丢掉吗？牙刷，丢了。牙膏，丢了。毛巾，丢了。香皂，丢了。旅行箱，丢了。还有吗？你望着这个空荡荡的房间，哦，你的手上还拿着望远镜。你像刚才扔许多东西一样，先走到窗口，把它抛向窗外，最后你会听到撞击水面的沙哑的声响。

你站在那里，开始翻自己兜里的东西。有擦鼻涕的纸头，你扔了。有寻呼机，你扔了。有电话卡，你扔了。最后攥在你手上的是一叠人民币和一张身份证。中国人民银行壹佰圆 RFI6364535；中华人民共和国居民身份证姓名性别出生住址有效期限 10 年编号××××××××××××××××××××。

你不想继续在此滞留，你的时日到了，虽然你不知道什么时日。总之，你该走了，你要离开这个旅社。

第二部：我

1

我。

我。

我。

当你读到这个圆形的方块字时，你感受到的是什么？它意指什么呢？它指向你自身，有一张网正罩在你有形或无形的躯体上，或者是空气形成的气流柱把你困住了。你呢，当然啦，换作"我"也许更恰当。我这时竭尽全力向外冲去，决心要摆脱套在身上的枷锁。我不再想"我"到底是什么了，我不再认为我的躯体四周有什么东西束缚着我了。我飘起来了。我飘走了。

当我飘到一个巨大的湖面上时，我看到波光粼粼的湖水在阳光的照耀下闪烁，湖边的水面上还倒映着许多高大的树木。我喜欢这里。

于是我就停了下来，试着站在水面上，随着水波上下摇晃，我的身体也摇晃起来。我喜欢这样的感觉。有一阵风迎着我吹来，我并不牢牢地固定在水面上，因而我被风吹了起来，飘离了湖面，随后又落下。风不时地朝我吹来，我不停地被轻轻地抛起，又遽然落下。我的面前有一只小船，是脚踏双人船，上面坐着一男一女。他们搂抱在一起。他们这样做也许是有意思的，也许很好玩。但是我没有伴侣，没有办法寻找到我的同类。湖面上会有鱼跃出水面，在那一瞬间，我倒可以搂抱着它，像他们一样，但是我明白鱼不会搂抱着我的。天空中有小鸟疾速飞过，我可以迎着它，不顾一切地搂着它，但是我不希望因为我搂着它就让它掉落在湖里，也许它会被淹死的。我飘到湖边的树上，我搂到了一根颤颤悠悠的枝头，我搂抱着它，它也搂抱着我。是的，确实有点意思。在高处，我能更清晰地看到在那只小船上的两个人，他们的头靠在一起，两个人身上的四片嘴唇靠在了一起，有两片是鲜红的，还有两片则相对苍白。在湖边，有许多孩子在玩耍，那是一个儿童乐园，他们在蹦床上穿越气垫迷宫，他们冲杀，奔跑，跌倒，站起来又复如此。有一个孩子，他站在乐园的门口，他双手吊在金属栅栏上，呆呆地看着里面的孩子在疯狂地玩耍。他时而回头望望，似乎在等什么人。但直到里面的孩子全出来了，看门人锁上了入口的门，他还站在那里，也许他并没有等什么人。

我飘过了湖面，到达了一个人来人往的地方。这是火车站。许多人进去了，又有许多不同的人从另外的门出来了。一位老人犹豫着走进了售票大厅，人们排着长长的队伍在买票，他行动迟缓，但也站在了队伍中。他终于买到了一张票，随后他就手中攥着票到候车大厅，又排队，然后通过过道。我一直跟在他身边，在他身后、身前，左边、右边，上面、下面。到站台后，一列火车早就停在那里。他通过了列车员的检票顺利地坐到了一个靠近窗口的座位上，我也上去了，在他身边。火车一声长鸣，就"噗噗"地发动了，它缓缓地驶离了车站。这时，我又不干了。我不知道为什么。我不想待在这里，于是从窗口又飘了下来。我隐约地觉得我来到这个城市似乎携带着某种使命，但现在我不知道它到底是什么。也许仅仅是飘荡。

2

"我告诉你……"

"我那天……"

"我小时候总是……"

"当我第一次看到你时……"

"我想……"

"其实我，我是……"

"我明天要去……"

"我控制不住我的……"

……

人们交谈，写信，写书，在网上聊天，总是不停地重复着一个字——我。我在纸上看到它是什么样子的，它是方块字中的另类，其实它是想成为圆形字，从一个中心出发，有那么多的触角向外伸去，并努力地保持着平衡和节制。我觉得它的形象并没有什么意思。我倒在电视上、收音机里和人们的口中，听到它的声音。人们把嘴撮圆，突出，就会有一个优雅的声音从那里飘出来，它轻盈而富有弹性，在空气中飘荡。多有意思啊！它变成美妙的音阶——WO。我欣赏这样的声音。于是我决定，摒弃方块字的"我"，我只叫"我"是"WO"。

WO总是东张西望，希望经过这个世界上所有的东西，包括各式

166

各样的人、动物、植物，还有那些暂时并不拥有生命意识的物体。WO 的好奇心太强啦!

WO 现在在大街上，在这座城市的一个商业广场上。有各式各样的声响环绕在 WO 身旁，汽车马达沉沉的轰轰声，一个小女孩甜甜的说话声，两个肩并肩走路的人私语……洒水车的喇叭响着单调的乐曲，一个保险推销员说"大妈您必须参加保险否则您……"，一只哈巴狗"汪汪"地叫着，戛然而止的尖锐刹车声……商场的音响突然响起来，先是《婚礼进行曲》，接着是贝多芬的《第九交响曲》，一个主持人发嗲的声音从扬声器里传出来:

"下面进行今天的抽奖活动……"

WO 转到商场里大厅里，在一个花团锦簇的临时舞台上发现那个主持人，他长着一张兔脸，不过这兔脸的表情异常丰富，他咧开嘴的时候，他的兔牙丑陋地暴露在外面，引得人们哄堂大笑。在大厅的一个角落里，有一盆花孤零零地蹲在那里，是盆金黄色的菊花，WO 看到了，于是就过去了。

"你到我面前想干什么?"

它对 WO 说话了，WO 打量它一下，发现它的花瓣快要凋谢了，就对它说:

"你为什么独自蹲在这里?"

"我喜欢在这里。"

"不相信。"

"为什么要你相信呢? 我就是喜欢独自待着。"

"不是吧?"

"不跟你说。你走开。让我独自待着。"

乏味的死菊花，WO 才不愿意在此久留呢! 柏油一定很廉价，因

167

为道路上铺满了它。地砖也是的，人行道上铺满了它。一座座高大的楼房在 WO 的前后左右，WO 向上望去，也许能看到什么节目，或者是什么人和动物在走动或者战争。但什么也没有发生。只有静止的玻璃，蓝色的、银灰色的，从这儿或那儿不经意地射出一束光，让 WO 很不舒服。

精彩的节目在动物园。当 WO 到达动物园时，很多大人和小孩正围在一个巨大的钢丝栅栏外，喇叭正在尖叫：

"各位观众，精彩不容错过，唤醒老虎野性行动……"

一头老水牛站在四只虎视眈眈的老虎中，其中一只是大老虎，其余三只是尚未成年的小老虎。一场血战开始了。人们时而欢呼，时而尖叫，时而屏息。鲜血洒在宽阔的草地上，也有一些溅在栅栏上。WO 看到四只老虎全都倒在了血泊中。WO 看到那只孤军奋战的老水牛虽然也伤痕累累，但它仍然屹立在草地上。许多孩子"哇哇"地哭起来，他们嘟噜着那些小老虎的名字，而 WO 听不清他们说的到底是什么。大人们则板着脸沉默着。虽然 WO 从不判断人们的行为，但面对此时此景，WO 还是想斗胆地妄加推断：他们一定是看到他们不愿意看到的事实了。这，有点意思，尤其对 WO 而言。

WO 在无意中进了电影院。那些人，比街上的人要大得多，他们就站在 WO 的面前，他们互相讲着什么，时而哭，时而笑。有一些动物也会出现，狗和猫正在进行一场类似于人类相互厮杀的战争。有各种声音通过音响传到 WO 的耳朵中。自从进了电影院，WO 就没想到要出去。电影在不停地放映，一部接着一部，其中有一部电影讲了一个故事，WO 觉得有点意思，它是这样说的：

从前，有一个能工巧匠，他的名字叫班，他成天在一个巨大的沙盘上画来画去，形成了有形的图案后，他就会再把沙盘抹平。有

168

一天，他的母亲对他说，该找个老婆了，并且给他介绍了一些女子，但班都不满意。

随后呢，有一个驾着马车的使者来到班的院子，说他的国王想请班做一件活计，不惜重金，只要做得好就行。班就问使者，到底是什么东西。使者说，早晨是一只老鹰，中午是一只老虎，晚上则是传说中的美女西施。班有点犯难，说，做是能做出来，但他自己会遭天谴的，坚决不做。使者无计可施，但又不敢回到他的国家，就只好拜班为师，学做木匠。

班做了一个梦，是一个春梦。在梦中，他来到了一座孤岛上，他一踏上岛就大叫，说他终于来到了蓬莱仙境。后来，他就在岛上漫无目的地随便走走，他碰到了传说中的琼楼玉宇，他碰到了一个穿着比基尼的女孩。那个女孩说，她是从南京来的，是孤岛生存挑战赛最后一名幸存者。当然，那个女孩还跟班干了像两只猪交配一样的事。事后，班问她姓甚名谁，她只是笑着说，她姓刘，有机会，他们会再见面的。班随即就醒了，手一摸下身，湿漉漉的。

又有一天，家里又来了一位客人。该人身材魁梧，佩腰剑，一副侠客打扮。来者说，他叫徐福，想请班给他做一幅地图，确切地说，是一幅不易被风雨打湿的航海图。班接了这宗业务。经过他的精心研制，航海图不日就做好了。就在徐福要离开的前一天，班的大徒弟棣找到班，说，他要跟徐福东渡扶桑。班说，那你就去吧！

又有一天，有一个名叫墨翟的年轻人来访问班，想看看班到底有没有本事，还仅仅是徒有虚名。班一言不发，就给他削了个竹鹊，然后把它扔上天，叫墨翟抬头看。那个墨翟就一直抬着头看着，但竹鹊就是不下来。竹鹊飞了三天三夜，墨翟仰着头看了三天三夜。

后来，班做了一个巨大的风筝，样子像老鹰。他骑上那只风筝渐渐地就消失在影幕的深处。

WO 希望自己也能得到一只巨大的风筝，像班一样，坐在上面，渐渐地从人们的视线中飞离。

3

WO 闪过，WO 总是一闪而过。不是行走，因为 WO 没有腿。也不是飞翔，因为 WO 没有翅膀。也不是滑行，因为 WO 不是飞行器。

闪，闪，闪。WO 闪在宽广的大马路上，闪在芳草萋萋的市民广场上，还有人头攒动的车站广场、人们正在经过的购物广场。

WO 认出了男人和女人，还认出了被染成黄色或红色的头发，还有发卡……电子月票、银行卡、手机、寻呼机、数码相机、钥匙扣……在草丛的阴暗处，有烟头、瓜子壳，还有避孕套……

WO 这样说的时候，就意识到 WO 以前也闪过其他地方，不仅仅是在这座逼仄的城市中。在闪动的时候，WO 有些印象。WO 闪过一望无垠的大海，在一艘航船上，WO 在一名水手的额头作短暂的停留……WO 还越过位于西安临潼兵马俑博物馆二号坑南面的玻璃，想深入那位沉默的士兵的双眼，但只是停留在表面，他没有表情是一贯的，并不因为时光过了几千年，也不因为 WO 的到来有任何的改观……WO 到达过这个星球上的最高峰，最遥远的草原，最为宽广沙漠的深处……在非洲，一个黑色皮肤的孩子躺在草席上，WO 与他的目光相遇，WO 认出了死亡的面目……

当 WO 停留在一只流浪狗小心谨慎而狡黠恐惧的瞳孔上时，一只苍蝇"嗡嗡"地飞了过来，它的身体与 WO 相遇了。流浪狗忽然站起来，奔跑，于是 WO 也紧随着闪了起来，WO 竭力地控制着自己的速度，以流浪狗缓慢的奔跑为标准。在它和 WO 的运动中，WO 仍然停留在它的瞳孔中，它的目光渐渐地不够自信，由起初的疑虑变成了绝望的恐慌。它不再沿直线继续向前跑了，把尾巴夹在后大腿里，开始转圈子，它越转越快，最后它停在原地对自己撕咬起来，左边一口，右边一口，完全疯狂了，随后狗毛和鲜血就零落在地上，而它的身体正呈现出一种 WO 从未遇到的残酷景象：毛倒竖着，一块一块的血凝结在一簇簇毛上，左一块右一块的伤痕使它的肉露了出来，它的头低垂着……

人们穿得严严实实，在大街上行走，或者骑着自行车或摩托车在行驶。人们很少，而落叶很多。风一阵接着一阵，树叶飘落一地。这座城市的道路旁有无数株法桐树，这个时候对它们来说意味着季节。WO 像一个要撒尿的孩子蹲在一片法桐叶子上，它左突右闪，上下翻舞，WO 也随着它一起翻舞。在这大风漫卷落叶的下午，WO 待在叶子上，WO 听到来自道路上行人的谈话。

"事实上，我们已经尽了力。"

"不。"

"你不相信事实在你的面前出现，不管是残酷的，还是温情的。你其实是一片落叶。"

"我生来就是一片落叶，我没有重量，风可以把我带走。"

"不，不仅是你。我们都是这些落叶中的一片。"

"那我们，我们就走吧！"

"不，我们御风而行。"

WO 喜欢他们讲的。WO 喜欢随风与落叶一起飘舞。WO 有点喜欢这样的时光，有点喜欢这种随风而动的跳跃姿态。这个还是有点意思的，自在嘛，自在就好！

4

　　WO 对自己说，今天 WO 应该做一件事。一件什么事呢？来到这个城市，WO 发现没有什么事情能引起 WO 稍微强烈一点的兴趣。也许有的东西有的人有的事有的节目有点意思，但是绝大多数的东西绝大多数的人绝大多数的事绝大多数的节目都是一点意思也没有的，简直乏味到家了。人们长着几乎相同的面孔，吃着几乎相同的食物，排泄出几乎相同的垃圾，说着几乎相同的话，写着几乎相同的书，干着数也数不清的几乎相同的事。WO 想到了，对，WO 要看看这座城市有多大，它的中心在什么地方。

　　当 WO 决定要行走的时候，WO 的身上就伸出两条细长的腿来，并且还带着可爱的小脚。当 WO 的腿跨步向前挪动的时候，WO 几乎抬不起腿来，即便它是那么的轻细。沉重，沉重感。太沉重了，WO 霎时就明白书上说的那种万有引力定律在 WO 身上发生作用了，地球重力降临了。WO 的躯体有了重量。WO 想称一称，WO 到底有多重。

　　WO 将顺着一条条通向四面八方的道路行走。

　　WO 将在这城中的大街小巷里溜达，用 WO 刚刚获得的沉重的双腿。

　　WO 将涉过这城中的河水，将翻过这城中的山峰。

　　这座城市中充满了悬崖绝壁。它们蹲着或站立着，分别置于一条线的两旁。这里出现了断层、褶皱。而人们在这些物体的内部移动，借助于梯子上升或下降。WO 小心翼翼地走在柏油地毯上，害怕突然会发生山体滑坡。当自然光渐渐消失，巨大的广告灯箱都亮了起来，像火山喷发一般壮观。一个最为高大的怪物浑身开始发光，并且有各种色彩的光射到它的身体上。它有三条等距的腿，它随时都会像 WO

一样，抬起沉重的腿开始行走。而人们则没有这样的担心，在夜晚，他们都涌进了商场。他们在那里购物、娱乐、健身、看电影、看书。人们不愿意到别的地方去，也不愿意待在清净的家里。蓝色的指示箭头指向东西南北。这必然是一个巨大的迷宫，看到一个箭头还有另一个箭头，它们无限地接力下去，但永远还在这座城市中。

这座城市充满了黑色旋涡。它们在悬崖绝壁的后面，在它们的阴影里。它们分布在最明亮事物的下面，甚至在这些事物的心脏中。人们在这些大大小小的旋涡里挣扎，他们想逃离那里，但他们抓不到什么，也摸不到路，他们只有等待，只有在那里静静地待着。他们懒于发出绝望的叫声和无奈的叹息声，他们沉默。他们享受这巨大的旋涡。

5

WO 到了一所大学，在进门的大道两旁有一些高耸入云的法桐，在高空这些法桐手拉着手，互相拥抱着，因而下面就有了林荫道。林荫道上有好几个石椅子，有一些脸部表情肃穆平静的人坐在那里。于是 WO 也像他们一样，走过去，坐了下来。

石椅子有点凉，但非常舒适，它的温度似乎正是这个世界的温度。不能再温暖了，那样会叫这些平静坐在这里的人离开的；也不能再凉了，否则会让人们的屁股不敢冒失地放下。WO 觉得这有点理所当然的意思。

从校园深处，可能是从操场上吧，走来了一位漂亮的女士。她穿着红色的风衣。她的下巴微微翘起，眉毛顺势伏在耷拉着的眼皮的上方，WO 还注意了她的胸部，一种掩饰不住的跳动，一种可以预见的未来。WO 在想，WO 怎么能和她发生某种关联呢？也许，她这样轻轻地走过去，WO 就再也见不到了。WO 现在就可以冲上去，和她搭话，对她说：

"WO 生来就是一片落叶，WO 没有重量，风可以把 WO 带走。你也可以。"

她也许会说："走吧！那你就跟我来吧！"

但是 WO 没有勇气，WO 还不大习惯冒失行事，特别是唐突一位美貌的女士。WO 想只有一个办法，那就是在她走过之后，WO 就去跟踪她。她走到哪，WO 就走到哪，像影子一样。

她走过来，即将通过 WO 的面前。

她走到了我的面前，她张开嘴巴，对 WO 说话：

"BANANA，明天上午，你去参加追悼会吧，早上八点就在大门口等车。这是通知书。"

WO 从她手上接过通知书，这只是一张 5 厘米宽 15 厘米长的小纸条，它是这样的。

通知

　　我系副教授刘兆涛同志的追悼会兹定于 12 月 3 日上午在石子岗殡仪馆第三殡仪室举行。望您务必于早晨 8 点到校门口集合。

中文系
刘兆涛治丧委员会

WO 疑惑地看着这张通知，等 WO 抬起头的时候，她已经不见了。

BANANA，她叫 WO 为 BANANA，香蕉，一种水果。这是什么意思？难道 WO 就叫 BANANA 吗？BANANA 就是 WO 在这座城市里的代号，或者是一种称呼，像很多人拥有的名字一样。这个以后再说吧，这也有点意思，WO决定了，WO不再叫WO，WO暂时就叫BANANA。对，BANANA，BA-NA-NA，多么动听的一个词语啊！

BANANA把那张小纸条紧紧地攥在手心。BANANA怕一不小心就会有一阵风从他身后刮过，把它卷走。BANANA不放心，于是又打开小纸条再看一遍内容，BANANA记住了所有文字和标点。BA-NANA有点放心了，但接下来干什么呢？

BANANA一边向校门走去，一边想着那位女士走路时优雅的姿态，当然还有她那不可忘却的胸部。

6

在天还没有完全亮的时候，BANANA就来到了学校的大门口。门卫刚刚起床，端着玻璃杯蹲在警卫室边上的排水沟旁开始刷牙。有几位穿着传统白色练功服的老人不出声地走进大门。头顶上的法桐还在落着叶子。

校门内的大道旁有一块牌子，上面写着：

乘校车在此等候

BANANA想系里的教授死了，当然应该用校车了。于是，BA-NANA就一本正经地站在那块牌子旁，BANANA的身体有点趋向于僵硬，甚至像一具站立着的木乃伊。门卫走了过来：

"喂，你是干什么的？没事别站在那儿。"

BANANA不知道怎么回答他，就悻悻地转到大道右边的小径上了。那儿，有一个女孩正在路上来回踱步，她手里捧着一本书，嘴里还念念有词。她个子挺高，但是干瘪，她的身上散发的是大自然清冷寂静的气息，与这阴冷的早晨十分相配，不是人的灵气，热情，或者活力。BANANA 喜欢这样的女孩，因为她更像和 BANANA 是一类的。BANANA 坐在白天 BANANA 曾经坐过的石椅子上。BANANA 把左腿跷在右腿上，随后又把右腿跷在左腿上。像他们一样惬意！BANANA 想和这个女孩搭话，但不知道怎么打招呼。这想法出现的时候，BANANA 突然明白这是 BANANA 在这儿第二次遇到女人了，并且第二次想和遇到的女人搭话了。BANANA 有点迷惘，但也觉得女人似乎也是有点意思的。

天渐渐地亮了。进出大门的人越来越多。那些穿白色练功服的老人出去了，一张张年轻的面孔进来了。等候校车牌子的下面站了十几个人，他们三五成群，分成了三四小簇，他们交头接耳在谈论着什么。BANANA 心想，他们必定也是参加追悼会的。BANANA 走了过去，站在这群人的边缘，一点也不引人注目。

这时，一辆大客车开了过来，牌子底下聚集的人也越来越多。车门打开了，人们鱼贯而入。BANANA 装着漫不经心的样子插在这群人中间，也走进了车厢。BANANA 怕有人认出，不，BANANA 怕所有人都不认识他而视其为陌生人，进而撵 BANANA 下车。BANANA 走到最后一排，在靠近窗口的地方坐下了。BANANA 装着看风景的样子，把脸转向窗外。

"请问，您的身边有人坐吗？"一个戴着厚厚眼镜的中年人对 BANANA 说。

"嗯，有人了。"BANANA 轻声地说，几乎听不见。BANANA 期盼某一种东西，它会安静地坐在他身边，让他获得一种平衡与安静。

车发动了，向城南开去。BANANA 身边的座位还是空着的。

BANANA 坐在那里，心想：这样空荡荡的感觉不仅是在座位上，而且还在他的心中。一种难受的轻萦绕在 BANANA 的四周，一种比沉重更沉重的轻。这种感觉比刚刚获得双腿时行走的沉重更为清晰更为强烈。

BANANA 的额头上渗出了少许的汗水，BANANA 伸手一摸，流向两个鬓角的已经冷却，凉凉的，而正从体内向外冒出的则还是温温的。这让 BANANA 吃惊不小。BANANA 明白汗是怎么一回事，汗腺又是怎么一回事，这种情况下的出汗总是由复杂或简单的心理活动引起的生理显示，但令 BANANA 不明白的是：为什么，BA-NANA——一个尚未明确分类的生物——也像人一样，从额头冒出一些可怕的冷汗？

BANANA 望着窗外越来越荒凉的景象，思考着这个 BANANA 初次遭遇的难题。

7

哀乐在循环播放。人们陆续地走进了第三殡仪室。

BANANA 随意地站在人群之中。BANANA 看到了那位女士，那位昨天给 BANANA 送通知的女士，那位突出的胸部给 BANANA 留下深刻印象的女士。她站在灵堂的前部，位于沉睡在大厅里死者的右前方，她没有穿昨天那件红色的风衣，而是穿了一身黑色的衣服。她的头上还扎着一条白色的布条。

一位梳得油光可鉴的矮冬瓜宣布了追悼会的开始。一位秃顶的瘦高个宣读了悼词。随后是那位女士，她颤抖着走到站立的话筒前，从口袋里掏出一张皱皱巴巴的纸，一边啜泣着一边读着那张纸上的内容。BANANA 看着她凄楚的样子，也不由地有一种心痛的感觉，跟刚才在车上轻飘飘若有所失的感觉大不相同。

人们低着头，默哀。

人们绕着死者行走，向遗体告别。

BANANA 也这样做了。

人们走出了第三殡仪室，说说笑笑地又回到了那辆校车上。随后校车就开走了。但那位女士还没有出来。BANANA 没有跟他们上校车，BANANA 站在殡仪馆的院子里，站在一棵桂花树下。而这棵桂花树正在开花，甜蜜而实在的香味弥漫在空气中，充盈了 BANANA 的鼻孔。BANANA 喜欢这样的味道，BANANA 伫立在桂花树下好长一段时间。BANANA 随便地走走，看看。BANANA 不清楚自己要干什么，似乎有所等待。

那位女士从殡仪室出来了，她拿着纸巾在擦脸上的斑斑泪迹。

BANANA 不知道自己是否该迎上去，跟她说几句话。假如要跟她讲话，如何称呼她呢？讲什么好呢？BANANA 犹犹豫豫的，加快了移动的步伐，但仍然是没有方向的，BANANA 并没有向那位女士走去，只不过还在原来的地方转着圈子而已。

那位女士径直地朝 BANANA 走了过来。看着她越来越近，BA-NANA 有些惊慌，BANANA 想逃跑，逃离那位女士的视线。BA-NANA 用力地抬起腿，但怎么也跨不出去。BANANA 陷在原地。而她已经走到了 BANANA 的面前。她微笑，对着 BANANA，她说：

"走吧！你等了好久了吧！"

"不，不……"

"BANANA，不，我应该叫你大雪，我们回去吧！"

"什么？大雪？BANANA 不叫 BANANA 吗？怎么叫大雪呢？"

"别贫了，走吧！你这只烂香蕉。"

说着，她就拉着BANANA朝院子的大门走去。走出大门，她叫了一辆出租车，BANANA和她一起坐到车子后面的座位上。当车子行驶时，她把她的头靠在了BANANA的胸上，而BANANA显然不知所措，不时摇了摇头，又叹了口气，还不时地搓两下手。BANANA不好意思把她推开，就一直让她靠着。后来，BANANA把脸贴在汽车的玻璃上，眼睛望着窗外。

有好几次，BANANA想跟她说话。但是，但是，还是不知道到底怎么说。BANANA纳闷自己到底叫什么呢？曾经是我，还曾经是WO，又叫做BANANA，还被叫做大雪。到底哪一个是自己的代号呢？我，WO，还是BANANA，大雪？BANANA想把这个疑问跟她讲，但又忍住了，BANANA隐隐约约地感觉到这并不是一个好的谈话题材，对于他们也必然不是一个好的开始。

BANANA忍住了，听任汽车的车轮飞速旋转，带她和BANANA去某一个地方。BANANA只是看，看着窗外尘土飞扬，看着排成队的小学生在依次穿过马路，看着路边的一位老太太正在卖烤红薯……BANANA只是听，听着越来越远的号叫声和办丧事的民间乐队那凄怆的唢呐声，听着飞机轰鸣而过的气流声，听着狗"汪汪"的叫声……BANANA只是感觉，感觉她温暖的体温，感觉她柔顺的头发戳到自己的下巴，感觉她身上散发出时强时弱的香味……

8

这是一套并不大的房子，有一个大房子，一个小房间，一个只有大房间大的客厅，一个只容得下两个人站立的厨房。

她拉BANANA进了小房间。她伸手把窗帘给拉上了。她边把头上的白布条拿下来边对BANANA说：

"呆站着干吗？过来，把我的衣服脱了。"

"BANANA 愿意为您效劳，BANANA 这就来。"

"怎么怪声怪气的？难道在嘲讽我？一口一个 BANANA，简单的'我'都不会说了？"她嗔叫道。BANANA 也许真不对，而应该叫 WO，或者是我？像人们一样吧，叫自己就叫我吧！刚才一直萦绕着的问题不攻自破。

我，我，多么悦耳的声音啊！

我，我，多么丰润的形体啊！

她正站在一面穿衣镜前。我走到她身后，伸手绕过她的腰，把她黑上衣的扣子一个个地解开了。我看到她细腻白嫩的脖子。她把一身黑色的衣服脱了。白色的羊毛衫松松垮垮地搭在她的身上，通过镜子，我可以看到她的胸部，两座掩饰不住的高山藏在里面。我忍不住地用手轻轻地摸了一下。当我的手触到那高山时，她伸手一把抓住了我的手。我一阵惊恐。也许那个地方是不能靠近的，就像沉默的活火山，现在你看它平静如水，无任何征兆，但眨眼间，它就会喷发，把靠近它的你迅速掩埋。她也许将对我大打出手？我怔住了，像雕塑一样凝固在她身后。

而她则低垂下眼皮，似乎为了不使我们的目光在镜子中相遇。她捏着我的手背，从她羊毛衫的下面，伸入了她的身体的领地。我的手机械地随她的手行走在温暖的平原上。随后，我摸到了那个吸引我注意力的东西。我的手停留在那里，久久不愿离去。她低声地对我说，大雪，大雪。我也含含糊糊地答应她，嗯，嗯，你有什么事吗？快把我的裤子脱掉。我正不知道要干什么，我站在那里不知所措，她的指令给我指明了方向。

我帮她脱掉了裤子。她还穿着米黄色内裤。

我看着她的衣服越来越少，有一种说不出来的恐惧。我害怕看到她的光身子。我要方便一下，我对她说。这样说着，我就蹿到了卫生间。当我站在马桶前，掏出那东西时，想排泄，但我挤不出来，一滴也没有。我不知道为什么会是这样。无限的世界在面前展开时，我遇到的是尴尬，是茫然，是无知，是恐惧，是逃避。我明白这个时刻。

我回到了房间。她正躺在床上，如我预料的一般，一丝不挂。我的头脑一片空白。我不知道自己有手有脸有身体。她主宰了我。她脱去了我所有的衣服。她让我翻山越岭。她让我明白了那些曾经飘浮在空中的词语的含义。

我不明白过了多久，也不知道多少次，我加深了对那些词语的了解。不，不仅仅是了解，而是深入它们的肌体，洞察了它们的本质。

当我再次醒来的时候，发现我一个人正躺在一个行军床上。我不知道这是什么地方，这是谁的家，那位女士是谁。但我不关心这些，我还是有些困，于是又昏昏睡去。

9

醒来了，那个人醒来了。

难道经历黑暗也是一种羞耻吗？在梦中行走就不能进行生活吗？不，不，不是的。穿越无边无际的黑暗是需要耐心的，还需要毅力。在梦里行走也需要体力，不是那种能在三分二十秒内跑完一千米的体力和耐力。

那个人正是我。我正躺在硬板行军床上。

在琐碎的生活中，我只看到一些不断闪过的画面，我记不得，或者我只能记个大概。一个个面孔相似的人，人模狗样的大人、容易迅速成长的小孩、两性关系中的男人、仪态万千的女人、纤细的女人、人高马大的女人、风骚的女人、看起来一本正经的女人、猥琐的人、狡黠的人，一本本书，白皮的、黑皮的、蓝皮的、各色相杂的，一幢幢建筑，电视塔、环形广场、明代皇帝陵墓、防洪大堤、各种大厦、太平军修建的城堡、高耸在江边的纪念碑……

我曾经用手抓住过无数的词语，在它们漫天飞舞的时候。大雪，也是其中一个，是被用手确定地抓到的词语。而且我还了解这个词语的过去、现在和未来，但不了解它的领地和习性。而现在，我就叫大雪。我对它的了解还仅限于天空中飘飘洒洒的大雪，书籍中的记载是：白色的，鹅毛般的，漫天飞雪，玉树琼花，白色结晶体，六角形。但作为自己，也就是我本身，被称作大雪的那个人，我能了解多少呢？

我希望自己做一个决定：是先了解大雪呢，还是先了解那位女士呢？

起床后，我在这个空荡荡的房子里来回转着，就像动物园里关在铁笼子里的狼。从阳台到厨房，从大房间到小房间，从客厅到卫生间，我不停地走来走去，不知意欲何为。但我还是决定下楼去看一看。

我带上门的时候，发现钥匙正插在锁眼里，也许我并不打算回来，但我还是把钥匙拿下来放在兜里了。穿过长长的阴森森的楼洞后，才来到楼梯口。我一路小跑冲到了楼下。离开楼洞四五十米，就是一条马路，马路的斜对面是一所大学。我还依稀记得我在大学校园林荫道的石椅子上，遇到了她，遇到了那位女士。于是我就穿过马路，向校园走去。

校园里相当安静，因为现在正是上课时间。只有忙于公务的教师、逃课的学生和无事散步的老人在这林荫道上行走。我坐下了，在林荫道最边上的石椅子上。

一位年轻人匆匆忙忙从远处过来了，他的腋下还夹着几本书（可能也有笔记本）。他走到我的面前站住，对我说：

"老杨，你真行啊，我到处找你，到你宿舍找，没有，办公室也没有，我还打电话给……哈，哈，给谁，我就不说了。"

说着，他一屁股挪过来，在我身边坐下了。我装着相当休闲，一副若无其事的样子，一脸无所谓的表情，对他轻描淡写地说：

"说吧，找我干什么吧？"

"也没什么大事。"

"什么意思？没什么屁事干吗还要来找我？"

"是这样，后天，也就是这个周六，咱们办公室组织去苏州玩，公家出一半，自己出一半。头儿叫我来统计一下，你去不去？"

我不想做任何犹豫，我只有更多的接触才能有更多的了解。我明白，我的机会来了。

"怎么不去？哪一次少了我呢？"

"老杨，这可就是你瞎说啦，应该说哪一次有过你，你从来都不参加我们的活动，这次我看是太阳从西边出来了。"

"是不是该填个表？"我想让他拿一张表给我，我希望能在表上寻找到关于"我"的最起码信息，比如"我"所在的科系或研究中心，那样的话，我就可以找到"我"的办公室。在那里，一切都会好起来的，我会对"我"的了解越来越深入。

"噢，表还不在我身上，我记得我放了一份在你的办公桌上。"他站起来，拍拍我的肩膀说，"就这样，我先走啦，你慢慢在这修身养性吧！"

办公桌？真倒霉，我连办公室在哪都不知道，怎么去找办公桌呢？

10

我没有什么办法，未知的世界正向我打开。对于杨大雪和那位女士，我几乎一无所知。但是我还是应该有所进展的，一切都在前进。有一位小朋友正经过我的面前，我就怯生生地问她，你认识一个叫杨大雪的人吗？她摇了摇头说，这个学校这么大，我只认识其中的几个人。不过，我听我爸爸讲，学校里的老师都上网了，叔叔，您可以在网上找到您要找的人，还有他的电话号码。我对她说，谢谢，小朋友。我没有曾经做小朋友的感觉，我没有自己的童年，因而我羡慕她。

我决定去网吧，通过网络查找那个叫杨大雪的人。一切都相当顺利，最后的结果是这样的：

杨大雪　华语诗歌研究中心　博士

我有一些激动，感觉到马上就要发现那个叫杨大雪的"我"的面目和生活了。在临近中午的时候，我找到位于文化艺术中心大楼八楼的华语诗歌研究中心。门是虚掩着的，我没有敲门就直接进去了。这里整齐地摆放着八张桌子，但我无法判断哪一张桌子是"我"的。办公室里有一位小姐正弯着腰在整理材料，看我进来后，就对我说："老杨，有个表在你桌子上，你看一下。"我含糊地答应了。

我走到那张唯一放着一张像表格一样东西的桌子前，安心地坐了下来。而那位小姐边向门外走去，边对我说："老杨，我先走啦！"随即，她带上门离开了。整个这间巨大的办公室里，只有我一个人。我开始查找那位"杨大雪"的有关资料。有一摞子书籍堆在办公桌的右首，通过书脊，我能知道一些作者名字：里尔克、拉金、策兰、穆旦、瓦莱里、海子、金斯伯格、杨大雪……我拿起杨大雪的书，书面上有一个人头像，那不是别人，正是我，我看着这本书的封面，就像有史以来人第一次照镜子一般（那还是在旧石器时代，他一不小心滑到了小河里，当他站起身的时候，看到水面有一个人正望着他……），有一些复杂的情绪在不断升起，他真的是我吗？我就是他吗？或者说，他像我吗？我像他吗？我是如何被压扁了呢？

桌面的前端有一排不干胶纸条，有"周一　去图书发行大厦"，"周三　用特快专递寄稿子给李"，"周四　在文化中心四楼会议大厅开第八届国际华语诗歌研讨会，准备发言稿"。这些东西，我似乎不太感兴趣，虽然目前我还不明白我到底对"我"的什么生活感兴趣。

电话响了起来，我在犹豫要不要去接。接了，说什么好呢？如果是找别人的，说不在就可以了；如果要是找那个"杨大雪"呢？我不知道怎么办。电话响了好长时间，又停了下来。然而不到五秒钟的间隔，它又响起来了。我迟疑地拿起听筒。

"喂，请问是杨大雪吗？"

"唔，我就是啊！你有什么事啊？"

"大雪，你怎么瘟鸡似的，有气无力的，是不是感冒啦？"

"没，没有……"

"上次，我跟你说的事怎么样啦？"

"什么事啊？"

"就是我们大学毕业十周年庆祝活动的事啊，亏你还是班长呢！连这都忘了。"

"没有忘，没有忘，只是，只是……偶然的记忆中断嘛。我马上办。"

说完，我迫不及待地把电话给挂了。我站在原地，有一些麻木了。

我不知道我将面临的是什么，是巨大的黑洞，是面向无限的生活道路。而我孤零零地站在旁边，看不见光，看不到尽头。

但是我还在坚持，我坚持自己当初的想法，我必须认识那个"我"和那位女士。

11

当再次坐在校园林荫道的石椅子上时，我便不再那么坦然与自在了，我有所恐惧，我有所忌惮。我甚至害怕这时突然会来一位女士，她对我说，大雪，我们回家去吧，她会通过她的行为明白无误地说明她是我的妻子。我会走进一个被称为家的社会细胞里去，一陷进去，我再也不能抽身，我再也拔不出来了。我还害怕出现一位与我碰到的一样可爱的小朋友，他或她，会喊我爸爸，继而，他或她会拉着我的手，拉我走出校园，拉我到大街上去，拉我到麦当劳儿童乐园，拉我到超市的那琳琅满目的玩具专柜，拉我到书店的童话和科幻专柜，拉我到动物园。而我，不管怎么说，我都不会拒绝他或她的，因为我还没有学会拒绝一位小朋友，事实上我也从没有拒绝过小朋友。

任何一个人，他或她只要从我的面前经过，我都会不由自主地一哆嗦，像寒冷突然袭击了一个人一样。我就这样在恐惧中把后背紧紧地靠在椅背上。我不愿意现在就离开。因为我喜欢这个石椅子。

那位女士走了过来，我以为我再也见不到她了呢！

在我面前的是她长长的消瘦的手，能够伸得很远很远的手。我注视着。在一种几乎空虚的状态下，在一种不由自主的抑制下，这双手渐渐地合拢，绝望地抓住了什么，也许那仅仅是孤独，稀薄空气里孕育出的私生子。

她说，她要走了，要回家了。只有几个优雅而略带忧伤的词语在耳膜里回荡，跳跃也是轻盈的，像瘦弱的小女孩刚刚学会跳皮筋那样跳跃着走路。这样炎热的夏季，躁动的空气中，她那翕动的嘴唇微微翘起。

她这就抬起了脚，像风一样向大门飘了过去，而不是一个两腿动物在做机械的运动。我也站了起来，我跟着她。我不是紧紧地跟着她，而是与她保持着二十米的距离。这个距离是我目前唯一可以测定的距离，而另外有一些距离我无法测定，比如我与这个学校的距离，我与"杨大雪"的距离，我与"杨大雪"同事的距离，还有，我与这座城市和我与现在发生的事件之间的距离。那么多的距离，扑朔迷离，无限的繁衍与增加……

她要带我到哪里去？不，词语不仅是这样的，还可以是：我是否一定要跟随她？

她一直在前面走，速度忽快忽慢，步履忽左忽右。我以相同的姿态与她保持着一致。她上楼了，还是那幢破旧的楼房。我跟了上去。

她掏出钥匙，开门进去，我随即推门而入。她说话，声音非常低沉。

"你来干什么?"

"我来……"

"我没有叫你来，我不要你来。"

"不，不，不是我要来的，而是你告诉我的，是你在空气散播的信息让我来的。"

"你来干什么?"

"我不知道要干什么。我只知道我要这样做。"

"进来吧，也许我们需要谈谈。"

"不错，我们正需要谈谈。"

她让我进去了。

她走到穿衣镜前，撸了一把垂在额头上的几根头发。我看不到她的脸上有什么表情，只有平静，如镜面一般。她脱掉了她那身黑色的衣服。我站在她身后，看着，仅仅是看着而已。我的双手没有动，我没有碰她的衣服。

白色的羊毛衫和米黄色的内裤又露出来了。我明白昨天的事又要发生了，今天不过是昨天的复制。

"我们谈谈吧！"她说话了。

"是的，我们早该谈谈了。"

"可是我们谈什么呢？"

"你想谈什么就谈什么。"

"我什么也不想谈。因为我不知道到底有没有话对你说。"

"我也一样。"

"我们还是……"

我明白"还是"意味着什么，我明白我的世界将在"还是"中展开。我深入了她的体内，而自己完全被淹没了。我深入了黑暗，在那里，我看不见她，也想不起她长的是什么模样。我只是孤独地在她体内行走、奔跑、飞翔和闪烁。我碰不到什么可以吸引我的事物。我就是那样的，千真万确。

12

我不明白我为什么要来。因为在醒来的时候，我发现自己又躺在那张硬板行军床上了。她没有离开，她双肩靠在墙上，就坐在我身边。

"你怎么还没有走？"我对她说。

"我，我不想离开你。因为我要永远地离开你了。"

"我们再也见不到了？"

"是的，再也不见面。"

"你为什么这么坚持？"

"不，是你坚持。"

"你要到哪里去？"

"我不知道。"

"你可去过一个叫 X 城的地方。"

"是的，我想我是去过的。但我记不得了。这么说，你是去过的了？"

"对，我绝对去过 X 城，但我分辨不出 X 城与现在这座城市有什么不同。钢筋水泥做成的巨人，闪烁不停的霓虹灯，行人和汽车正在进行不可避免的战争，人们朝各个方向奔跑，但他们永远都在那城中。男人和女人，也许就是你和我，永远只有一件事在他们之间发生，那就是做爱。X 城是所有城市的名称，也是这座城市——我们现在躺在这里的这座城市——的名称。就像'我'是所有我的名称一样，这些我包括：BANANA，杨大雪，WO，I，俺，当然还包括'我'。"

"我不知道你为什么会说这些。"

"因为你要走了，在别的地方，在别的城市，在别的硬板行军床上，在别的时间里，你还会遇到一个我，你还是女人，我还是男人，我们还会干同样的事。"

"不，不……你太可怕了！"说着，她掩面唏嘘起来，她就要哭了。

"你不要哭，那没有必要。"

"是的，那么我走了。"

说完这句话，她就穿上她那黑色的外套，下了床，走出了房间。"砰"的一声，非常清晰，我在床上听着，她带上门走了。

我必须起床了。虽然还不清楚起床后到底要干什么。

起床后，我发现了一本书，一本黑色封皮的书。它平躺在靠近窗口的写字台上，而昨天我并没有看见过。我见过各式各样的书，我看过无数的词语在那些书中蹲着、站着、徘徊着、飞舞着。但是我没有看见过黑色封皮的书，而且该书的正面、背面和书脊都没有一个字。于是我翻开书页，认真地阅读。像曾经的阅读一样，"哗哗"，我的手指迅速地划过书籍的一页又一页。但是，除了白纸还是白纸，没有一个黑字。这里没有一个词语。也许这里有无数的词语，但它们现在都消失了，或者飞离了这里。如果这是一本书的话，那么它是有所欠缺的。我想这是为我准备的书，它是我即将要写的书。于是我把它装在口袋里，出门了。

我能去的地方很多，但又很少。我还是去华语诗歌研究中心吧！我想成为博士，成为那个"杨大雪"。

办公室的大门紧闭着。我摸了一下口袋，竟然掏出一串钥匙，它们"叮叮当当"地在我手上响着。这是我从与我共同待过两晚的那位女士的门上取来的。我以一把黄钥匙为起点，从左向右一把一把地试了起来。"啪"，门开了，是第九把钥匙。办公室没有一个人。我走到杨大雪的桌子前，坐下了。

桌子上有一张便条，是这样的：

老杨，明天上午六点整在校门口集合，乘车去苏州。

钥匙比飞舞的词语更重要。我利用手中的钥匙，把"我"的三个抽屉和两个下柜都打开了。

在中间的那个大抽屉中，我发现了一本通讯录，上面是密密麻麻的人名、住宅电话、办公电话、手机和 e-mail。我贪婪地看着这些名字、数字和字母。我试图拨一个电话，随便是哪一个。我能发现"我"的朋友、家人、同事、同学、学术人士和其他各式人等。有一个名字吸引了我，刘布，一个奇怪的名字，与那位刚死去的老师是一个姓。也许是他的女儿，就是那位女士。这非常有可能。我感到我的心第一次"扑通扑通"地跳了起来。

我拿起电话，拨了上面的号码，电话通了，但是没有人接。我反复拨了五遍，结果都一样。还有一个手机号码，我又拨了，但听筒里说，对方已关机。那位女士离开了，那位可能叫刘布的女士离开了这座城市。她想到哪里去呢？我告诉过她，她只能待在 X 城中，别无其他地方。

有史以来，我的心的第一次跳动就这样平淡地结束了。我想，这不再有什么意思了。

13

在校园里，在马路上，在广场上，在公园里，我溜达着。在外面的人越来越少，人们都从不同的场所回家了，或者他们正走在通向回家的道路上。我不再对夜晚花花绿绿的霓虹灯和娱乐世界里扭曲了面孔的人们感兴趣了，我需要那位女士，尤其在一个人的夜晚。我回去了，回到那个可能是我的家的地方。

我摸索着通过黑暗的楼道，来到那间我前夜和昨夜过夜的单身公寓。这里没有灯，但我有钥匙。我开了门，蹑手蹑脚地走进去，我害怕惊醒正在熟睡的人，也许是那位女士。房间里没有人，静极了。

我径直地走到小房间，把日光灯打开。行军床上除了一床被子，别无他物。穿衣镜反射着日光灯的光，把一块亮斑打到了对面的墙壁上。我坐在床边上，伸手去摸一摸被子，被子是冰凉的。我脱了鞋子，钻进被筒中，我想寻找什么，但是空荡荡的被筒如同空荡荡的大街，即使有一些什么，也是跟我无关的。

　　我没有一丝倦意。我在想那位女士。我想她柔顺的黑发，我想她修长的小腿，我想她高耸的胸部。我一一勾画她的形象，我看到她就想起昨天晚上站在穿衣镜前，开始慢慢脱去她的衣服……我消失了，我融化了。

　　我就这样昏昏睡去。而此之前，我不知道什么叫困倦，什么叫睡眠。

　　当天明的时候，我醒了。我知道，我的睡眠不像人们通常需要的那样，要七八个小时。我只需要两三个小时。以前，我也曾长时间地躺在床上，但有无数的词语、形象和声音在我的上空飘浮和激荡。这一回，完全不同了。我什么也记不得。我未遇到一个词语、一种形象和一丝声响。我睡了，我真的睡了一觉。

　　八点未到，我就赶到了校园的大门口。有一些词语不明不白地向我飞了过来，它们是责任感，是守时，是遵守纪律。我要做的正是这些。校车开了过来，是一辆十五座的依维柯，站在原地的人纷纷走上车，我也跟了进去。

　　"老杨，怎么不把你的那一位带来啊?"一位年轻人开我的玩笑。

　　"我啊，还没有时间找呢!"我敷衍他的话。

　　"老杨，我给你介绍一个，怎么样?"

　　"我不需要，我有自力更生的能力。"

　　我们说说笑笑就到了苏州，下榻在一家市郊的宾馆里。在服务台前，服务员朝我要身份证。我说，我没带。后来，一位被称为王老的人跟我同住一个标准间。

晚饭后，王老和我一起回到了房间。

"小杨，关于上次选青年学术带头人的事，你是不是对我有意见啊？"他对我语重心长地说。

"没有啊，我对谁有意见，也不能对您有意见啊！"我不知道这些圆滑的词语为什么会不经意地就滑到我的嘴边。

"不急，不急，小杨，你只要跟我好好干，以后这整个中心，我都会交给你的。"

"谢谢王老栽培！"

"那好，小杨啊，我们出去看看这夜晚的苏州城有没有什么好玩的。"

我迅速地领会了王老的精神。随后，我们打车去一家夜总会，各自点了杯绿茶。等我们出来的时候，我们的膀臂上都挎着一位年轻貌美的姑娘。我们不愿在街上做无谓的逗留，马上打车回了宾馆。

我叫来王老的姑娘，给她两张大头，打发她离开了宾馆。

我和我的姑娘也走出了宾馆。

"陪我散散步吧！"我边走边对她说。

"你这人，真怪！"

"我又想起了那位女士……"

"是你的老婆，还是你的情人？"

"我不知道，总之，我想到她，她昨天出走了，我不知道她到哪里去了。"

"她也像我一样吗？是干小姐这一行的吗？"

"不，也许吧，我不知道……"

"那么，你是如何与她相识的呢？"

"一个偶然的机会，在一个追悼会上……"

"你一定与她发生过关系吧！"

"可能吧……"

……

"你叫什么名字？"

"我叫阿布。"

"多大啦？"

"今年十九。"

"有时间去南京吧！我的电话地址都在这张名片上。"我递上一张我在杨大雪办公室找到的名片。

"我会去的，到时候，你别翻脸不认人哦！"

"不会，我等着你，永远等着你！"

14

我随意地写。我是写作者吗？我只是保留意识里最为明显的线条，不知道它们是否重要，我粗略地描绘，顾不上任何细节。我习惯了，我散漫惯了。我不是作家，只是一个无所谓的作者。我看到了什么，我听到了什么，我想到了什么，这些都是无关紧要的。关键我能写下些什么。甚至写下的也是无谓的。

那本黑色封皮的书渐渐沉重起来，里面的词语越来越多，黑字不断地侵蚀着洁白无瑕的领地。

在苏州的两天，基本是无所事事，但我心里一直想着那位女士。我不知道这种感觉为什么越来越强烈。人是一种有所需要的动物，并且他们追求满足尽量多的需要。有时候，他们会用另一个赤裸裸的词语来表达，这就是欲望。词语是他们生命的另一半，是他们生活的实质内容。我似乎正成为用词语表达需要的动物之一。

在回南京的路上，他们谈起了他们各自的家乡，谈起地图上的一个个地名。

到南京后，在夜晚，在日光灯下，我摊开地图，细细地看着。

地图，是的。我正是从地图上的某一个点出来的，那个点规定了我的来路。他们总是这样教导我。他们看着我无所谓的样子，总是说，一个人总是有他的根他的底的嘛，这个根和底就来源于地图上这必然存在的点。其实我不相信。但我还是找来地图，细细地研究起这个点来。经过一番艰苦的研究，我发现这个点并不存在，就是说，在这偌大的地图上，根本就没有这样的点。我兴许是从地下冒出来的，跟一粒种子变成一株小苗一样，先是埋在地下，根据它的习性，一般要埋得不深不浅。过一段时间，它吸收了足够的营养，就起程了。我源于一种意愿，一种随风而至的情绪。我的地图不是这样的，我的地图包括天空、海洋、风、雪、雨、需要、想象、宇宙间面向阅读地图者无限开放的秘密，我的地图无所不包。像他们说的那一个点应该也是存在的，没有任何疑问。但对我来说，这张地图至今还蕴藏着无数的秘密，即便我用力探求，也无法知晓。像那位女士，像那一个"我"，像阿布，他们都藏在里面，但无法一下子就探清他们。他们在流动，在我的地图里行走，像风一样飘忽不定。

当我写下"地图"这个词语时，事实上，它已经把整个黑色封皮的书淹没了。原来还是空空如也的笔记本，现在已成为一本书，一本无法预知厚度和深度的书。这是一本从零到无限的书。

15

"喂，是大雪吗？我是阿布。"我接到了阿布的电话，这完全在我的意料之中，但我还是觉得这太早了，我们分别还不到三十六小时。

"是啊，你在哪？"

"我在你们学校的大门口。"

"好，你别动，我马上去接你。"

我匆匆地跑到大门口，正是阿布，那个我在苏州认识的姑娘。她围着长长的淡青色丝巾，正把头凑向海报栏。

我不希望自己说一句"你怎么来了"，我希望说出更得体的话，因而我没有立即迎上去，而是远远地站在她的背后。

也许是：你来了，真好！

也许是：我想你会来的！

也许是：我们走吧！

然而我走过去的时候，什么也没对她说。我拉着她的手就向大门外走去。我带阿布到这座城市最繁华的商业中心去。她挽着我的胳臂，不时地把头靠在我的胸脯上，像成千上万对逛街的情侣一样。我享受着某种甜蜜，或者是一种恬淡的温馨，有一些词语不再是词语，正成为我生命的一部分、我生活的一部分。

也许我们该吃饭了，我们去吃西餐，怎么样？天色渐暗，阿布提议去吃饭。我说，好啊。我们走进一家店牌上写着"法国大餐"的餐馆，我们好好地吃了一顿。吃饭对我来说，也是一种享受，但我以前从来没有注意到这种享受。我喜欢这里。我喜欢吃法国大餐。我喜欢和阿布一起吃法国大餐。

阿布说，我们去看电影吧！我不反对。我们走进了电影院。一个凄惨绝伦的爱情故事，环绕立体声的音响，巨幅影幕，这些完全征服了我。我喜欢这里。我喜欢看电影。我喜欢和阿布一起看电影。

阿布说，我们去卡拉 OK 吧！我说，我不会。她说，那就我教你。我们走进了一家练歌房，阿布一首接着一首地唱歌。当她停下来的时候，她硬是把话筒塞给我。我推辞不过，就随着乐曲随意地哼了几句。那种感觉真好，我的歌声通过扬声器送到我的耳朵里，顿时觉得优美极了，有一种说不出的舒畅。我喜欢这里。我喜欢唱卡拉 OK。我喜欢和阿布一起唱卡拉 OK。

我们打车回到住所。等门一关上，阿布就迫不及待地把衣服脱掉了，但还穿着半透明的胸罩和三角裤衩，丰腴、细嫩、性感、美妙，都呈现在这个躯体上。

阿布的到来，完全把我带到一个全新的世界。我的视觉敏锐起来，我对优美的画面更懂得欣赏，我欣赏女性优雅的人体美；我的嗅觉敏锐起来，有少女从我身边经过，我就会闻到她那诱人的体香，我对美味可口的菜肴也会赞不绝口；我的听觉敏锐起来，阿布走在楼梯上的声音我能清晰地辨认出来，我开始听各种音乐，古典的、摇滚的、爵士的、乡村的、民族的、通俗流行的，什么样的音乐我都喜欢。

16

阿布到来以后，我还有一个最大的改变，就是我停不下来。我总是在干着什么事，这样或那样，大的或小的，公家的或私人的。我的忙碌从早晨一睁开眼就开始了。我一直忙。我见到人也说，忙，忙，忙，最近特别忙。到底忙什么呢？我也不知道。

当醒来的时候，我就在盘算着一些事情。

当我坐到办公室的时候，我拿起笔在备忘录上一条条地写上今天我要做哪些事情，还有一些事情摆在脑子里，因为不便写成黑字。

我的备忘录变得密密麻麻，白纸被填满了，有阿拉伯数字，有拉丁字母，有汉字，也有英文，还有各种速记符号。

我的手机响个不停，找我的电话一直不断。我的办公桌上一封电报接着一封特快专递。我的电脑里有我研究用的大量的文字资料，在网上，我有八个电子信箱，因为三四个信箱无法满足我的需要。我走路时，再也不能优哉游哉的了，我总是在不断地加快脚步。当然，步伐无法解决所有的问题，于是我就购了一辆桑塔纳2000汽车。我还要经常去开会，我常常坐飞机，因为我的时间有限。

总之，在我遇到阿布以后再次醒来的时候，我的生命与生活已经彻底地被改变。我想起来一个词语，它叫命运，我不能说清楚我到底在干什么，我知道这就叫命运。我是一个曾经诞生的人，但直到现在命运才确定无疑地降临到我的头上。我的自由不再是我自己的自由，而只能是我命运的自由，它决定了我的一切。

我甚至以为，阿布就是我的命运女神。我无法摆脱她。但她哪里也没有去，每天都坐在家里等我回去。她还去菜市场买菜，她做饭洗衣服。她没有缠着我。但我总在下班后，立刻就回家。仅仅是她等待的原因吗？也许并不是。如果她是我的命运女神，她控制了我，我完全可以离她而去，远走高飞。而我无法离去，日复一日，过着这样既忙碌无比又单调得出奇的日子。

当我搂着阿布那柔软的身体，甚至在我进入她身体的时候，我总会忆起那位女士。在恍惚间，我把阿布的身体当作她的身体。我常常在搂抱阿布的时候，停下一切动作，只用双眼去打量她身体上的每一根毛发每一寸肌肤，我希望她还是那位女士。但结果总是令我失望。

"你怎么啦？"阿布会在关键的时候问我。

我摇摇头，什么也不说。我能说什么呢？我无话可说。

17

我没有在时间中存在。我不断试图说服自己。我不会衰老。我永远是轻盈与自由的。但有一天，我躺在阳台的躺椅上时，我才发现这一切不过我的臆想罢了。

阿布的脸上挂满了皱纹，她步履蹒跚地在房间里走来走去。有一些事情，她老是忘记。我对她说，今天晚上我们吃鲫鱼吧！她说，好。然而，等我回来后，端上桌的却是小排。这样的事已屡见不鲜了，我也心安理得地接受她这样的状态。

皱纹已经深深地嵌入我的脸庞，我的鬓角已经花白，走路也不再如从前迅疾。我完全像蜗牛一样，整天龟缩在房间里，缓缓地移动。

对我来说，不再有什么热烈的情绪。但那位女士成为我心中一个永远的谜。她留给我的是一片巨大的空白。若干年过去了，我从未遇见过她，她的一点音信都不曾传到我这里来。我甚至想过，也许有一天我开门进入房间时，发现阿布不在了，而那位女士正站在小房间里开始脱去她那黑色的上衣，正露出白色的羊毛衫。可是，她再也没有出现。若干年过去了，我学会了做梦，像人们一样，做着噩梦或者美梦或者春梦，我把梦境与现实无限地融合到一起，但在梦中，我一次也没有碰到那位女士。

"我们也许真的老了，我们去领一张结婚证吧！"阿布提议我们该有一张纸来证明我们生活在一起的合法性。

"是的，真该有一张结婚证。我们现在就去婚姻登记处吧！"

我和阿布打车到婚姻登记处。他们要我的身份证。

身份证，我哪里来的身份证。这么多年，我从来就没有什么身份证。

"阿布，我要走了。"我牵着阿布的手，对她说。

"你要到哪里去？"

"我也不知道。"

"你为什么要走呢?"

"我不知道。我唯一知道的是我是一个没有身份的人。我该走。"

阿布不言语,沉默了很久。

"我也要跟你去!"

"不,不行,你有身份证,你就该回家。"

阳光照耀在车水马龙的大街上,人行道上人们穿梭着前进。我和阿布分手了。我走进熙熙攘攘的人群,我走向无限延伸的柏油马路。我的前方是空气,是大海,是白云,是黑洞,是庙宇,是神殿。我不知道我是否会遇到 WO、BANANA、杨大雪,以及那位不知名的女士。

第三部:他

1

我习惯了阳光,接受各种射线;我习惯了空气,那里有数不清的尘埃和细菌。我不再孤单,有数不胜数的物质穿越我的身体、进入我的视网膜、通过我的呼吸道。而今天,我正坐在落地式飘窗前,给你写信。也许,在这封信里你还能看到那个变幻不定的我。但是,我不知道我的未来会是怎样的。

你再也不会记得,若干年前,那时我们还小,我还是一个未长胡须喉结微微突出的少年,而你不过是一个爱慕虚荣喜欢穿奇装异服的小姑娘。你问我长大后干什么,我一本正经地说,我要写书,要写一本书给你看。我想,我来到这个城市是有使命的,我的诞生也许是为了完成这几近逝去的诺言,那遥远时刻里传来的微弱的呼唤。但我不想见到你，我也不会让你轻易地见到我。虽然我一天二十四小时地在大街上游荡，在小巷里穿梭。但我相信你是看不到我的。你不知道我是什么。我是一缕飘忽而过的清风，我是一束一闪而过的光线，我是一粒肉眼看不到的尘土。有时候，我自己也不清楚我到底是什么事物，甚至不知道是属于物质范畴还是属于精神范畴。

你一定能记得我吗？也许你找过我，你往我的老家打电话、写信、发传真，你往你听说过的我的电子信箱里发邮件，试图与我取得联系。但你必然是会失败的。这绝对是不可能的，我怎么能相信这些东西呢？你还在晚报上登寻人启事，这个我看到了，我承认在那一瞬间，我想回去，回到那我们曾经散步的花丛中，那山脚下的一条马路上。

我给你写信，也许不是写信。也许你看不到，你永远都看不到。但我若要把这些信变成一本书，让它们静静地蹲在图书馆的书架上等你的话，也许是对的。因为你是喜欢书籍的，你爱阅读，在漫长的人生旅途中，也许说不准在哪一天，你的目光会落在我写的书的封皮上。我想好了，为了更能在那一瞬间吸引住你的目光，我决定把这本书装帧设计成一本白皮书的样子。说不定，在那时，你会想起我，想起我不经意对你许下的那个孩童式的诺言。你翻开了这本书，你会读下去，我可以找到某种神秘但无法解释的理由。

2

他在一个傍晚来到了那个临近大海的小镇。

在以下我写给你的信中，将出现一个或几个主人公，都称作他，当然也包括"女"字旁的"她"。但这里不包括我，也不包括你，你千万别想入非非，认为在这其中有我或者我的影子，有你或者你的影子，甚至我们之间发生的一些秘密的事情。不，不是的。我不会这样做的。即便我不遵从许多社会道德，但我有我的原则，我所遵守唯一的道德规范就是保守我的秘密。这既对我负责，也对你负责，关键还对我们的生活负责。

这个小镇是建在山上的，它俯临大海，下面是港口。从山下有一条盘山公路一直绕到山顶的天文观测站。在半山腰的地方，是这个镇子的中心，这里有农贸市场，有镇政府，还有电影院和书店。他找到一处相当高的房屋，再向上走四十米就到山顶了，在房间里可以看到浩渺的大海。他没有犹豫，租了下来。他喜欢这里。

早晨，第一缕晨曦总会造访他，他睁开双眼，看着氤氲缭绕的山谷，看着一些来自山谷间的物质和灵气不断升腾。它们会在某一个时刻把整个小镇都吞没，他就在那个时刻（对，一定是那个时刻）选择出门。在街上，也就是在盘山公路间，有人在走动，但是两个相距一米远的人看不清对方的面孔。因而，他大胆地出去了，他在路上大摇大摆地走着，谁也不知道他在这里走动。他喜欢这样走。他漫无目的地走，从他的住所，也就是山上，走到山下。他路过菜市场，于是就进去了，他看到各种蔬菜和水果：

菠菜	0.8 元 / 斤	胡萝卜	1.66 元 / 斤
苋菜	2.0 元 / 斤	西红柿	1.2 元 / 斤
猕猴桃	4.2 元 / 斤	砀山梨	1.5 元 / 斤

还有许多。后来，他走到卖鸡鸭鱼肉的摊位，他看到猪下水、牛下水和羊下水，似乎是整个世界都在反刍一样，把它们的下水一起倒了出来。他想吐。他离开了。他走进了一家基督教堂，今天不是礼拜

日，教堂没有别人，只有站立在十字架上的基督和教堂里的一个神父在打扫卫生。他努力地想看清楚基督的面容，他在想，基督是否跟一个走在晨雾里的人一样呢？永远不让人们看清楚他。而事实是光线实在太暗了，无法看清。基督其实也像他一样，是一个在大雾里行走的人。过了教堂，就看到中学的大门，透过大门，他能看到一块操场，但操场上似乎没有人，一点声响也没有，只有两组单杠、双杠孤独地伫立在那里。

在一个地方，他停了下来，是书店。他走进新华书店，在一排排书籍前驻足，他想挑一本书看。但是看过整个书店的书名之后，他犹豫了，不知道该买哪一本。他又从头开始，翻那些书籍，他现在不再留意书名了，而只关心装帧是否合他的意。一本用土黄色牛皮纸做封皮的书吸引了他。他拿着那本书，看了一下书名，是《红楼梦》，作者曹雪芹。他决定买下它，以便在他不出门的日子里读一读。

你不明白我的生活。

我只能这么说。

那些我们曾经居住在一起的日子，我们发生了无数次争吵，还有厮打。不，不，这是笔误，我写错了。我们不曾住在一起，我们之间什么也没有发生。我想象我们曾经居住在一起，并且发生过战争，我经常会在晚上离开你，一个人走出家门，无端地在大街上行走。我想象你在我出门的时候打开了我的电脑，也许你偷偷打开过许多文档，比如说有这样一个 WORD 文档，记录了我们一星期生活用品的购物单。

星期一　　　买日光灯管，飞利浦，家中已停电三日

星期二　　　家用氧吧，因为用脑时会觉得缺氧

星期三　　　西红柿、黄瓜、芦柑、苹果若干

星期四	购书
星期五	金鱼一尾,热带观赏鱼一尾
星期六	避孕套一盒,杰士邦
星期日	排骨、野鸡、芦蒿、豆腐、鲫鱼等下周食品

也许你看到了,因为我想象着你看到了,但是这不是真的。真实的情形只是我在讲述的他和他的故事。

他想把那本牛皮纸封皮的《红楼梦》买下,带回去细细地看。但是他翻遍所有口袋也没有找到一分钱。他趁营业员不注意,把书别到他的腰带之下。随后,他又装着翻书的样子,站在文学专柜和经济专柜前翻了几本书。他不紧不慢地向门外走去。当他抬起脚再跨一步就要走出大门之时,有一种尖利的蜂鸣声响了起来,营业员大声喊道,你站住。他被这突如其来的蜂鸣声和营业员的训斥声吓住了,几乎忘记了奔跑,但是当营业员跑过来的时候,他反应了过来,一溜烟似的朝山上跑去。外面的雾越来越大了,跑了两分钟,他就站住了,谁也看不到他。他不用再奔跑了,那个营业员看不到他也不会知道他是谁、住在何处。

他回到了他的住处,蜷缩在床上,翻开了那本叫做《红楼梦》的书。在恍惚中,他做了一个梦。他梦见自己在大观园里奔跑,裸着身子,因为没有衣服,没有腰带,他无法把书别到腰带下,他只好把那本《红楼梦》用双手抱在胸前。后面有人追,好像是那个营业员。她跑得很快,在梦境里,像闪烁的光一样,一眨眼就到他跟前了。她伸过手来要拿回《红楼梦》。两人为《红楼梦》争夺起来。她的手指甚至触摸到他裸露的肌肤。这时,他醒了。他翻开了这本书。但是看不下去,不是因为书上有很多不认识的汉字,而是担心一件事,一件让他觉得相当严重的事，他想：也许营业员会报警，警察会在天黑之前搜遍全镇，包括所有的公共场所，所有的办公单位，所有的住宅和旅社，当然出租房屋将是他们的重中之重。这种担心越来越重，他从床上坐了起来。警察会从四面八方包抄过来，他们会埋伏在门口道路的两侧，他们会从左边的窗口（阳光正拨开云雾，从左窗射了进来，对他而言由于阳光正面射过来，他看不清来自窗口的物体，警察定会利用这一点）破窗而入，手里端着冲锋枪……他不敢再想下去，他已经听到警笛的呼啸声，全镇上空的大雾似乎也被这警笛声驱散。

他不能再犹豫了，稍有迟疑就来不及了。他迅速地穿上衣服，还是把书别在腰带中。站到镜子面前，他梳了梳头，由于宽大的旧风衣穿在外面，根本就看不出他的腹部有什么异样。收拾一下物品，其实也没有多少东西，也就是几件衣服和洗漱用具，该扔的全扔了。他出门了，他要赶到山下的火车站，他要离开这个小镇。

他不敢走大道，而是走各家各户之间可以互通的山间小路。他忽上忽下地穿梭着，一般都是从房屋的后墙下经过。他一刻也不肯耽搁，在曲曲折折的线路上一路奔跑、跳跃，幸运的是，大雾还没有散去，他仍然作为隐秘的人在这山中小镇里行走，并从容地离去。

当他到达火车站的时候，大雾已完全散去。在车站广场上，有一名穿制服的巡逻警察在悠闲地转来转去，手里拿着黑色的电警棍。他整理一下衣着，步履轻盈而自信地从他身边跨过。但是在售票厅里，还有一名警察，他显得更为干练和机警，他的小眼睛像鹰眼一般，盯着进进出出的乘客。他向售票窗口走了过去，警察喊住了他：

"喂，你是干什么的？"

"我，我买票。"

"请出示你的身份证。"

他伸手向裤子的口袋摸去，但是什么也没有掏出来。

3

我不便多说，我怕伤了你的心。

那件事不怪我，在那样的时间那样的年龄那样的环境中，我们别无选择。我甚至不愿意说，那仅仅是我的或者你的一念之差，或是我们共同作用的结果。这样说不好，没有说明白其中所包含的问题。

你有十六岁了吧？而我可能更大，是十八岁或是十九岁。我不记得我是上大一还是大二了，但是你肯定是个高中生，或者是中等职业学校的学生！当然，这些并不重要，事情还是发生在时间之中，在那段模糊的岁月里。

那是一个秋天，秋高气爽，我和两个同学去栖霞山赏枫叶。在路上，我们遇到了你和你的三个同学。你扎了一个马尾巴辫子，直直地垂到肩下。

不知是什么原因，我和你落到了队伍的最后。我和你聊了起来，这必定是源于性别间的差异。你说你喜欢文学，你说你有伤感的过去。我说我会写诗。我们越落越远了，最后他们消失在树林间。我们越走越偏，向那林间并没有道路的深处走去。

"你喜欢这片树林吗？"

我说，当然。

在那片火红的枫树林的深处，地面上铺满了落叶，它们姿势坦然地躺在那里。

我有一些问题，一直忍着，没有问你。我想知道你伤感的过去，我想明白你心中何处受到了伤害，我想抚平你的内心。我问了你。

我不知那里是否藏有虚假的成分，我怀疑你的伤感，我不能确定你所说的故事是编造的还是真实的。现在，我只能这么说。

你说，你曾经在初中三年级的时候爱上一个男人，一个三十开外的男人。我不知道他是什么人，我猜想他是你的语文老师，一个业余而蹩脚的诗人，但这猜想与事实没有任何联系，因为当时我没问，而现在我再也不会和你见面了，也不会再问那个问题了。那时，你只有十四岁，是吗？一个情窦初开的花季少女。一个天真烂漫的孩子。你说，你爱他爱得发了狂，而他也爱你爱得发了狂。他给你写情诗，你说你至今还清楚地记得他写了什么。我问你，你能背一首给我听听吗？你未置可否，显然，你并不在意我的问题。在一个假日。你的嘴唇轻轻开启，我立即竖起了耳朵。在那个初中毕业的暑假，在一个大雾蒙蒙的早晨，你和他相约在一片树林见面，就像这里的林子一样，但是那些树不是枫树，是一些灌木、落叶松和水杉组成的小树林。那里几乎没有人，何况又是下了大雾的清晨呢？你说，他把你带到丛林深处，就像我们今天这样，走到人迹罕至的深处。他先是拉着我的手。那里有一块空地，一块铺满落叶的空地。你说到这儿，突然沉默了起来，他和你的世界、我和你的世界都凝滞不动，一切事物都停止了思想和动作，只是静静地在等待。我说，后来呢？我是不经意那样说的，你不要见怪，你不要以为我喜欢窥探别人的秘密。我跟你说过，我是一个道德感很强的人。不过，在那样一个时刻，大自然都在等待着你继续说下去。你还在沉默。我又问了一句，后来怎么样了呢？这样的问话相当愚蠢，我不该那么说，但是事实上我是说了，我是无法收回的。但是，我想如果上面那么多的事实都不是事实，是一种虚构或一个谎言的话，我就没有必要对自己愚蠢的问话而耿耿于怀了。

你不言语。我们站在寂静的树林里，像是等待某种事物的出现，也许是一场亘古未见的战争。

"你不是会写诗吗？那你该送一首诗给我。"

我拥抱了你，我吻了你，用手轻轻地抚摸着你的后背，自始至终我都充满了温情。是这样的吗？对于我来说，记忆就是这样的。也许你根本就不相信我是那样的。而你，是那样的迫不及待，你紧闭双眼，贴在我身上，咬着我的耳朵：快，快，在我的身体里写诗吧！快，快，扒掉我的衣服！我撕开了你的衣服，我们站在那里，我开始为你写诗。我确信，我们就是那样。你也许记不得了，也许你在先前和后来经历了更多让你记忆深刻的事件。但是对我来说，一个诗人真正开始写诗的时刻是不容忘怀的。

现在，我走在空荡荡的大街上，有时候我无法听清和看清那些事物，于我而言，汽车和行人都是沉默静止的，就像站在那片树林里，我又听到你说话的回声：在我的身体里写诗吧！在我乘火车旅行的时候，乱哄哄的车厢似乎也是寂静的。我坐在窗口，我看到你站在窗外，贴在玻璃上，火车是在"咔嗒咔嗒"地运行，而你和我是相对静止在那里的，我又听见你说：在我的身体里写诗吧！你呢，也许都不记得你说过的话了。

你不要感到恐慌，我这样说，这些话，这些故事，并不都是真的。你能明白哪些是真的，哪些是假的。可是，真的假的都不再重要了。如果你根本就看不到这本书呢？我想，你还是能看到的，就像我们相识在栖霞山一样，那是有机缘的。我相信，在那布满书籍的书店书架上，你会发现它的，因为机缘还在空中飘来飘去。

4

他曾经多次被警察带走，带到警车里或者派出所里盘查。他们所问的问题不外乎这些：

"叫什么名字？"

"多大年龄？"

"籍贯是哪里？现在住在何处？"

"身份证带了没有？号码是多少？"

"你刚才在那儿干什么？"

"有没有前科？"

每一次，他总是含含糊糊地回答着，心不在焉地随便说几句。他们倒也没有难为他，实在没有发现作奸犯科的证据，往往是关他一两天的禁闭就把他给放了。但是这一次，这个警察似乎不想放他，他被关了三天。警察说，放他有个条件，必须把身份证号告诉他。他蹲在看守所里，煞有介事地想他的身份证号码，但是一连想了五天也没有结果。他怀疑自己失忆了，他把所有的事情都忘记了，连最为重要的身份证号也不例外。

我在对你说，这是我对你说的，也就是我写的。这仅仅是为了出书。我不清楚他是否有身份证，关键我并不在乎。也许一个书中的人物并不需要身份证，但是警察并不知道他是我书中的一个人物。也许我该对所有的警察都说清楚，也许我需要写一张情况说明书。我能写，但我不知道如何分发到那些要盘问他的警察的手上。我不写，你也知道，如果你现在是记者的话，那就太好了。我想请你帮我一个忙，当然这个请求并不过分，这本书就是写给你的嘛。我希望通过你，告诉那些警察这到底是怎么一回事。你不应该拒绝，因为只有你能这么做。而我，是无法获得与这个世界沟通的机会的，我已经走得太远，回不来了，我已经看不清密密麻麻的人群了，我所走的路与人们所走的道路是相反的。我想到了你，只有你，你可以完成这件事。

如果你去做这件事，那么他就会从那里头出来，这本书会继续下去。

他还在那里关着禁闭。你来了，你穿着相当时髦而雅致的风衣，你走进看守所时，回廊回响着你皮鞋的"橐橐"声（我想这种声音就能镇住那些警察）。你对他们说了，他们接受了你的说法。随后，他就出来了。

"你为什么会这样？"你问他。

"我，我也不知道。"

你想跟随他，看他到底要到哪里去。他也知道你在跟随着他，即便是知道也浑不在意。他步履轻松，穿越人群，走向一块荒芜的海滩。在那里，看不到人和建筑物，也没有其他的动物或植物，只有砂石、贝壳和死鱼，海浪一浪接着一浪从遥远的海平面向海边卷来。他走到海滩上，走向海水已经浸漫过的砂石地，他站在那里，不再向前走了。海水已经溅湿了他的双足和小腿，海风把他凌乱的头发吹得更乱了。他站在那里，面向大海。你正站在他的身后，不过，还有一段距离。你不知道他接下来要干什么。你想让他回来，不要向大海走去，因此你喊道：

"喂，你回来吧！那里太冷。"

然而，他没有回应。他昂首挺胸地站在海水里，眺望茫茫的大海。大海里除了空旷的浩渺之外，什么也没有，一只渔船或一根桅杆也看不到。你可能有些担心，你站在海滩也觉得有些冷，你又朝他喊去：

"喂，你回来吧！那里太深了，不适合你待。"

你会在那一刻埋怨我，是我让你去了那儿，是我叫你帮助他的。本来，你与他什么关系也没有。但是，这样一来，你必须对他负责了，你不由得关心起他来了。虽然，你不明白你为什么这样做，但你还是向他走去，你走到他身旁，你伸手拽了拽他的衣袖。他回过头来，他目不转睛地注视着你，他似乎从来没有见过女人，他盯着你看，从头到脚。

"我们回去吧！"你又拽了拽他的衣袖说。

"好吧！我们到哪里去呢？"

"你跟我走，不要问到哪里去，你跟着我就行了。"

他不声不响，低下头，跟在你的身后，从大海里走了出来。他走到大街上时，神情恍惚，走走停停，不住地东张西望。你只好拉着他的手，防止他走失。他的手细腻，有一种冷贴在皮肤上，你感觉到这种冷是来自他的体内，是从他的血液他的心脏他的脑神经传导而来。路过一个警亭，有一个警察正站立在其中，你看看他，你试图安慰他，怕他在一时间莫名地惊慌起来，甚至从你的手中挣脱。但是，他什么也没有做，像温顺的羔羊一样跟在你身后，悄无声息地行走。他对警察视而不见，漠然地经过了警亭。

你拽着他的衣袖继续向前走。

你要把他带到哪里去？

我不知道。

5

我真的不知道你要带他到哪里去。如今，我很沮丧，我为什么要叫你去呢？而现在，我则要把这一切写下来，为的是告诉你。可是你没有告诉我你到底带他去哪儿了，你带着他干了些什么，我怎么能知道呢？我怎么继续写下去呢？

如果是……

你拽着他，走进了一条幽深的小巷。那里没有阳光，甚至没有明亮的光线，阴影完全笼罩了整个巷子。你看不到自己的影子。他也没有。你们（我能这样说吗？原谅我吧，我不过是个写书的人，我很卑微，你把我看作路边的一个乞丐好了）走到一片开阔的地面上，路中央是一个微型的花坛，杂乱地长着一簇海棠、几棵月季和几簇冬青。在那里，阳光完全照射了整个地面，这里不再拥有阴影。你低头间，见到了你的身影，虚边在微微地晃动，像想定格但又定格不住的皮影。他站着，仰着头，正面向太阳，细小汗水形成涓涓细流，从他苍白的额头顺着脸颊向下流淌。他比你高，可能高了整整一个头，有二十厘米左右。你想知道，他的影子能比你的长多少。于是你向他站立的地面上看去，他的影子轮廓清晰、线条锐利，有一种完全不同于你身影的存在形态，它在地上爬行，在空中飞翔。他的影子似乎正在孕育着生命，血液正静静地在流动，空气中有能量渐渐向它聚集而去。但是，有一点令你生疑，你觉得什么也不会发生，他的影子和你的影子几乎又是相同的，无论大小、长短，还是形状。你走到他的背后，你的影子也渐渐走进了他的影子之中。你把你的身体贴在他的后背上，你的影子消失了，不存在了，他的影子取代了那个应有的位置。

他牵着你的手。你没有挣扎，也许你还不知道什么叫挣扎，你是那样的顺从，他也相当轻柔和彬彬有礼。你像一个公主，他像一个王子，他正带着你去森林中的神秘王国去参加一场盛大的晚宴。然而，不幸的是，王子失语了，他不能讲任何一个字，所有的语音对他关闭了大门。

于是，公主对王子说："我一定要帮助你。帮助你解除你身上的魔法，让语言回到你的口中。你离人世太远了，这是你失语的重要原因。我先让你重返人世。"公主搂着王子的脖子，双手摩挲着他的头发。公主张开她的双唇，送到了王子的嘴边。她把她潮湿的舌头深深地送进了他的口腔之中。他的舌头开始苏醒了，吮吸着她的舌头，继而又开始舔她的脸颊，舔她的眉毛和眼睛，最后，他一口咬住了她的耳朵。

王子开始说话了："我为什么又能说话了呢？"

"因为你咬住了我的耳朵。"

"仅仅是咬住你的耳朵？"

"对，因为我的耳朵是物质的，是深受地球引力影响的。"

"那我，我，我就不该咬住你的耳朵。我不该那么做。本来我可以做出多种多样的选择，但是命运叫我选择这最让我不能接受的方式。我要走了，我决定要走了。"

"你要到哪里去？"

"到没有你存在的地方去，到没有耳朵的地方去。"

他开始奔跑起来，甩开了膀臂，像风一样穿行。而你也跟在他身后，一路狂奔起来。他跑得很快，而且显示出相当高超的技巧，一会儿向前，一会儿向后，一会儿向左折去，一会儿又从右首突出。你根本就跟不上他，你眼睁睁地看着他的影子从你的身边迅速离去。你站在大街上，看着你孤单的影子发愣。而他和他的影子早已不见踪影。

6

其实，哪里有什么王子，什么公主。没有，什么也没有。

他是一个人，永远都是一个人。他从来没有跟谁在一起。他没有和你在一起，那些日日夜夜是不存在的，是我虚构的，或者是你妄想的。你不曾解救过他，你不曾拽着他从海滩上走来，你不曾和他在大街奔跑。我继续我的事情，你读着，认真地阅读吧，他不是和你一起出现的，他仅仅是一个人。

他要去一个地方，他就躺在一列火车的卧铺车厢里了。他不知道要到哪里去，因而他决定从列车开始行驶时起他就睡上一觉，等他醒来的时候，他就近下车。火车从暮色渐浓时开出，他开始睡觉，直到第二天中午的时候，他才醒来。列车停靠在一个中等城市的站台边，他伸了伸懒腰，就下车了。

他随着人群向出站的门口走去。当他快走到一排排不锈钢钢管组成的检票口时，从墙面的镜子上，他看到他自己：衣衫破旧，有些邋遢，头发太长，几乎把双眼都盖住了，下巴尖尖的，像一把刺向空气中的尖刀。他把车票捏在手上，等待着检票员一把夺过去，再残酷地撕开一道口子。

但是检票员没有要他的车票，这时从边上过来一位警察，他是一个身材高大、皮肤黝黑的五十多岁的老警察。

"你的身份证呢？拿出来检查一下。"警察朝他要身份证。

"我……"他不知道该说什么，因为他掏不出身份证。

"我？我什么我！跟我走一趟。"

"警察同志，你抽烟。"在跟警察漫长的打交道过程中，他学会了给警察递烟的动作，他随手递一支烟给那个老警察。

那个警察摆了摆手，拒绝了。他从他笔挺的警服口袋中掏出了一副亮铮铮的手铐，上前把他铐上了。他没有拒绝手铐，他很喜欢手铐凉凉的套在手腕上的感觉。

警察把他带到了车站派出所。老警察坐到了他自己的办公桌前，拿出了笔和本子，开始对他问话：

"你叫什么？"

"今年多大了？"

"籍贯是哪里？现居住地是哪里？"

老警察问了四个问题，他都回答不上来。他默然地坐在凳子上，他无法回答他的问题。

"喂，我问你呢，什么名字，多大年龄了？你是哑巴啊！"

"不是，我不是哑巴。"

"那你既然不是哑巴，就回答我的问题。"

"可是，我回答不了你的问题，我不知道自己叫什么，有多大年纪。"

"那你知道你是哪儿的人吗？"

"不知道。"

"你知道你现在在什么地方吗？"

"不知道。"

"你到这个城市来有何贵干？"

"这个，这个，是这样的，我以前曾经住在大海边的一个镇子上，但我渐渐地讨厌了那个地方。不，不，我说错了，不是讨厌，就是不想再待了。于是就跳上火车，火车就把我拉到了这里，我也不知道为什么要到这里来，到其他地方也一样。"

"你能记得你的亲戚或者朋友的名字吗？"

"不，不，我没有亲戚也没有朋友。不对，我好像有一个朋友，她是个女的，她好像帮助过我。"

"那她叫什么名字？"

"不知道。在大海边，她拉着我上岸，就是这样。后来就……"

"后来怎么了？"

"后来在大街上，我就跑了，离开了她，她没有追上我。"

"你知道她的地址或者电话吗？"

"不知道。"

老警察还问了一些问题，但是他不是不作声就是说"不知道"。当

215

晚，老警察请他吃了碗兰州拉面，把他锁在办公室里就下班回家了。

7

他默默地坐在条木钉成的长椅上。窗户外的光线越来越弱，但在天还没有完全黑下来之前，车站广场的路灯和广场灯都慢慢地亮了起来，这些灯是节能型的，是缓慢变亮的，过了一个多小时，这些灯才完全亮起来。他可以坐在靠近窗户口的地方，于是他就坐了过去。他拿起桌子上的一张报纸，细细地看了起来。不知过了多久，他把这份报纸都看完了，连中缝广告和股市行情也没有漏掉。

桌子上还有一部电话，他拿起了听筒准备打电话。但是就在他伸出右手食指的时候，他的动作凝固了，因为他不知道他要给谁打电话。他不认识所有的人，但是有一个"你"，这是在上面出现过的，她好像认识他。可是，他并不知道她是谁呀？也许，她是谁并不重要，能跟她通上电话随便地说两句也好啊，比如说，"你好""你怎么离开了我""我想见你""我做梦梦见了你"等，都是可以说的嘛！他这样一想，倒相当兴奋，右手的食指继续向下移动，他指尖触及了标着"8"的那个数字键，但他又停了下来。他无法不停下来，因为他不知道她的电话，家庭电话、寻呼机或者手机，他都不知晓。

但是他还是想打一个电话，一个随便什么号码的电话。他想起来了，在他路过车站广场右侧广告牌时，他不经意地看到一句广告词，它是这样的："有事您就拨打114。"他真的拨打了这个简单的号码，听筒里传来了一个甜美的声音："二十八号话务员为您服务。喂，您好，请讲！"

他慌了："讲什么呀？"

"这里是114查号台，请问您要查什么电话号码？"

"可以帮我查一下她的电话号码吗？"

"请问她叫什么名字？住在什么地方？"

他"啪"地把电话挂了。

他默默地坐着。这时，传来一声火车的汽笛声，由远及近，声音越来越大，巨大的鸣叫声携带着火车似乎马上就要冲进这间派出所的办公室。每过十分钟左右，就会有一列火车呼啸着进站或者出站。他在这黑夜里，聆听着没完没了的火车的呼啸，就觉得一列列来来往往的火车从他身上碾过，像一浪一浪的海浪不断冲击着站在海边的他。

他想，他该睡了。

于是，他就侧身躺在长椅上。

但是他睡不着，不知是不困的原因，还是兴奋的缘故。在睡觉的时候，人们会想一些事情，做一些梦。他也想想一些事情，做一个好梦。但想什么事情好呢？他没有事情可想，他没有什么人可想，唯一有所接触的"你"在他的脑中已只剩下一个模糊的背影了，他只记得她穿了一件长过膝盖的风衣，她的脸是什么形状的，她的皮肤是否白净，她有刘海吗，风衣的颜色是……他什么也记不得了。曾经是一个梦。也许这就是一个梦，一个乏味的梦，而不是什么好梦。

8

你不相信这个世界上有无缘无故的人，因而你也不会相信我所说的所写的。我不想说服你，你难道不明白我这样写也仅仅是无缘无故吗？如果你能明白这一点，你完全就能理解那个无缘无故的人，何况事实上他并不是那么无缘无故。

第二天，老警察上班的时候，打开了他的办公室。而他，那个什么也问不出来的人正躺在办公桌上，用一张报纸盖在头上，呼呼大睡。

早晨柔和的阳光斜着从窗口射到了他屁股上，他那浅蓝色牛仔裤上有七八个快要爆开的小洞，依稀还能看到他那干燥而无血色的皮肤。

"我再问你一遍，你叫什么名字？今年多大？家在哪里？"

"我再告诉你一遍，不知道。"

"我严肃地跟你说，你如果再不回答，你只有两个地方可去，一是看守所，二是精神病院。"

"我严肃告诉你，你问的，我都回答了，我知道的，都说了。"

"那好吧，跟我走，我们去一个地方。"

就这样，老警察把他送到了精神病医院。他到目的地之后，就被医生安置在一群白痴和疯子之中。他似乎没有觉察到有什么不妥。他一个人住在一间只有八平方米大的小房间里。他喜欢这白色的房间，铺着白色床单的床铺，还有白色的被子。

他开始一天的生活。凌晨五点半的时候，外面就会播放小提琴协奏曲《二泉映月》，随后是《运动员进行曲》。这时，很多人就按规定起床沿着院子里的操场跑步。而他，从来都不起来跑步，他躺在床上听音乐。他的世界就在那些音符在屋顶和枝头跳跃之中。随后是早餐，他对那些早餐根本就不感兴趣，往往只是喝一杯豆浆完事。饭后，穿白大褂的人总要把这些病人分组进行放松治疗，有各式各样的兴趣小组，如书法、国画、摄影、影视、剪纸等。但他对这些东西都毫无兴趣。他就一个人躺在床上，盯着头顶上的天花板看，有时候，他能看到一只蜘蛛拖着蛛丝跑来跑去，有时候，他还能看到壁虎。中午午饭后，还是如此。一连多少天，他的生活都如同只过了一天一样。管理的医护人员也好像把他给忘记了。他喜欢这样。但有一天，一个女医生来对他说：

"你老这样是不行的，你必须有所寄托，否则你的精神会永远处于萎靡状态，你必须学会找一点事情来做。"

"可是……"

"那些兴趣小组，难道你一个也不感兴趣?"

"不感兴趣。"

"那你对什么感兴趣呢?"

"我不知道。"

"那么，我问你，你有过什么理想吗?"

"没有理想。"

"一个小小的愿望，难道也没有?"

"我的愿望是……"

"快说，你的愿望是什么? 我们一定支持你实现。"

"我的愿望是写一本书，因为我答应过一个人，我要写一本书给她。"

"那，她是谁呢?"

"我记不得她叫什么名字了，但她是个女孩。"

"噢，明白了，与你的感情经历有关。那好，我马上找来纸和笔，你想写什么就写什么。"

他坐在窗口，似乎陷入了对远方的沉思。

9

我在这里，一切都挺好的。

我答应过你，要写一本书给你的。

因此，我就坐下来开始写了。

你知道吗? 我这本书的主人公叫什么吗? 哦，你不知道，因为我还没有告诉你。但是我记得有一个梦，在梦中，我已经把我写的那本书亲手递到你的手上，封面是淡蓝色的，像大海，又像天空，你翻开了第一页，口中嘟囔着书名。你一定了解了书中的大致内容吧！也许你记不清楚，好的，我告诉你，书中确实有一个主人公，他叫蓝色王子，他是蓝色精灵王国的唯一的王子。你曾经对我说过，你不相信妖魔鬼怪，还有什么精灵之类的事情。我实话告诉你，我说这儿有一个蓝色精灵王国绝对不是骗你的。

蓝色王子住在一个叫他乡的森林里。他住在那里，他想当然地认为那是他的领地。他每天要走遍他乡的森林。他有脚，可以用脚丈量他领地的方圆。他要是想有翅膀的话，他的双腋处就会长出一对轻巧的蓝色的翅膀。他可以通过飞行来统治他的王国。

有一天，蓝色王子飞出了他的领地。他见到的不再仅仅是蓝色了，那么多绚丽的色彩使他头晕。阳光在空中闪过的一瞬间，他就看到红色、黄色、绿色、青色和橙色的光线。在他乡的森林之外，他变得有些拘谨，他害怕他已经侵入了别人的领地。但在，在他乡的森林之外，到底住着谁呢？会像他一样有脚可以丈量土地吗，会像他一样有翅膀可以飞行吗？在这儿，长着许多色彩艳丽的鲜花，还有奇怪的大水果，可在他乡的森林里，并没有这些东西。

"欢迎来到我的世界。嘿嘿——"有一个尖细的声音突然在蓝色王子的耳边响起。

他转动眼珠，去寻找这个声音的来源，可是什么异常也没有发现。

"王子殿下，我在这儿，我在我的世界，我无处不在。"那个声音又响起来了。

"那你能现身给我看吗？"蓝色王子对着天空大声地说。

"我不就在你身上吗？在你的眼睛里，在你的耳朵里，在你的翅膀上，在你身上每一处地方。"

"可是我真的看不到你呀！你能告诉我这是什么地方吗？"

"我不是已经告诉你了吗？这里叫我的世界。"

"那么，你是谁呢？"

"我，我吗，你是王子，我就是公主啦！"

"我叫蓝色王子，你叫什么公主呢？"

"紫色，紫色公主，你就叫我紫色公主好啦！"

紫色公主忽然变成了火龙果在蓝色王子的面前蹦蹦跳跳。

"我告诉你，蓝色王子，在我的世界里，你会很自由的，有你想要的一切。"

"那么，我想要一个青苹果，有吗？"当蓝色王子说完这句话的时候，他的手中就出现了一个青苹果。

"我还想要一把笛子，因为有人曾经在他乡的森林吹笛子，那声音悠扬悦耳，常听得我如痴如醉。"

"你看，你的肩上，那个蓝色飘带的上面是什么？"

蓝色王子低头，把目光投向他自己，在他肩上的飘带中，正别了一支竹笛，前后的笛孔是那么的分明，与他在他乡的森林看到的笛子是一模一样的。

"蓝色王子，你还想要什么？你只要想要，你就说吧！"

"我暂时还不知道我还需要什么，真的，在我遇见你之前，我只有两个愿望，就是要有一个青苹果和一支笛子，现在愿望都实现了。"

10

你不要，不要……

不要对什么事都耿耿于怀。我都记不清楚了，我不光是对你而

221

言，我记不得你叫什么，我记不得你的家在哪一条街道，我记不得你是在什么时候什么地点遇到了我，我记不得你和我之间到底发生过什么事。我连自己的名字都说不清楚，我说不清楚我的童年是如何度过的，我说不清楚自己认识几个女孩，我说不清楚我爱过的人到底是谁，我说不清楚你是不是我曾经认识的一个女孩，或者你是不是我曾经爱过的一个人，我说不清楚我现在到底要干什么。因为我这样喋喋不休地用电脑打下这些汉字的时候，我不知道为什么。我好像说过，这是我给你写的信的一部分，是吗？我好像说过，这是我给你的一本书，这是我多年前曾对你许下的诺言，是吗？我好像说过，我写这些仅仅是为了你能找到我或者永远不再见到我，是吗？也许我正在编一个包括你包括我在内谁也不相信的故事，其实这也是谎言，我清楚我自己，我根本就是个语焉不详的家伙，一个思维混乱的人，怎么可能讲清楚一个故事呢？你如果看到这些，你怎么也不会明白的，你不明白这到底是怎么一回事，如果这还能叫一个故事的话，那么这个故事叫什么名字呢，主人公到底有哪几个人呢，他们长相如何呢，故事的开头和结尾是什么呢，故事的主线和主题又是什么呢……还有很多类似这样的问题。

没有什么，这样没有什么。我还会一如既往地写下去，你能明白有一段时间我们住在那个大城市的郊区，那段时光是我们共同拥有的，那间公寓是我们共同拥有的，同样，你和我是相互拥有的。我们是那样的轻松，一切都是我们的，一切都在我们的意愿之中，反之，一切与我们不相干的都不存在。

那个地方叫什么？我知道。那是一个名叫樱驼村的地方。那公寓在一个叫做樱驼花园的小区里。是 15 幢 3 单元 201 室。那是一套南北朝向的小套居室。朝南的房间铺着木地板，上面放置着一张 1.4 米 ×

1.9 米的床垫，窗口面向的是阳台，窗口前有张简易的写字台。

我们在一起的日子是由连绵不断的阴雨组成的。你总是躺在阳台的帆布躺椅上，手里拿着一本流行小说，似看非看，有时候你会用书盖住你的脸。外面是淅淅沥沥的下雨声，还夹杂着雨水打在一楼院子里巨大的芭蕉叶上的"啪嗒啪嗒"声。我在朝北的小房间里，我让我的身体深深地陷在沙发中。我的手中有一根破旧的鸡毛掸子，鸡毛已经所剩无几，我就用它在空中挥来挥去，驱赶着从我眼前路过的苍蝇和蚊子。我们曾经整夜整夜地坐在夜晚的雨声中，直到饥饿唤醒我们。你会做面条，而我不会。你就会在该用餐的深夜或者凌晨，走到那个没有冰箱的厨房里，下一袋挂面，并打上两个鸡蛋。

在用餐的时候，我们会说一些话。

我会说："好像有点咸了。"

你会说："你难道是南方人吗？其实你是一个北方人。"

"不对。我是一个不南不北的人。对了，你是什么地方的人呢？"

"我想，我是一个不东不西的人，其实我的家在一个岛上，应该说我是一个没有方位的人。"

我还会说："鸡蛋没煮熟。"

你会说："你不知道，如果按你说的那样煮熟的话，鸡蛋的营养将损失百分之八十。"

还有，还有什么呢？还有一次，我们的谈话似乎离开了当时的夜餐。

我说："你的理想是什么？"

你说："我的理想，我没想过。那么你的呢？"

"我的理想是乘着夜色，乘着这风雨，扒一列火车，让它带我去远方。"

"广州方向？新疆方向？还是哈尔滨方向？"

"不知道，它愿意去哪就去哪。"

后来，我们又去睡觉了。当我们醒来的时候，往往已经是下午四五点钟了。我们会起来散步，到楼下，到铁路后面的一个苗圃里去，那里育着成千上万生机勃勃的树苗。我牵着你的手，在这些树苗的间隙间行走。我们会停下来，拥抱和接吻。

11

紫色公主带着蓝色王子在我的世界里漫游。

在我的世界里，没有时间，因而他们老是在漫游。他们累了的话，蓝色王子就会躺在柔软的草丛中，紫色公主躺在他身旁。

但是，在我的世界之外，还是有时间的，所以有一天，有一个叫黑色之王的家伙光临了我的世界。他使那里的光线消失了。

"我看不见你了，紫色公主，怎么办？"蓝色王子对紫色公主说。

"你从来就看不见我，你能说出我的相貌来吗？"

"不能。"

"你知道我是谁吗？"

"你叫紫色公主。"

"我现在告诉你，我不叫紫色公主，那你还知道我是谁吗？"

"不知道。"

"我是不存在的。"

"不，你是存在的。"

"当黑暗降临的时候，我就完全消失了。"

"不，不是的，你还在跟我说话。"

"不是我跟你说话，是你跟你自己说话。"

"可恨的黑色之王，是他从我的身边夺走了你。也许你本来是不存在的，但是现在我感到我正在失去你，所以你是存在的。"

"我是虚假的。"

"不，你是真实的。我告诉你，我不好意思说。我想告诉你……"

"你要说什么？"

"我告诉你，我不能没有你，我是爱上了你。"

"是吗？多么奇怪啊，你竟然爱上一个并不存在的人。"

"不是的，你是存在的。我要走了，我要回去了，你跟我走吧！跟我到他乡的森林吧，那里很好，你会喜欢的。"

蓝色王子轻轻地走出了我的世界，又回到了从前他所待的他乡的森林。他又无忧无虑地巡视着他的领地。他每天都要走遍他乡的森林，他用双腿丈量他的领地；他如果想要翅膀的话，一对美丽的蓝色的翅膀就会从他的腋下长出来，他会飞起来，在他的领地上空轻逸地飘荡。他完全忘记了紫色公主，就像他从来没有遇见过她一样；他完全忘记了我的世界，因为他觉得他从来都是在他乡的森林里生活的。

12

他把整个身体伏在写字台上，接着写了下去。

我想，你也许对这个故事不感兴趣，但是我告诉你，我已经把它写完了。蓝色王子后来再也没有离开他乡的森林一步，他再也没有走进我的世界，他再也没有遇见紫色公主。

我有时候觉得自己不是自己，而是一个别的什么人。什么人呢？我翻开各式各样的词典去寻找，我寻找我的名字，你看：

氓　屈原　张衡　焦仲卿　曹操　王粲　阮籍　谢灵运　骆

宾王　张若虚　韦应物　李煜　曹刿　烛之武　冯谖　颜回

墨翟　公输班　贾宝玉　乔峰　郭靖　杨过　一灯大师

弘一法师……

　　有无数的名字等着我去翻阅、去甄别。我想我曾经部分地属于他们，属于他们身体的一部分，属于他们性格的一部分，属于他们精神的一部分，但是谁也不是我的前世，我不可能无限制地属于某一个人。我想过我的前世，假如我也有前世的话。我的前世是生活着的、存在着的，在历史中，在时光中，在现实中，在虚构中，但这里有一个前提，就是我的前世无论在哪里都没有见过、没有人知晓、没有想象过。譬如说，我的前世在春秋战国时期，整天的东游西逛，也许是一名学有专攻的学者，但是孔子、庄子、墨子他们都不知道我，也不认识我。再譬如说，我是《红楼梦》中的一个人物，就是一个小丫环而已，但是贾宝玉、林黛玉、刘姥姥他们并不知道有我的存在，就连作者曹雪芹也记不得有我这个人物，就是说我在他的虚构之外。再再譬如说，有一部电影叫《再见吧，朋友》，是一部叙述两男一女三者生死之恋的影片，我在那里出现过，可是谁也没有注意到，因为我只是无端走进镜头的一个人，那时候，我正在街上闲逛，他们把我拍了进去，只是一个远远的背影，在半秒钟后就消失了，但是我的影像没有被剪辑掉，这一形象将得以在千万年后复活，只要这部电影还在，只要想看这部电影的人还存在。

　　我向你喋喋不休地述说着我自己，其实是为了看清你。我确信，只有在看清了你的形象之后，我才有可能看清我自己。我这样猜测我自己，其实就是在我的世界里想象你的样子。对此，我万分羞愧，如果你要责怪我的话，我更不知道如何挽回这一切。

我到今天才明白，我为什么要堆砌这么多的方块字，我把它们砌成一堵堵墙，建成一个个小房间，而且还有意地留下了一扇扇窗户。我是自私的，我是胆小的，我想偷偷地躲在这些窗户背后，通过它们去观察你的形象或者是我的形象。

　　如果我的世界是封闭的，我就无法通过窗户观看你。另一种可能是，这是我为你造就的世界，如果它是封闭的话，我也无法从外部看到你。

　　越说越无聊了，说白了，我不相信我自己，我不相信自己的存在，因为我的存在是没有证据的，也没有理由。

13

　　他必须写一个真正的故事，她才有可能去看。对于这一点，他几乎毫无准备。他的笔总是在飞，老是无法安安静静地待在他的手中。为了防止笔不翼而飞，他把大量的时间放在看管他的这支水笔上了。他想继续写下去，可他的动力已经不再是讲一个让她想看下去的故事了，而是如何让水笔能够听他的话。为了控制这支水笔，他还得胡乱地写一些东西。

　　我明白，一个毫无真实性的童话打动不了你。我明白，我必须写出一个真正的故事，才能让你在无限的小说和故事中给出你的选择，你会选择看我的书，你会选择让你自己进入这个故事或者让这个故事进入你的生活。

　　我实在是黔驴技穷了。我这样说，好不好？就是像这样子：从前啊，就是在很久很久以前，有一个……

　　对了，我想起来了，有一个下雪的冬天，我们被困在小屋里。我们哪里也不能去，因为我们当时所在的地方是一个北方的城市。外面天气特别冷，而你，一个江南女子，怎么能受得了呢？因此，我们几乎在那间小房子里蹲了两个多月。起初，你还有兴趣看一看小说和杂志，但后来你说你特别讨厌一个东西。我就问，是什么呀？你说，是蚊子呗。我笑了，大冬天的，雪这么大，天这么冷，有蚊子也早就被冻死了。于是你翻开书，用细细的手指一行行地划过书上的黑字，说，呶，呶。我又笑了起来。你一脸严肃，冷若冰霜地对我说，有什么好笑的，给我讲个故事。我说怎么讲啊？讲从前呗，从前有座山，就这样就可以。你是那样的，我清楚地记得。当明白这一点的时候，我的声音已经无法通过在空气中的传播抵达你的耳膜了。我只能像在一部无声的黑白电影中，沉默地打着各种手势，通过所谓的身体语言来表达我自己。但是，我一点也不相信什么身体语言，我只相信那些美妙而动听的音节在空气中颤动、跳跃和飞翔，我相信它们自由而活泼的身姿，我相信它们能够穿越种种物质的藩篱。

那就这样吧，无奈的情况下只有委曲求全了。

从前，在一座高入云霄的大厦的顶楼，住着一位先生，他整天就坐在家中封闭的阳台上。他的音响中一直放着一首古老的乐曲，那是一首叫《幽兰》的古琴曲。如孤独潜行的溪水在空旷无人的山涧寂寞地流淌，如一位孑然一身的旅人在江湖间飘荡。先生总是在听着这首乐曲的同时，才能做一点其他的事，比如看看隔天的晚报，翻一本名叫《老子》的书，拿一支铅笔在白纸上胡乱地画一些线条和简单的几何图形。

先生已经一个多月没有下楼了，他是某大学的现当代文学讲师，因为现在是暑假，没有课。他的吃饭问题是这样解决的：早晨冲袋装的牛奶 300 毫升，外加蛋糕 150 克；中午十一点五十分，会有本大厦二楼餐厅的小姐准时送餐过来，是盒饭，一般是两荤三素一汤；晚上仍然是送餐，不过，菜单已改为稀饭加白面馒头和一些像榨菜、腌黄瓜一类的小菜了。

"砰砰砰"，有人敲门，先生说，进来。进来一位年轻的女士，她说，你想不到吧！先生抬起头说，确实没想到，我还以为是餐厅的人来结账呢！这位女士穿着 A 字裙，我们不如把她叫 A 女士。

从前，在一座高入云霄的大厦的顶楼，住着一位先生，后来他的公寓里来了一位 A 女士。这个故事就是关于先生和 A 女士的。A 女士对先生说，我已经寻找你八年了，可你根本不知道。先生不作声。他又把《幽兰》放出来了。A 女士又说，你不明白，根本不是那回事。先生淡淡地说，不是哪回事啊，我不知道有什么事。A 女士急切地回答，那时，并不是我要离你而去，而是生活隔离了我们，在我们中间画出了一条宽阔的银河。先生似乎对此并不感兴趣。我们做爱吧，先生提议说。当《幽兰》戛然而止时，先生站了起来，提起裤子，向阳台走了过去。A 女士也匆匆地套上她的 A 字裙，站了起来。A 女士说，若干年前，你想得到的东西现在给你，可你根本不屑一顾。先生说，那不是我想要的，我想要的早已灰飞烟灭了。先生拿起遥控器，对着音响摁了一下，《幽兰》悠然响起。

A 女士从先生的身后一把抱住了他，说，让我留下来吧！先生未置可否。

14

"这不可能……"

"这里什么也没有发生……"

"为什么有一些语言一直在自言自语呢？它在讲述秘密吗？"

"我不认为我们之间……"

"我不否认的是……"

"你一直就这样随意吗?"

"真的，我真的没有带身份证。"

"不，不是的，是你根本就没有。"

"这跟它没有关系……"

那些不自觉的话，会断断续续在空中响起，就像一划而过的闪电。可是他，唯一躲不开的就是这些不经意而来的闪电。他侧身蜷缩在床上，想躲避的恰恰是强大的。他开始侧耳倾听。他希望能够听到更多的话，来自世界或者他自身的讯息，也许有些话会帮助他认识自己回到自身。可是，一瞬间，什么声音都停下来了，世界在共谋着一件事，就是让他孤独地伫立在天际。他什么也听不到，什么样的闪电都不再闪过，细微的呼吸声都不存在。

他不知道这样的时刻如何继续下去，于是他又拿出了笔记本，准备再写下一些字。当他翻开笔记本的时候，在封三的塑料薄膜中发现一张照片。他小心翼翼地抽出那张照片，凝视着它。那是一张两寸的黑白照片，上面是一扇木质的窗户，在窗户中间是一名女孩。他对着那位少女，他想起来了，那便是你，他确定无疑。那是在若干年前，他和你都还小，只有十三四岁。你那时正要搬家，而他知道这是不可避免的。他对你说，我要写一本书给你看，无论你在哪里都能看到。你说，是吗? 我们也许永远不能见面了。他接着说，我想要一张你的照片，以便我能看到照片就能想起你，想起我要为你写那本书。两个星期之后，你从遥远的一个城市给他寄来了现在他拿在手上的这张照片。

他凝望着照片，看着照片上的你越来越大，渐渐跟真人一般大小。那张两寸的照片也变成巨大的银幕，一束强光从窗外直射进来，像放映机一样照耀在那银幕上，你的脸鲜活生动起来，两颊熠熠生辉，黑色的长发飘动起来，如瀑布一样倾泻而下。还有七色的彩虹发出炫目的光芒环绕着你。他激动异常地从床上一跃而起，他手忙脚乱，不能确定是去拥抱你还是不去，他怕你在瞬间消失，他怕他走到你身边时你就消失，他怕他再不走过去就再也见不到你。他站在那里，凝视着你的眼睛，似乎在等待着什么。

他低着头写道："一切都没有发生，我的手中还是捏着你的黑白照片。一成不变的微笑，一个永远没有变更的事实。我有种种非分之想，我做出过种种努力，然而都是不合时宜的。我清清楚楚地写下这样的字：我们之间并没有故事……"

15

"你坦白地告诉你，我该离开了。我的世界在远方，在很远很远的地方。比他乡的森林还要远，在那里，没有一个人，我是说没有一个真正的人，尽是一些叫不出名字的小动物，当然还有一些散发出幽香的花草，当然还有天空和白云。在那里，我会像蓝色王子一样无忧无虑地生活着，整天在我的领地里巡视，不再像从前总是要做一些莫名其妙的事说一些没头没脑的话写一些无缘无故的字和词语。在那里，事物呈现的是一种美，我的一颦一笑则呈现出我对这种美的认同和接受。

"我的书马上就写完，但愿在一个月或者一年之后，在某一书店的书架上能看到我的这本书。我想，你能看到，如果你希望看到的话。

"你不要愤怒，也不要郁郁不开心，你能够像平常一样，闲散地躺在床上，或者倚在被子上，漫不经心地看着我的书。在某一年夏天，那都是 20 世纪的事了，你正躺在床上，拿着一本厚厚的小说看，我走了进来，而你根本就没有觉察。我对你说，我的书会比你看的还要厚，因为我的书是越看越厚的，而不是那些越看越薄的书。你不介意地说，对于生命而言，读越来越厚的书和越来越薄的书都是一样的。今天，我相信你这句话。

"你所看到的是不完全的，还有一叠手稿在……

"散落在一些隐秘的藏身之所，不过现在都不再是你我可以占有的了，我们曾经租住过的房子早就换了几茬房客了，我单独居住的地方现在也住上了人……还有一些像是公共的地点，比如说苗圃，也被开发商买走了，打桩机已经在那里昼夜轰鸣了；还有一些像想象的空间，比如说蓝色王子的那个他乡的森林，谁都不知道它在地球的哪一个角落，我不知道，你就更无法知晓了……

"我一直无法搞明白我们是如何度过那些所谓过去的时光的，可是就是在这样的情况下，我们却要面向一些终极的事物，这不免让我们觉得有些恐惧。"

一阵风从窗外吹了进来，窗帘被风拉起来，飘在半空中，他打了一个寒战，继续在他的笔记本上写下去。

"我并不在乎我们之间到底建立了怎样的关系，我想你也一样不关心。如果世界是我们曾经生活与想象空间的片段所组成的话，我们就无时无刻不在构建我们的世界。什么样的事实能叫我们相信这一点呢？我想，就是要等待你的出现。于我而言，我的世界就是写下的一切，你的世界也是我写下的一切，我必须等待你的出现，只有你看到这些才能使这个世界真正的存在……

"我要走了，在我走之后，你就再也不可能见到我了，但是这毫无关系，我的世界留下了，就是那些文字，就是那本书。你会看到这本书的……

　　"我今天上午开始收拾我的行李，我记不得是多少天以前我住进来的了，我的房间不大，他们提供了必要的生活用品，我不想要那些东西。属于我的东西不多，我收拾来收拾去，也没有发现有什么可以整理的。我只要带着笔和笔记本就可以了。我喜欢那棵彩色的仙人球，只有鸡蛋那么大，但它是圆球状的，外面长着刺和毛，这是他们放在我的房间的。我想把它带走。别的，好像就没有什么了。

　　"现在是下午四点二十一分，太阳已经远挂在西天之上了。等我这次停笔之后，我的世界也就封闭起来的，为了记录现在到晚上离开这一段时间的事件，我只好先在此说一些我即将要做的事。这里不存在虚构，只是计划。我计划在晚上十点钟离开。我在五点半的时候会如往常一样去餐厅用晚餐。用完晚餐之后，我会吃一个苹果，然后回房间。在我回到房间之后，也就是六点半，我会在床上躺一会儿，七点钟我会看一会《新闻联播》。我将把笔、笔记本和仙人球藏在我的外套下。我必须在八点之前离开病人区，因为一到八点他们就会上锁。随后，我会离开病人区，到医生的办公室，我跟其中一位心理医生很熟，我们以朋友相称。如果我碰到他的话，我要跟他聊聊曼德拉和马丁·路德·金，他一直喜欢谈论这两个人。如果碰不到，则更好。也许这时快到十点了。

　　"我猫着腰向大门走去，保安还站在大门口的岗亭内，我怕被他发现。我就在他不在意的时候，溜到门口，即刻掉转身子，装着已经闯进大门的样子，他喊住我说，喂，干什么的？我说，没干什么，我就是想进去找个人。他说，那你把身份证拿过来，登记。我说，我没带。他不耐烦地说，那你回去拿，拿来了再来。就这样，我顺利地离开这个地方，院里十点的钟声会在这时响起，黑暗的天空会泻下一束柔和的光线，照亮我狭窄的道路。在那时，我还会听到我喜欢的音乐从四面八方响起，我抬起脚，轻轻地迈出一步，就迈出了我的书，迈出了我留给你的我的世界……"

后　记

　　我热爱小说，爱它变幻的面目和无限的可能性。它自身携带的可能性就像作者制造浩瀚宇宙的致幻剂，尤其令人着迷。我想，卡夫卡、乔伊斯、普鲁斯特、博尔赫斯、卡尔维诺们正是由于这一原因才把他们有限的生命义无反顾地投入到小说写作中去。

　　我热爱阅读小说。在漫长的阅读生涯中，我读过无数的小说，有高雅的，也有低俗的；有繁复的，也有简洁的；有喧嚣的，也有沉默的……它们成为我的镜子，我的河流，我的导师，我的情人，我的朋友，我的敌人……

　　我有写作的热情，但这有限的热情常常为世界上的尘埃所覆盖。我虽无意成为"述而不作信而好古"者，可事实上，我写得很少。现在呈现于诸君面前的这本小册子就是我小说写作的绝大部分。它们面目各异，心怀鬼胎；它们戴着面具与枷锁，正在跳一出无声的傩戏。

　　目录中前十六篇为"少年游"系列，是对故乡与少年时光的回望。我试图弄明白小镇在我的精神地图上占有一个怎样的位置，并在文字中将其重建。它就像那个贫瘠的时代，没有过多的修饰；又像一帧年代久远的照片，褪去了斑斓的色彩——我相信，纯粹的修辞是没有价值的。它虽无足轻重，但与《米格尔大街》之于奈保尔一样，是生命不可缺的存在印记。"我们"热切地步入了躁动不安的青春期，"我们"对未知充满渴望，对明天充满憧憬，"我们"希望自己像鲜花一样开放，却遭到现实的残酷扼杀，那些蓓蕾不曾绽放就注定凋谢……一个人无法选择他的时代，正像一个写作者无法选择他的命运。我的1980年代就是我独一无二的命运，如同那棵玫瑰是"小王子"独一无二的玫瑰一样——有刺，有虚荣，还有些自恋。

《身份证》是我2002年写就的一篇小说。这里几乎没有连贯的故事情节和清晰的人物形象。也可以说：故事太简单啦，不值一提。人物虽然存在，但我们无法描述他到底是一个怎样的人，有着怎样的性格特征。这里几乎没有指向。传统意义上的小说总是要表达一些指向或意义，社会学的，道德范畴的，心理学的，伦理的或历史的。而《身份证》没有，有时它似乎将要有所指向，但又马上消失了——它拉开弓箭只是虚假的一个动作而已。小说通篇用第二人称来叙述，其实这个"你"并非单纯的"你"，还包含了"我"和"他"。这样的小说可以存在吗？也许可以。它试图朝向艺术本身，回归到小说某个被人们忽略的面目上来。假如小说也像人一样有生命的话，我想，我们应该赋予它人性和人权，不要对它进行没完没了的说教，不要给它穿上各式各样可笑的花衣裳；给它自由，给它空间，而不是强迫它干这干那。《身份证》的写作对我来说是极其重要的，我希望它展示了小说的一个可能的方向。

《流水》《时光》都是抒情性的小品，是诗人与小说写作者对于自身身份的争辩，他们之间，谁都没有成为最终的胜利者。他们的战争将继续下去。

《恐龙先生》中，恐龙先生是谁？是崔健？是叙述者本人？还是更多艺术家？这里没有提供答案。

年纪越大，愿望越小。我希望今后能将更多的热情与精力投入到小说写作中去。也许是虚荣所致，为了让朋友们更喜欢我；也许是无聊所致，"为了光阴流逝使我心安"（博尔赫斯语）。谁知道呢？

2019 年 7 月 2 日